U0118652

中國文哲專刊 ⑬

花間詞論集

張以仁　撰

臺北　南港
中央研究院中國文哲研究所籌備處印行
1996 年 12 月

出版說明

　　本處成立於一九八九年八月，次年正式聘請研究人員，推展研究工作。當前的研究方向有五：一、古典文學方面：著重於古典詩歌、散文、小說、戲劇、文學理論等之研究。二、近代文學方面：著重於清代中葉以後之白話文學、民間文學、中外文學比較，以及近現代、當代文學之研究。三、經學方面：著重於經學文獻、經學史及經學與文學、哲學關係之研究。四、中國哲學方面：著重於先秦諸子、中國歷代哲學思想，以及哲學與文學關係之研究。五、比較哲學方面：著重於中外哲學思想之比較及近代哲學相關問題之研究。

　　詞學爲古典文學方面最先發展之重點。爲推展詞學之研究，本處曾於一九九三年四月廿二至廿四日，假本院活動中心舉辦第一屆詞學國際研討會，會後並出版論文集。又於同年七月至一九九五年六月進行爲期二年的詞學主題計畫，此爲本院支持的大型群體研究計畫，由本處研究員林玫儀主持，參加學者共七人，重要工作有二項：一爲清詞書目之蒐集整理，由本處諮詢委員饒宗頤、研究員林玫儀、杭州大學敎授吳熊和及蘇州大學敎授嚴迪昌共同負責；一爲詞學專題之研究，由本處諮詢委員張以仁、研究員林玫儀、助研究員劉少雄及加拿大皇家

學院院士葉嘉瑩負責，分別就「花間詞」、「晚清詞論」、「近現代的詞學理論」及「清代名家詞」四個專題進行深度研究。

　　本計畫在執行期間，並曾舉行小型座談會及大型研討會各一次，就計畫相關主題與學者切磋討論。前者於一九九四年五月十四日假本處舉行，邀請學者七人，就「詞學研究之開展」為題進行討論；後者則於一九九五年四月十六日至十九日假上海華東師範大學召開，除本處同仁外，並邀請大陸學者二十餘人參加，計宣讀論文二十八篇，會後並出版論文集，收入本處「中國文哲論集」中。另在蒐集整理清詞書目之過程中，又訪得《鄭文焯手批夢窗詞》一冊，此書向未刊布，經原藏單位同意，影印流傳，編為「近代文哲學人論著叢刊」之五。

　　現本計畫已經結束，各項成果亦將陸續出版。除上述論文集外，清詞書目部分編為《清詞別集知見目錄彙編》，收入「圖書文獻專刊」；詞學專題研究部分則編入「中國文哲專刊」，本書依序列為第十三種。

目　次

序　言

　　這本論文集收錄了我近年來研究《花間》詞的著作凡十四篇，約二十餘萬言。論其旨趣，可綜爲一集。究其方式，則可大別爲四類。

　　其中〈溫飛卿詞舊說商榷〉一文，原是兩篇，略事增修，編合爲一。所商榷有關舊說，凡三十一詞六十三事，涉及校勘、語義、音韻、句法、篇章結構、藝術賞析、名物考訂等多方面；拙文論究是非、指陳得失、疏深導淺、發隱闡微，以展露溫詞深美閎約的雅思睿想。末篇〈花間詞舊說商榷〉，與這篇首尾呼應，以顯示十四篇的精神旨趣有其一貫之處。這算是本集的第一類。

　　〈花間詞人薛昭蘊〉與〈試釋薛昭蘊浣溪沙詞一首〉二文，爲舊作重寫，形式及內容與原作有相當出入，結論則未變。前者論其人事，後者賞其作品。薛昭蘊，學者或以爲即薛昭緯，或以爲非是。此一爭議，至今未決。有關新舊文獻，無論專書或論文甚至工具書，多半依違其間，或竟轉相抄錄，因訛襲誤，以非爲是。拙文窮原究委，評介舊說，不避煩瑣，定其是非之外，也想藉此以示資料之難測，輕率之誤人，爲後學者誡。薛詞〈浣溪沙〉爲其名世之作，後之讀者多皮相之說，不知其深

密處實可追步飛卿。因擇其一首，細作分析，從形式及於內容；從題旨以至章法、句構、語義；更從筆力、手法、涵蘊、餘韻等方面，以探索其藝術技巧，彰顯其內涵之豐美。這一首偏重賞析，應該歸入下一類。集中〈花間詞人皇甫松〉與〈試釋皇甫松夢江南之一〉的命題與此類似，而探索重點不同，後者但勾勒其人之風姿，彰顯其情采，賞析其韻致。另外〈從鹿虔扆的臨江仙談到他的一首女冠子〉一文，也以考證為主，從前人對其代表作〈臨江仙〉的誤解談到其〈女冠子〉詞有剽竊之嫌，因而論及前人對鹿詞評價之失當。也將它歸入這一類。

　　另外〈試從密處說溫詞〉、〈試釋溫飛卿夢江南詞一首〉、〈試論溫庭筠的一首荷葉盃詞〉、〈溫庭筠兩首女冠子的訓解與題旨問題〉、〈試論孫光憲的四首楊柳枝〉，合上述〈試釋薛昭蘊浣溪沙詞一首〉共六篇可以綜為一類。它們都偏重賞析，雖然切入的方式不同，賞析的目的則一。前四篇都是討論溫詞，大體上都能掌握住溫詞深密的特性，發輝了情語在詞中所產生的效果。其中尤以〈試論溫庭筠的一首荷葉盃詞〉最可代表，從題旨的探究切入賞析層面，以詞彙的商榷肯定題旨，更掌握詞中重要詞彙，以呈現它們與題旨間的契合關係，復彰顯其中情語的效果，深化其意蘊，使與溫氏詞風愜合。其根不僅繫於該詞，也繫於溫詞的習慣及風格上，這首詞的賞析，在四文中是最為豐腴與細膩的。〈試論孫光憲的四首楊柳枝〉一文，則稽考孫氏之生平，探索其內心世界，掌握〈楊柳枝〉詞擬人興感的特色，證明此詞實寄寓孫氏個人的身世與心情。復據此一觀點重檢四詞，盡駁前人「拙蠢」、「惡札」之譏評濫說。薛詞前文已有交代，從賞析來說，它的細緻是冠於其他諸篇的。

　　〈溫飛卿菩薩蠻詞張惠言說試疏〉及〈溫庭筠菩薩蠻詞的聯章性〉二文，前者可視爲後者的基礎，因此併爲一類。它們共同探索從明以來（或許更早）就已存在而經張惠言鼓吹的溫詞寄託之說，這是討論一個久懸未決的重要問題，涉及對溫詞的解釋與評價乃至風格的認定。清常州詞派的主將張惠言對溫氏〈菩薩蠻〉諸詞的注解十一條，簡略近於晦澀，後人任意解說，頗有斷章取義臆測妄議之嫌。拙文針對其弊，取十一條作整體之研究，發現張說從主旨、篇法、諸章結體之方式，首尾之呼應，無不顧及。他不僅仔細分析了各章之關係，又合數章爲一段，究明諸段間之聯繫。實在說來，他的注解，已掌握了樞要，指陳了楨榦，可以說大綱既舉，網絡可循，後人譏誚，實由於不耐深究所造成的誤解。〈溫庭筠菩薩蠻詞的聯章性〉一文，即以此爲基礎，針對寄託說的前提「聯章性」，展開討論，該文分別從外在與內在兩方面的條件上著手，證明今存十四首〈菩薩蠻〉詞即爲當日呈獻宣宗之全部。更從十四詞中的關鍵詞彙的彼此呼應、趨向相同、且具一致的發展層次，而各章主題復可串聯等證據，斷定該十四首確爲「聯章詞」。此一結論，應可平息眾說之紛紜，並爲寄託說奠下一堅實的基礎。

　　十四文雖然分爲四類，事實上其中有一根牽縮的主線將它們緊緊的聯繫在一起，那便是訓詁。這也就是本集的編排何以按《花間》作者先後爲序而不依上述四類區分之故。就訓詁此一主線來說，諸篇都是在同一屬性之中的。從題旨的商榷，文字的校理，到篇章結構的分析，句法與詞彙的討論與詮釋，它們都是屬於訓詁的範圍。尤其是題旨的商榷，十四文中，經常涉及。它是詞句訓解的指針，便如《詩經》之有〈序〉，從〈毛

序〉的「后妃之德也」去理解《詩·關雎篇》，自然較「愛情結合的詩，寫男子追求女子，求之不得」（馬持盈《詩經今注今譯》）有所不同。後者可以將「君子」釋爲一般成年男性的泛稱，「琴瑟」、「鐘鼓」亦無妨作爲平民新婚的音樂，這就與以「君子」爲文王，以「琴瑟」、「鐘鼓」爲王室貴族之樂大異其趣了。當然，從名物考證上說，〈周南〉時代的「君子」，是否但指君之子，或有位之人，或但指有德之人，乃至爲一般男子之美稱；「鍾鼓」與「琴瑟」，是否爲國之重器，一般士大夫尙不能輕用，或民間亦已普遍用於婚喪之事，都是可以進一步討論的話題。從這一例證，很可看出題旨的重要性，也可以看出題旨與詞句訓解的相互依存乃至限制的關係。十四文在這方面也是經常涉及的。這一主線，也爲《花間》詞的賞析提供了一項觀念，那便是：談賞析須植根於作品本身。這樣杜甫才是杜甫，李白歸於李白。賞析不可胡謅，不能憑虛而起，不能漫無邊際。銅山崩，有洛鐘之應。如果找不到共鳴的條件，野狐爭鳴，那便是怪異了。精讀細品，是研究文學的方式之一，訓詁是其中的一條途徑。而精密的詮釋，往往能呈現作者的匠心。如何將賞析納入學術的領域，是本人的憧憬，但不讓服食迷幻藥者引入其瘋狂世界，則是學人應盡的責任。這本論文集如能在這方面略貢其棉薄之力，也是我所希望的。

《花間集》是文人詞集之祖，可以作多方面的研究，這本集子，只算起步，很多論題，正等著我們去開發。

溫飛卿詞舊說商榷

小序

　　溫飛卿詞存於《花間集》者六十六首，精萃盡在矣。余讀其詞，喜其色澤之麗也，針縷之密也，情感之深微也，時不禁沉哦其間，潛思冥索焉。

　　昔賢之措意溫詞者，李冰若《花間集評注》多所蒐輯；近數十年來，研討者寖多，余雖不學，經目者亦不下數十餘家，其中雖不乏睿見卓識，足資啓發，然仁智之論，褒貶之殊，亦不免時有。余徘徊其間，善其同而察其異，偶有所獲，輒條錄之，涓滴之積，日久亦自成窪。今特擇其堪寓目者，總爲此篇，名之曰「舊說商榷」。

　　溫詞可讀，舊說之功俱在，無煩頌美。拙作既名「商榷」，則指其疵謬，自是常義，非謂諸家百無一是也。此其一；舊說於名物訓解、賞析議論之處，或偶有疏誤，或蹈空失據，拙作條而發之，商略是非。擇彼精審，貢己愚陋。此其二；飛卿貌寢而才俊，志高而運蹇，畢生多不幸而甚不平，其藉著作比興之義曲達心聲，想當然事耳。前賢已示機中之祕，後學者若視

騷雅之聲爲市井艷曲，則屈煞飛卿矣。是以解其詞者，宜向深密處體會，不當出之膚泛。舊說或稍嫌簡樸，讀者徘徊藩籬之外，難窺園庭之美。拙作因有賞析之條，略示其途向。非敢逞其私巧，本近而推之使遠，本淺而鑿之使深也（語見朱子語類卷十一頁十五），其勢有不得不然者矣。此其三也。

拙作之例，先錄全詞，便參考也。次則條舉重點，別擇舊說以議論之，全文凡三十一詞六十三事。夫以燕山之石，補琬琰之瑕，安敢爲飛卿博同好者一哂之樂，一掬之淚，一拊掌之歎息哉！飛卿詞珠輝玉艷，琢磨功深，鍼縷無迹，神理自具，研讀者咸欲發其眞美，余亦何敢矜其獨得哉。但於嚴妝下窺其倩盼之姿，於深密處探其幽祕之恨，前賢已示其津，桃谿有徑，非自我闢也。幸方家大雅不吝諟正。

一

小山重疊金明滅，鬢雲欲度香腮雪。懶起畫娥眉，弄妝梳洗遲。　　照花前後鏡，花面交相映。新帖繡羅襦，雙雙金鷓鴣。（〈菩薩蠻〉之一）

一之一　小山重疊金明滅

△沈從文《中國古代服飾研究》①云：當時(以仁案：指中晚唐)於髮髻間使用小梳，有用至八件以上的。王建宮詞即說過：

---

① 沈從文《中國古代服飾研究》，臺北，龍田出版社，民國七十年（1981）十一月。

「玉蟬金雀三層插，翠髻高聳綠鬢虛。舞處春風吹落地，歸來別賜一頭梳。」這種小小梳子，是金、銀、犀、玉、牙等不同材料作成的。陝洛唐墓常有實物出土。溫庭筠詞：「小山重疊金明滅」，所形容的也正是當時婦女頭上金銀牙玉小梳背在頭髮間重疊閃爍情形。(七八〈宮禁圖〉)

△李誼《花間集注釋》②（以下簡稱「李誼」）云：沈從文《中國古代服飾研究》謂這句詞「正是當時婦女頭上金銀牙玉小梳背在頭髮間重疊閃爍的情形」，許昂霄〈詞綜偶評〉則謂「小山蓋指屏山」，句意當為朝陽映於金色畫屏，時隱時現。此兩說皆通，似以前說為勝。

　　以仁謹案：「小山」一詞，舊解紛紜，不煩贅引。惟沈說最為新出，李誼頗以其說為勝。然前人詩文詞賦中罕見以「小山」狀梳者；而插滿頭小梳，盛妝以眠，亦似不合情理；且下文「鬢雲欲度香腮雪」，係狀雲鬢蓬鬆垂拂之態，亦顯其人曾卸妝就寢，非小憩也，故不從沈氏之說。

一之二　鬢雲欲度香腮雪

△俞平伯〈讀詞偶得〉③（以下簡稱「俞平伯」）云：「欲度」二字似難解，卻妙。譬如改作「鬢雲欲掩」，逕直易明，而點鐵成金矣。此不但寫晴日下之美人，並寫晴日小風下之美人，

---

② 李誼《花間集注釋》，四川文藝出版社出版，一九八八年六月。

③ 俞平伯〈讀詞偶得〉，附見於俞氏所著《唐宋詞選釋》書末，臺北木鐸出版社，民國七十年（1981）五月再版。

其妙固在此難解之二字也，難解並不是不可解。

△葉嘉瑩〈溫庭筠詞概說〉④（以下簡稱「葉嘉瑩」）云：俞平伯以為「欲度」實乃欲掩之意，然「掩」字平板，「度」字生動；「掩」字但作逕直之說明，「度」字則足以喚起人活潑之意象。

以仁謹案：葉氏據俞說以發揮，然有誤解俞說之嫌。俞氏但謂「譬如改作『鬢雲欲掩』」，以「欲掩」襯托「欲度」之神采，未云「欲度」訓「欲掩」也。又俞氏《唐宋詞選釋》云：「〈詞綜偶評〉：『猶言鬢絲撩亂也』。『度』字含有飛動意。」亦可為證。俞氏設想小風吹來，鬢絲飛動；王達津則謂「鬆散了的雲鬢垂拂著臉頰，又輕輕地用手撩拂開。」（〈讀溫庭筠菩薩蠻二首〉⑤），皆藉想像以增飾「度」字風貌，非直以「度」訓「飛動」「撩拂」也。「度」義自訓「過」，與「渡」通，自此達彼之謂。此狀斯人初醒，鬢雲輕動之態。胡國瑞以白話解作「她的散亂的鬢髮，似流動的雲樣將要渡過那雪白香艷的臉腮」（〈論溫庭筠詞的藝術風格〉⑥），不憑虛造作，反覺實在。沈祥源、傅生文《花間集新注》⑦（以下簡稱〈新注〉）訓為「飄度」，似從俞氏「飛動」義來。然無論因風之吹動或手之撩拂，皆是讀

---

④ 葉嘉瑩〈溫庭筠詞概說〉一文，見所著《迦陵論詞叢稿》，臺北明文書局，民國七十年（1981）九月初版。

⑤ 王達津〈讀溫庭筠菩薩蠻二首〉一文，見《唐代文學論叢》一九八二年第二期。

⑥ 胡國瑞〈論溫庭筠詞的藝術風格〉一文，見〈唐宋詞研究論文集〉，一九六九年九月。

⑦ 沈祥源、傅生文《花間集新注》，江西人民出版社，一九八七年七月。

者自加想像，非必作者原意。前賢時彥注解詩詞，往往揉合一己之想像爲之，陳義不免紛繁歧出，使讀者莫衷一是，皆蹈主觀之病也。私意以爲二者應可分而論之：如「度」字義淺易明，據實以訓，庶免誤導之失；然文字自有其張力，而導人聯想。該字在詩詞中所呈現之風貌或因事而異，則可另作分析說明。如周邦彥〈金陵懷古〉詞：「孤帆遠度天際」，陳後主〈上巳襖酌〉詩：「鶯度遊絲斷，風駛落花多」，二「度」字雖義與此同，然神采迥異；而如飛卿〈齊宮〉詩：「粉香隨笑度，鬢態伴愁來」，該「度」字則與此並得細膩纖柔之美也。《花間集》中毛文錫〈虞美人〉「珠簾不卷度沉煙」，顧敻〈酒泉子〉「風度綠窗人悄悄」，孫光憲〈女冠子〉「壇際殘香輕度」，毛熙震〈菩薩蠻〉「輕風渡水香」諸例皆近之。

△李一氓《花間集校》[8]（以下簡稱「李一氓」）云：「香腮雪」，《雪本》作「春腮雪」，非。

　　以仁謹案：《雪艷亭本》與〈玄覽齋本〉同出於明萬曆庚辰《茅一楨本》，屬南宋紹興十八年《晁謙之跋本》系統[9]，此一系統各本皆作「香」；又《四部備要本》、《四庫全書本》，前者屬南宋淳熙十二年《鄂州冊子紙印本》系統，後者屬南宋開禧元年《陸游跋本》系統，亦皆作「香」，可見作「春」者《雪艷亭本》傳刊之誤。《花間集》「春」「香」二字相誤者頗不乏例：

[8] 李一氓《花間集校》，香港，商務印書館香港分館，一九六〇年十一月版，一九七八年二月重印。

[9] 說詳李一氓《花間集校·校後記》。

如飛卿〈楊柳枝〉之四:「六宮眉黛惹香愁」,〈新注〉云:「〈唐五代詞〉校記:『溫詩"香"作"春"』」;又毛文錫〈酒泉子〉「醉香風」,李一氓云:「〈湯本〉作『醉春風』」。「春」字亦誤爲「香」,如牛嶠〈女冠子〉之二:「卓女燒春濃美」,《華連國花間集注本》作「香」,《新注》謂《貴州簡字本》亦作「香」。李一氓謂《王輯本》校作「燒香」,李氏以爲「均非」,云:「燒春,酒名;李肇〈國史補〉:『酒則有劍南之燒春』,顯用文君當爐典。」又如張泌〈浣溪沙〉:「越羅巴錦不勝春」,〈玄覽齋本〉誤「春」爲「香」,失韻;又如閻選〈浣溪沙〉:「小庭花露泣濃春」,《新注》云:「《貴州簡字本》作『泣濃香』,誤。」作「香」亦失韻。又如皇甫松〈拋毬樂〉「千度入香懷」,《全唐詩》卷八九一及《唐五代詞》咸同此,然《全唐詩》卷三六九則「香」作「春」。按「春」「香」二字字形相近,又皆平聲,入句無失粘之虞,論意亦差可引申,所以多誤也。

一之三　新帖繡羅襦,雙雙金鷓鴣

△俞平伯《唐宋詞選釋》⑩云:「帖」、「貼」字通。和下文「金鷓鴣」的「金」字遙接,即貼金,唐代有這種工藝。「襦」,短衣,「繡羅襦」上,用金箔貼成鷓鴣的花紋。

　　以仁謹案:沈從文《中國古代服飾研究》以爲係「貼絹法」,爲唐代衣著絲綢加工方式之一,其說云:

　　　　唐代衣著絲綢加工大致有五六種:一爲彩飾。……二爲

⑩ 俞平伯《唐宋詞選釋》,臺北,木鐸出版社,民國七十年 (1981) 五月再版。

特種宮錦。……第三種是刺繡。……第四種是泥金銀繪，即是用金銀粉畫在衣裙材料上。大概舞衣裙用繡畫的必（以仁案：疑「比」誤）較多。因此，唐詩人詠歌舞衣裙常有金銀繪繡形容。第五種爲印染。……另外還有「堆綾貼絹法」，把彩色綾絹照圖案需要剪成，釘於料子上，即《周禮》所說「刻繪爲雉翟」的作法。溫飛卿詞：「新貼繡羅襦，雙雙金鷓鴣」，用的或就是貼絹法作成。……（六八：〈唐敦煌壁畫樂廷瓌夫人行香圖〉）。

其說與俞氏有相通之處；又李誼《花間集注釋》訓爲「帖著」，云：「《宋書。朱齡石傳》：『剪紙方一寸，貼著舅枕。』」，亦貼附之意。《新注》訓爲「貼金」，云：「用金線繡好花樣，再貼縫在衣服上。」皆與俞、沈之說近。惟《新注》似以「新帖繡」爲讀，稍有異。此句仍爲二三組合，俞解是。

又案：「帖」字，近人注本有作「貼」者，如華連圃《花間集注》⑪（以下簡稱「華連圃」）、鄭因百師《詞選》⑫、盧元駿《詞選注》⑬等是。今一般用法，帖服熨帖字作「帖」，黏貼字作「貼」⑭，二字古實可通⑮。段玉裁即以「貼」爲「帖」之

---

⑪ 華連圃《花間集注》，長沙，商務印書館。民國二十四年（1935）十一月初版，二十七年（1938）五月增訂四版。

⑫ 鄭騫（因百）《詞選》，臺北，中華文化出版事業委員會，民國四十一年（1952）七月初版，四十三年（1954）六月再版。

⑬ 盧元駿《詞選注》，臺北，正中書局。民國五十九年（1970）九月臺初版，六十四年（1975）十月臺四版。

⑭ 參《國語辭典》，臺灣，商務印書館。民國六十六年（1977）第三次修訂四版。

⑮ 如《公羊傳》僖公四年：「卒帖荆」，何休注：「帖，服也。」《經典釋文》：

俗字⑯。又「帖」字亦有作「著」者，王力《古代漢語》云：「一本作『著』」。然未言所據者何本。按《唐宋諸賢絕妙詞選》作「著」⑰。作「著」淺白易懂，或因以改易，非原貌如此，《花間》各本無作「著」者。惟舊說亦有訓「帖」爲「著」義爲「穿著」者，華連圃《花間集注》是也。查《說文》「帖」字訓「帛書署也」，爲標籤之義。段玉裁以爲帛署必黏黏，故引申爲「帖服」「帖妥」之義，非指「穿著」甚明。後世復有「法帖」、「帳簿」、「券帖」、「布片」……諸義，其引申關係一望可知，從無訓「穿著」者，華氏之解不可從。

　　又或訓「帖」爲「繡」，唐圭璋《唐宋詞簡釋》⑱、王達津〈讀溫庭筠菩薩蠻二首〉是也。然「帖」實無「繡」義，且與下文「繡」字重沓；又或訓「帖」爲「熨貼」，鄭因百師《詞選》嘗主此說，本省學者頗從之，如盧元駿《詞選注》即訓爲「熨平」，包根弟《詞選》⑲訓「熨貼」，皆從因百師後也，其義雖可通，惜「貼」一字以表熨貼，其例罕見耳。

　　又案：「繡」字，《唐宋諸賢絕妙詞選》引作「綺」，義雖

「帖，一本作貼。」鈕樹玉《說文新附考》、徐灝《說文解字段注箋》、王玉樹《說文拈字》等皆以爲二字相通之證。

⑯《說文》：「帖，帛書署也，以巾，占聲。」段玉裁注云：「木部曰：『檢，書署也。』木爲之謂之檢，帛爲之則謂之帖，皆謂標題，今人所謂籤也。帛署必黏黏，引申爲帖服，爲帖妥。俗製『貼』字，爲相附之義。製『帖』字，爲安服之義。」

⑰ 參曾昭岷《溫韋馮詞新校》，上海古籍出版社。一九八八年十二月第一版。

⑱ 唐圭璋《唐宋詞簡釋》，臺北，木鐸出版社。民國七十一年（1982）三月初版。

⑲ 包根弟《詞選》，臺北，北海出版公司，民國六十一年（1972）九月初版。

可通，然《花間》諸本無作「綺」者。黃昇編其書於宋淳祐間，晚於《晁跋紹興本花間集》百年左右，蓋偏旁相同而誤，故亦不從。

二

> 水精簾裡頗黎枕，暖香惹夢鴛鴦錦。江上柳如煙，雁飛殘月天。　　藕絲秋色淺，人勝參差剪。雙鬢隔香紅，玉釵頭上風。（〈菩薩蠻〉之二）。

二之一　通論全詞

△王達津云：溫庭筠這首〈菩薩蠻〉詞，……是寫他和戀人的期會。……寫了期會所選擇的最讓人喜愛的江南秋天的凌晨。（〈讀溫庭筠詞二首〉）

　　以仁謹案：王氏於該文之末重申此詞背景爲「江南秋曉」，蓋以「江上柳如煙」爲江南景色，「雁飛殘月天」則秋日雁集於南之象也。《花間》注本無作此說者。俞平伯則謂「本詞詠立春或人日」（《唐宋詞選釋》），顯據「人勝參差剪」立論。考《荊楚歲時記》云：「正月七日爲人日，以七種菜爲羹，剪彩爲人，或鏤金薄爲人，以貼屏風，亦戴之頭鬢，又造華勝相遺。」是戴人勝必在春日。王建詩云：「暖催衣上縫羅勝，晴報窗中點彩毯」詠「長安早春」也；飛卿詩云：「剪勝裁春字，開屏見曉江」，題爲〈春日寄岳州從事李員外〉，是春時戴勝，其證多有，且亦不限於人日也。「江上柳如煙」，狀春色漸盛，當非秋

日草木搖落之象；雁飛殘月，自狀春時北翔，非謂秋雁南飛也，王說非。王氏又擬幽期於凌晨，夫男女私約，罕有擇於凌晨者。其說亦有可議。

此蓋傷別之詞，寫戀人之離別也。故寓以旅雁，示以殘月，所謂「雁飛殘月天」是也。古人行旅，多發於清晨：韋莊〈菩薩蠻〉：「殘月出門時，美人和淚辭。」張泌〈浣溪沙〉：「早是出門長帶月，可堪分袂又經秋。」牛嶠〈生查子〉：「殘月臉邊明，別淚臨清曉。」孫光憲〈菩薩蠻〉寫幽會後送別情景，亦在晨雞初唱殘月猶明之凌晨，其詞云：「花冠頻鼓牆頭翼，東方淡白連窗色，門外早鶯聲，背樓殘月明。　薄寒籠醉態，依舊鉛華在。握手送人歸，半拖金縷衣。」並可爲證。此詞與第五首「杏花含露團香雪，綠楊陌上多離別。燈在月朧明，覺來聞曉鶯」，俱記此次離別，而一暗一明，有互爲呼應之妙。下片寫女子頭戴人勝，則是早春時節，乃著藕白之衣裙，狀之以「秋色」，對比及暗示作用明顯；且「藕」諧音「偶」（王達津有此說），得非以雙關語寓「藕（偶）斷絲連」之意乎[20]？然傷別

---

[20] 王達津〈談溫庭筠菩薩蠻二首〉云：「藕字也和偶字雙關。溫庭筠〈達摩支曲〉：『拗蓮作寸絲難絕』；〈采蓮曲〉：『船頭折蓮絲暗牽』，都是從民歌學來的雙關語。」俞平伯亦云：「深閨遙怨亦即於藕斷絲連中輕輕逗出。」（〈讀詞偶得〉）。飛卿每用諧音寄意之法，其〈張靜婉採蓮歌〉云：「船頭折柳絲暗牽，藕根蓮子相留連。」又〈江南曲〉云：「拾萍萍無根，採蓮蓮有子，不作浮萍生，寧爲藕花死。」「蓮」「藕」並諧音「憐」、「偶」也。又其〈添聲楊柳枝辭〉（一作〈南歌子〉詞二首）云：「一尺深紅勝麴塵，天生舊物不如新。合歡桃核終堪恨，裏許元來別有人。」「人」諧音「仁」也。又其〈菩薩蠻〉之十云：「鸞鏡與花枝，此情誰得知？」《新注》云：「『枝』與『知』是諧音雙關。」

兼傷春之意已隱約透出矣。按飛卿〈菩薩蠻〉首闋，狀戀中女子嬌懒容態，而結之以「雙雙金鷓鴣」，蓋一則喜當時之雙棲，二則憐未來之孤獨，三則寄希望於他時，其繾綣之情，依戀之態，盡在不言中矣。此詞承之而示別離，下片出之以特寫鏡頭，欲盡展其容色姿態以深入情人目中乎？（抑情人目中已深鑴伊人之難忘容態耶？）故第三首即明寫「暫來還別離」以繼之耳。飛卿詞深密，其〈菩薩蠻〉詞自有脈絡篇法，今人每輕議之，烏足以知飛卿哉！

△張惠言《詞選》㉑（以下簡稱「張惠言」）云：「夢」字提。「江上」以下，略敘夢境。人勝參差，玉釵香隔，言夢亦不得到也。「江上柳如煙」是關絡。

△陳廷焯《白雨齋詞話》㉒（以下簡稱「陳廷焯」）云：「江上柳如煙，雁飛殘月天」，飛卿佳句也。好在是夢中情況，便覺綿邈無際。若空寫兩句景物，意味便減。悟此方許為詞。不則金氏所謂「雅而不艷，有句無章」者矣㉓。（卷七第二八條）。

㉑ 張惠言《詞選》，收入《張皋文易詮全集》，嘉慶八年揚州阮氏琅嬛僊館刊版影印。
㉒ 陳廷焯《白雨齋詞話》，臺北，河洛出版社，民國六十七年一月臺景印初版。
㉓ 「金氏」，謂金應珪也。其〈詞選後序〉云：「近世為詞，厥有三蔽。……規模物類，依託歌舞；哀樂不衷其性，慮嘆無與乎情；連章累篇，義不出乎花鳥。感物指事，理不外乎酬應。雖旣雅而不艷，斯有句而無章，是謂游詞。其蔽三也。」（據《白雨齋詞話》卷六第九〇條轉錄）。「雖旣雅而不艷」，謂雖雅，雖不艷也；「其有句而無章」，謂其蔽在有句無章也。陳氏此文節引彼二句，正取其「有句無章」之說，然短引「雖旣」及「斯」字，遂令其意不明。

△《栩莊漫記》㉔云：「暖香惹夢」四字與「江上」二句均佳，但下闋又雕繢滿眼，羌無情趣。即謂夢境有柳煙殘月之中美人盛服之幻，而四句晦澀已甚，韋相便無此等笨筆也。（引自李冰若《花間集評注》㉕）

△蕭繼宗《評點校注花間集》㉖（以下簡稱「蕭繼宗」）云：柳煙雁月，造境奇佳。謂為夢境，則皋文、亦峰曲為之說耳。若然，則下文必須點醒方是。《漫記》譏其晦澀，蓋姑信其說也。實則不獨人未入夢，亦未就枕交睫，所謂「惹夢」云者，

㉔《栩莊漫記》，李冰若《花間集評注》屢引之，不言作者何人。詹安泰謂即李冰若。詹氏云：「正如亡友李冰若在《花間集評注》中所說：『溫尉菩薩蠻十四首，中多綺艷之句，信為名作。特當日所進為二十章，今已缺數首。……而張氏謂彷彿長門賦，節節逆紋。嘗就所評研索再四，無論以順序逆序推求，正復多所牴牾也。』」（詹氏原注：冰若評注《花間集》，曾托名《栩莊漫記》以申己說。）冰若曾對溫詞〈菩薩蠻〉作總評，說『全首無生硬字句而復饒綺怨者，當推『南園滿地』『夜來皓月』二闋，餘有佳句無章，非全璧也。』還說……。」（見所撰〈溫詞管窺〉一文。《藝林叢錄》第四編，商務印書館，一九六四年。）按詹、李既為舊識，所引李氏意見，即出自《栩莊漫記》，且《栩莊漫記》除《花間集評注》引錄外，更不見於他處，則詹氏之言，即可據為的證。《新注·凡例》亦謂《漫記》為「李冰若撰，未出版。」不知是否依據詹說，抑另有所本？惟學界至今仍有疑議：一則李氏親友故舊非止一人，何別無知其事者？二則《漫記》如係李氏自撰，何須別托他名，且無片言交代？且《漫記》既為己作，當置於諸家評語之末，今則不然，何也？近來李冰若之子李慶蘇重印《花間集評注》，一九九三年六月人民文學出版社出版，附《影印出版後記》，已對此事加以澄清，證明《栩莊漫記》，即為其父所著。本文仍用《栩莊漫記》稱謂，取其有別於注也。
㉕李冰若《花間集評注》，見《宋紹興本花間集附校注》一書，臺北，鼎文書局，民國六十三年（1974）十月初版。
㉖蕭繼宗《評點校注花間集》，臺北，學生書局，民國六十六年（1977）元月初版。

不過晶簾舊枕，繡被餘香，惹人魂夢而已。全詞通貫，初無扞挌。一經此輩盲目捫㧌，翻成語障，致使知言如栩莊尙漫信而譏溫詞爲笨筆，其貽誤初學，更待何言。……

　　以仁謹案：亦峰肩輿皋文，推而闡之，說以夢境，許有寄託，若能自圓其說，自亦一解。今學者反對者眾而態度各有不同。施蟄存〈讀溫飛卿詞札記〉㉗云：「溫飛卿詞之爲一代龍象，固不必援比興以爲高。然我國文學自有以閨襜婉變之情，喻君臣際遇、朋友交往、邦國興衰之傳統。此亦賦家諷喻之用，張皋文、周介存箋釋飛卿詞，亦足助人神思。然此乃讀者之感應，所謂「比物連類，以三隅反」是也。若謂飛卿下筆之時，即有此物此志，則失之矣。」

　　施氏之持論，爲反對寄託說中語氣較平和者。飛卿下筆之時，是否有比興寄托之意，非一言可決。他家亦多耳食，隨聲吠影者眾，自出機杼言之成理者少。余將另以專文論之，此處姑置不議。然此詞即有寄託，似亦不必如皋文、亦峰之以夢境說之，蕭氏之論，自有見地，惟猶未能盡發溫詞之美。如前文所言，此詞係寫戀人之別離，晶簾玉枕，繡被幽香，惹夢牽情，歡會之餘溫尙留衾枕（張泌〈浣溪沙〉所謂「錦帷駕被宿香濃」也。蕭氏以爲「未就枕交睫」，純出臆想，於「暖香」二字亦欠妥切交代），而別離之事實已陳目前。「江上」二句，實暗示別離之意而展布之室外晨景也。神銜意接，隱而不滯。所謂清空

㉗ 施蟄存〈讀溫飛卿詞札記〉一文，載於《中華文史論叢》第八輯。一九七八年十月出版，作成於一九六四年七月。

善轉也。亦峰謂如非夢境，便成空寫，正緣未悟其中關絡層次之故。姜亮夫云：「『簾裡』『江上』，蓋皆雜集之印象。」[28] 其病亦然。俞平伯〈讀詞偶得〉、葉嘉瑩〈溫庭筠詞概說〉，咸主讀飛卿詞不必以理法解說[29]，皆過求入歧之閉。類此情形，非特文學研究者如此。理學家說經，多鄙棄舊注，輕蔑章句，朱熹云：「學者之患，在於好談高妙，而自己腳跟卻不點地。正所謂道在邇而求諸遠，事在易而求諸難也。」（《文集》卷四十五〈答胡寬夫書〉）又云：「今人多說章句之學者為陋，某看見人多因章句看不成句，卻壞了道理。」（《語類》卷五十六）輕於求解而遽逞己意，競談高妙，理學家亦習見此病也。竊謂此

---

[28] 姜亮夫《詞選箋注》云：「張氏以『江上』以下述夢境，實隔溫詞境界一層。『簾裡』『江上』，蓋皆雜集之印象，使暖香柳煙，美情相縮，自然調和。其妙處正在跡象可尋不可尋之間，純為渾成之境界，乃綺情之佳作。而人勝參差，鬢隔香紅，又寫情寫景，皆入神化，張氏以為『夢亦不到』，蓋未深味也。」（轉引自曾昭岷《溫韋馮詞新校》）。費偌大氣力，仍說不明確。

[29] 俞平伯云：「飛卿之詞，每截取可以調和的諸印象而雜置一起，聽其自然融合，在讀者心眼中仁者見仁知者見知，不必問其脈絡神理如何如何，而脈絡神理按之則儼然自在。譬之雙美，異地相逢，一朝絀合，柔情美景並入毫端，固未易以跡象求也。即以此言，簾內之情穠如斯，江上之芊眠如彼，千載以下，無論識與不識，解與不解，都知是好言語矣。」

葉嘉瑩引俞氏之說，且云：「私意以為讀飛卿詞正當作如是觀。蓋飛卿詞之所以為美，關係於色澤聲音者多，而關係於內容含意者少。……不必深求其意義，而盡人皆知為好言語矣。」葉氏又云：「溫詞之特色，原在但以名物、色澤、聲音喚起人純美之美感。殊不必規規以求其文理之通順意義之明達也。」按二氏之說，豈謂文理不通順亦可擅其美者乎？繪畫藝術，直接訴諸眼目，或得以色彩構圖感人，詩文不如此也。且就藝術發展史言，千年以前，即繪畫亦未克臻此，此皆未會溫詞結構層次之過也。且其情外化景物以出，楊海明〈心曲的外物化與優美化〉，鄧喬彬〈飛卿詞藝術平議〉二文言之劃切矣，讀者可參看之。

詞佳處，結構是其一：首句寫「簾」㉚，次及枕衾，由外而內。
三句寫江上煙柳，四句寫天邊雁月，由近而遠，是一對稱；首
次兩句寫室中物，三四兩句寫室外景，是又一對稱；首句實寫
物之晶瑩澄澈，次句烘托情之綺旎纏綿，是又一對稱；衣藕白
之衫，戴金箔之勝，鬢插紅花，頭簪玉釵，其色彩莫不兩兩對
比，而又與首次二句有呼應之妙。似此安排，非無意也，蓋與
暫聚而又別（下闋云：「暫來還別離」）兩種情感相縈繫也。是
景有冷暖，而情亦有歡悲，景之冷暖，亦即情之歡悲，則又一
對稱也；上闋寫景，下闋寫人，此又一對稱；上闋寫景而人在
其中，情亦在其中。下闋寫人，妙在只間接烘托，決不直接描
狀，專從衣物首飾上著色落筆，捕捉其特點，或濃染之，或細
勾之，或圖其貌，或傳其神，而人之容色、氣味、姿態，無不
一一襯托而出，此畫家圖雲狀水之法也。又妙在亦不直接寫衣
飾，而出之以「藕絲秋色」「香紅」「風」等詞彙，虛中著虛，
而人物竟凸顯其中，有如電影之近鏡頭，款款行來，活色生香
嫋娜有致一美人也！詞評家多稱飛卿詞深厚綿密，善用此類手
法，亦其因素之一也。俞平伯《清眞詞釋》云：「花間美人如
仕女圖，而清眞詞中之美人卻彷彿活的。」此語蓋出之一時印
象，決非平正之論。《花間集》中如寫江南少女，類似皇甫松之
〈采蓮子〉，歐陽炯之〈南鄉子〉；寫懷春少女，有如張泌之〈蝴
蝶兒〉，飛卿之〈南歌子〉，韋莊之〈浣溪沙〉；寫閨中少婦，有
如飛卿之〈夢江南〉，韋莊之〈女冠子〉……或嬌憨可掬，或韻
致天然，或明快爽朗，或哀怨纏綿。固無不活脫靈動。即如此

㉚ 李誼《花間集注釋》謂「水精簾」指「帳」。

十四首〈菩薩蠻〉詞，向爲飛卿穠麗風格之代表作，不知其生
香活色，固飛動於金碧華麗之中。栩莊但譏其「雕繢滿眼」，豈
眞「知言」者？余讀飛卿此詞，乃知「文心如髮」之義。識者
盛稱其「針縷之密」[31]，信不我誣。夫以區區四十餘字，作如此
濃密細膩之展佈，不特形意珠聯，情景雲疊，兼且層次分明，
蘊蓄豐富，意象靈動，體物緣情如此其深刻也，驅詞遣句如此
其周致也，固已臻神化之境哉！

二之二　藕絲秋色淺

△兪平伯云：藕合色近乎白，故說「秋色淺」。

△華連圃云：謂所著之衣淺黃淡綠色也。

△李誼云：所穿之衣爲藕絲顏色。元稹〈白衣裳二首〉：「藕絲
　衫子柳花裙」。

△《新注》云：衣裙染爲藕合色，像秋日藍天之淺色。藕絲，
　靑白色，這裡借代爲衣裙。

　　　以仁謹案：諸說或謂「秋色」近乎白色，或謂淺黃淡綠色，
或謂像秋日藍天之淺色，莫衷一是。如任意擬「秋色」以求解，
則秋山多霜葉，秋原多蘆花，秋色爲紅乎黃乎白乎？如唐岑參
〈與高適薛據登慈恩寺浮圖〉詩：「秋色從西來，蒼然滿關中。

---

[31] 周濟《介存齋論詞雜著》云：「鍼縷之密，南宋人始露痕跡，花間極有渾
　　厚氣象。如飛卿則神理超越，不復可以跡象求矣。然細繹之，正字字有脈
　　絡。」張炎《詞源》亦有類似意見。拙文〈試從密處說溫詞〉亦申此說。
　　民國七十七年（1988）十一月發表於《臺大中文學報》第二期，今收入此
　　集，可參看。

五陵北原上，萬古靑濛濛」，則爲蒼蒼然之靑色矣。又如尹鶚〈菩薩蠻〉云：「隴雲暗合秋天白」，是秋之「天」色不定爲淺藍，此《新注》之說之所以尤須商榷也。此處似應從「藕絲」上索解，則兪平伯之說近是。謂其衣裙白如藕合之色，有如淺淡之秋色也。秋色非一，然秋晨多霜，秋原草木蕭條，蘆花獨盛，是白色爲秋天景色特徵之一。元稹「藕絲衫子柳花裙」，詠「白衣裳」者也。溫氏〈歸國遙〉詞：「舞衣無力風軟，藕絲秋色染。」亦謂藕白之衣裙，有如染上淡淡之秋色。王達津〈讀溫庭筠菩薩蠻二首〉云：「藕色就像染上淡淡的秋光」，是矣。

△兪平伯《唐宋詞選釋》：當斷句，不與下「人勝參差剪」連。藕合色近乎白，故說「秋色淺」，不當是戴在頭上花勝的顏色。這裡藕絲是借代用法，把所指的本名略去，古詞常見。如溫庭筠另首〈菩薩蠻〉「畫羅金翡翠」，不言帷帳；李璟〈山花子〉「手把眞珠上玉鉤」，不言簾。這裡所省名詞，當是衣裳。作者另篇〈歸國遙〉：「舞衣無力風軟，藕絲秋色染」，可知。李賀〈天上謠〉：「粉霞紅綬藕絲裙」。

△胡國瑞〈論溫庭筠詞的藝術風格〉云：在溫詞中，其濃麗的辭藻，主要用在與女性生活相關的飾物環境的描寫上，其作用大致有以下諸方面：其一是加重飾物色彩的塗繪，如「新貼繡羅襦，雙雙金鷓鴣」、「繡衫遮笑靨，煙草粘飛蝶」、「山枕隱濃妝，綠檀金鳳凰」，它們每聯的下一句，都是用以具體刻畫上一句中所寫之物「繡羅襦」「繡衫」「山枕」的。也有以上句作爲下句的形容語的，如「藕絲秋色淺，人勝參差剪」。這些具有刻畫作用的句子，以現在語法看來，它們都是主詞

的形容子句。這種句子最易給人以辭藻堆砌的感覺。

　　以仁謹案：胡氏之說與俞氏之說恰相反。胡氏以爲「藕絲秋色淺」爲形容子句，以修飾下文「人勝」一詞者。俞氏則惟恐讀者有此誤會，特標明此句「當斷句」，並特別說明「不當是戴在頭上花勝的顏色」，且以詞中多省略本名之借代用法證「藕絲」即藕色衣裙，舉飛卿己作〈歸國遙〉「藕絲秋色染」爲例，尤爲鐵證。其說不可易也。諸《花間》注者如華連圃、李誼、沈祥源、傅生文等，說雖小異（見前文），然謂「藕絲」係指衣裙，則皆一致。當時雖有以綺羅爲「勝」者，如和凝〈春光好〉：「玉指剪裁羅勝，金盤點綴酥山」，王建〈長安早春〉詩：「暖催衣上縫羅勝，晴報窗中抛彩毬」，然皆花勝，非人勝也。《荊楚歲時記》謂「人勝」乃剪彩或鏤金箔爲之（已引見前文），則與藕色綾羅無涉矣，且時俗不忌白勝乎？胡氏拘於句型，徒使溫詞生冗贅堆砌之病，謂之點金成鐵，應不爲過。夫章句變化，視創作之需要爲之，詩歌中遣詞造句，尤能務新出奇，安可範以固定模式哉！溫氏〈菩薩蠻〉十四章，五字者八十四句計四十二組，多數皆不與胡氏說合。余意即如所舉「煙草粘飛蝶」例，亦非「繡衫遮笑靨」之形容子句也。二句聯翩駢列，不相附屬，甚爲明顯。而其所開拓之想像空間，所造設之靈變畫面，則又遠非胡氏固守模式騰躍於方寸之間者所堪比擬也。

二之三　玉釵頭上風

△俞平伯《唐宋詞選釋》云：幡勝搖曳，花氣搖蕩，都在春風中。作者〈詠春幡〉詩：「玉釵風不定，香步獨徘徊」，意境

相近。

△又俞氏〈讀詞偶得〉云：「人勝」句，其首飾也。人日剪綵爲勝，見《荊楚歲時記》，這是插在釵上的。溫詩集三〈詠春幡〉：「玉釵風不定，香步獨裴徊」，可見這是作者慣用的句法。幡勝亦是一類之物。雙鬢句承上，著一隔字，而兩鬢簪花如畫，香紅即花也。末句尤妙，著一風字，神情全出，不但兩鬢之花氣往來不定，釵頭幡勝亦顫搖於和風駘蕩中。曾有某校學生執「玉釵頭上風」相詢，竟不知所對。我說：「好就好在這個風字」，而他們說：「我們不懂就不懂這個風字。」

　　以仁謹案：俞氏首說重點在注解，次說重點在賞析，而皆實解「風」字，曰「春風」曰「和風」，以爲彼女因風而生姿態。爾後說此詞者頗受其影響，如《新注》云：「頭上風，指頭上所飾花勝之類隨步迎風而微微顫動。」其賞析部分更云：「最後兩句，使女主人公的神情全出，簪花如畫，在和風駘蕩之中微微顫動。」其師取俞說，至爲明顯。王達津〈讀溫庭筠菩薩蠻二首〉亦云：「『雙鬢隔香紅，玉釵頭上風』，是寫女子頭上的花朵，和她自己對曉風吹拂玉釵的感覺。」王氏蓋誤此詞時間背景爲秋晨，故改以「曉風」說之，其對全詞之了解雖異於俞氏，然實解「風」字，則與前二說無別。然葉嘉瑩氏則別有見解，與上述三家不同，葉氏云：

　　　　至於「玉釵頭上風」之「風」字，初讀之，似不免有不通之感，細味之，方覺其妙。蓋必著此一「風」字，然後前所云之「參差」之「人勝」與夫「雙鬢」之「香紅」，乃增無限裊裊翩翩之感，然又必不明言其裊裊翩翩，而

但著一名詞「風」,與「香紅」二字同妙。(〈溫庭筠詞概說〉)。

案:葉氏受俞說影響而作進一步之渲染,以「裊裊翩翩」狀首飾顫動之貌,謂「風」字實有烘托之效,則是虛解此「風」字也。李誼注此則云:「頭上所戴玉釵,因人走動而生風。」謂「風」實因人行動而生,非先實有「春風」「和風」「曉風」之吹拂。二氏各有所得,然尚未窺全豹,竊以為此「風」字實虛設,風之有無,非此句重點也,特以之烘托其人首飾顫動之貌與其款款行來婀娜之姿也。再深一層看,其首飾顫動之貌,實亦狀其體態之婀娜有致也。彼抽象難畫難描之無限神韻,盡藉此一具體之「風」字呈現,此飛卿之所以為高也。《花間》詞人牛希濟〈臨江仙〉云:「輕步暗移蟬鬢動」,疑即暗襲此詞意;而牛嶠〈菩薩蠻〉之「玉釵風動春幡急」,則並化溫氏〈詠春幡〉詩意矣。於此似亦可略窺《花間》西蜀詞人受溫詞影響之跡象。

三

蕊黃無限當山額,宿妝隱笑紗窗隔。相見牡丹時,暫來還別離。　翠釵金作股,釵上蝶雙舞。心事竟誰知,月明花滿枝。(〈菩薩蠻〉之三)。

三之一　蕊黃無限當山額

△李冰若《花間集評注》(以下簡稱「李冰若」)云:〈西神脞說〉:「婦人勻面,古惟施朱傅粉而已,六朝乃兼尚黃。」《幽怪錄》云:「神女智瓊額黃。」梁簡文帝詩:「同安鬟裡撥,

異作額間黃。」溫庭筠詩:「額黃無限夕陽山。」又詞:「蕊
黃無限當山額。」牛嶠詞:「額黃侵髮膩」[32],此額妝也;北
周靜帝令宮人黃眉墨妝。溫詩:「柳風吹盡眉間黃」,張泌
詞:「依約眉間理舊黃」,此眉妝也;段成式《酉陽雜俎》所
載,有黃星靨。遼時,燕俗,婦人有顏色者,目為細娘,面
塗黃,謂為佛妝。溫詞:「臉上金霞細」,又「粉心黃蕊花靨」。
宋彭汝厲詩:「有女夭夭稱細娘,真珠絡髻面塗黃」,此則面
妝也。

△華連圃云:按蕊黃,即額黃也。因似花蕊,故以為名。古者
女妝必點額黃,李義山詩:「壽陽公主嫁時妝,八字宮眉捧
額黃。」山額,謂額間之高處也。溫庭筠詩:「雲鬢幾迷芳
草蝶,額黃無限夕陽山。」是其證。

△蕭繼宗云:「蕊黃」,謂黃如花蕊之色。

△李誼云:蕊黃,謂色黃如花蕊,此指眉妝。《升庵詩話》卷十
〈黃眉墨妝〉:「後周靜帝令宮人黃眉墨妝,至唐猶然。觀唐
人詩詞,如『蕊黃無限當山額』,又『額黃無限夕陽山』……
其證也。」李商隱〈酬崔九早梅有贈兼示之作〉:「幾時塗額
借蜂黃」。山額,溫庭筠〈照影曲〉:「黃印額山輕為塵」。

△《新注》云:蕊黃:額黃,因色如花蕊,故也稱蕊黃。六朝
時,婦女打扮時,額間塗黃。五代時,還存此習。無限,沒
有界限,言黃色已模糊不清了。山額,舊稱眉為遠山眉,眉
上額間,故稱山額。或曰:額間的高處。

---

③ 此牛嶠〈女冠子〉詞。原作「額黃侵膩髮」,與下句「臂釧透紅紗」相偶,
此誤倒。

以仁謹案：上列諸家之說，可商略者有四：

㈠、李冰若所稱「黃星靨」及「粉心黃蕊花靨」，當是「靨子」一類面飾。《新注》訓溫庭筠〈歸國遙〉「粉心黃蕊花靨」云：「寫面飾，戴著紅心黃蕊色的花靨。」段成式《酉陽雜俎》云：「今婦人面飾所用花子，起自上官昭容所製，以掩黥跡。」毛熙震〈後庭花〉：「笑拈金靨」，孫光憲〈菩薩蠻〉：「膩粉半粘金靨子」，魏承班〈訴衷情〉：「星靨小」，和凝〈山花子〉：「星靨笑隈霞臉畔」，皆其例。其物及其施妝方式似非「額黃」之類，李氏舉例不當也。又「臉上金霞細」一例（溫詞〈南歌子〉之四），亦有別解：華連圃以「額黃」說之；《新注》則以爲「金霞，指帳中的妝飾物所放射出的光彩。」並舉證云：「〈趙飛燕外傳〉：『眞臘夷獻萬年蛤，帝以賜后，后以蛤裝玉成金霞，帳中常若滿月。』細，指閃光點點。」則溫詞用舊事也。皆非李氏所謂「面妝」。是此例亦可商榷也。

㈡、「額黃」施妝之法，或係撲以黃粉。溫庭筠詩〈湘宮人歌〉云：「黃粉楚宮人」。又〈照影曲〉云：「黃印額山輕爲塵」，曰「黃粉」，曰「輕爲塵」，當係粉狀物，此所以「額黃侵膩髮」也。此法似亦可施之於顏面，溫詞〈南歌子〉之「撲蕊添黃子」是也。粉狀，故曰「撲」。似與「佛妝」之全面塗金者不同。或亦有點額之法如華氏所言，然資料並不顯著，暫誌存疑。

㈢、「蕊黃」似言其色，非狀其形。《幽怪錄》、梁簡文帝及溫庭筠詩、牛嶠詞，皆但稱其色，未及其形。溫詞〈南歌子〉之五：「撲蕊添黃子」，「撲蕊」，謂撲黃粉也，「蕊」亦指顏色言。「添黃子」，則是增添「花靨子」之類。李商隱詩且稱「蜂黃」，自非狀形，尤可爲證。華氏謂：「因似花蕊，故以爲名」，

語意殊嫌含混，不可從。蕭、李及《新注》之說是也。

　㈣、此例自謂額妝，非眉妝也。「當」猶「值」，指部位言。李誼獨訓「眉妝」，不知理據何在？「山額」，疑因額部隆起而得名，猶「山庭」之稱鼻，「山根」之稱鼻之上印堂之下然。地表之隆起者曰「山」，面部之隆起者或亦擬之耶？無他佐證，姑貢一拙。

三之二　宿妝隱笑紗窗隔

△李誼云：宿妝，梁劉緩〈鏡賦〉：「訝宿妝之猶調，笑殘黃之不正。」岑參〈醉戲竇子〉[33]：「宿妝嬌羞偏髻環。」隱笑，何遜〈輕薄篇〉：「相看獨隱笑。」

△《新注》云：「宿妝」句，寫隔著紗窗所見的情形。宿妝，指隔夜的妝飾。

　以仁謹案：注釋之道，取徑不一，李誼舉同例以豐比對之資，《新注》則明訓解以袪艱澀之義，前者可助想像，後者便於初學，各有所長也。嘗讀溫詩，其〈贈知音〉云：「窗前謝女青蛾斂。門外蕭郎白馬嘶。」詩一名〈曉別〉；又〈大子西池〉云：「莫信張公子，窗前斷暗期。」頗有寓意。飛卿嘗從莊恪太子遊，甘露之變，太子遇害。爲飛卿畢生恨事。其詩詞或有相通處乎？錄之以助讀者之遐想也。

三之三　翠釵金作股，釵上蝶雙舞

---

[33] 原題作「醉戲竇子美人」，見《全唐詩》卷二百一。李氏蓋省略。

△《栩莊漫記》：以一句或二句描寫一簡單之妝飾，而其下突接
　別意，使詞意不貫，浪費麗字，轉成贅疣，為溫詞之通病。

　　以仁謹案：「金作股」與「蝶雙舞」皆寓成雙成對之意。
「蝶雙舞」一望而知，「金作股」則有待疏解。白居易〈長恨歌〉
云：「釵留一股合一扇，釵擘黃金合分鈿。」所謂「釵留一股」，
是各得一股，可見釵有兩股；又溫詩〈懊惱曲〉云：「兩股黃
金已相許，不令獨作空成塵。」則明言「兩股」，皆可為證。蕭
繼宗注云：「釵以金作二股扭成之」，是矣。然則下文所謂「心
事」者，實即卿卿我我雙宿雙飛之意願也。際此佳辰令夕，月
白風輕，睹春花之盛放，末二句豈但言「別意」？實更涵觸景傷
懷惜流光而怨幽獨之不盡感傷，正與此雙股雙蝶之意緊扣密
接，乃栩莊肆譏其「詞意不貫」，何也？胡國瑞〈論溫庭筠詞的
藝術風格〉云：

> 他運濃密辭藻的另一作用，在於增厚環境氣氛的渲染，
> 從而暗示人物的感情。……也還有作為人物感情的起興
> 的，如「翠釵金作股，釵上蝶雙舞。」因此乃產生下句
> 「心事竟誰知」的感歎。

　　以「翠釵」二句為「心事」二句之起興，胡氏探得驪珠哉！
鄧喬彬〈飛卿詞藝術平議〉[34]以為「釵上蝶雙舞」句：「對於獨
居之女，可謂以象徵意義之筆作反襯之用。」亦是也，然未及
「翠釵金作股」句，猶未全得。

---

[34] 鄧喬彬〈飛卿詞藝術平議〉一文，載於《社會科學戰線》第四期，一九八
　四年。

△李一氓云：「蝶雙舞」，《鄂本》、《湯本》作「雙蝶舞」。

△李冰若云：「釵上蝶雙舞」句，《毛本》作「雙雙」，《王本》作「雙蝶」。

△蕭繼宗云：「釵上蝶雙舞」句，《毛本》作「雙雙」，《王本》作「雙蝶」，「雙雙」不辭，作「蝶雙」（以仁案：此疑「雙蝶」之誤，見《王本》），「蝶」以入作平，差可。

△《新注》云：「蝶雙舞」，《毛本》作「雙雙舞」，《鄂》、《湯》、《王》三本作「雙蝶舞」，「雙」，平聲字；「蝶」，入聲字。此句當作「蝶雙舞」，方能與上句平仄相對，符合律句。

　　以仁謹案：溫詞〈菩薩蠻〉之五云：「妝淺舊眉薄」；之九云：「家住越溪曲」；之十三云：「眉黛遠山綠」，第三字「舊」「越」「遠」皆仄聲，他例則皆作平。《敦煌曲校錄》所錄〈菩薩蠻〉第十六首（新二六〇七）[35]云：「惟恨累年別」，第三字「累」亦仄聲。他例皆作平聲。作平者常例也。余於下文「五之三妝淺舊眉薄」條尚有說可參，此處不贅。第四字則皆作平，溫詞十四闋固皆如此，《花間》他家亦無例外，諸譜亦莫不然。是「蝶雙」為原貌，「雙蝶」則失律矣。《新注》謂「此句當作『蝶雙舞』，方能與上句平仄相對。」蓋即指第四字也。第三字則以平偶平為常例，如溫詞〈菩薩蠻〉之一：「照花前後鏡，花面交相映」、之二：「藕絲秋色淺，人勝參差剪」。之四：「繡衫遮笑靨，煙草黏飛蝶」，之六：「畫羅金翡翠，香燭銷成淚」，之

---

[35] 收入《全唐五代詞》下冊。臺北，世界書局，民國五十一年（1962）二月初版。

七：「畫樓相望久，欄外垂絲柳」……等例，其中「前」之與
「交」、「秋」之與「參」、「遮」與「黏」，「金」與「銷」、「相」
與「垂」，皆以平偶平，非「平仄相對」也。蕭氏以爲「雙蝶」，
「入作平，差可。」亦非。

　　又李冰若謂「《毛本》作『雙雙』」，蕭氏及《新注》皆承其
說。然查《四庫全書本》，則仍作「蝶雙」，《四庫本》出自《毛
本》者也。曾昭岷《溫韋馮詞新校》不言《毛本》，蓋亦以李冰
若之說爲失檢耳。

四

　　翠翹金鏤雙鸂鶒，水紋細起春池碧。池上海棠梨，雨晴
紅滿枝㊱。　　　繡衫遮笑靨，煙草粘飛蝶。青瑣對芳菲，
玉關音信稀。（〈菩薩蠻〉之四）。

四之一　通論全詞

△楊海明〈心曲的外物化和優美化——論溫庭筠詞〉㊲云：照

㊱ 棠梨屬薔薇科，二月開白花。此名「海棠梨」，而開紅花，自是棠梨異種。
　俞平伯〈讀詞偶得〉云：「昔人於外來之品物，每加『海』字，猶今日對
　於舶來品多加一『洋』字也。」張清徽師謂棠梨：「春日開花，有紅白二
　種，白花者結實豐碩，可供食用。紅花者果實細小，供玩賞而已。」清徽
　師素識此花也。蓋二者日久而混爲一名矣。《新注》以爲「海棠梨」即「棠
　梨」，開白花而云「紅滿枝」者，「是一種藝術的粉飾」，似有臆解之嫌。又
　蕭繼宗評點校注《花間集》以「紅」爲「花」，與李冰若《花間集評注》同，
　然各本均作「紅」，蕭襲李誤。
㊲ 楊海明〈心曲的外物化和優美化——論溫庭筠詞〉一文，載於《文學評論》，
　一九八六年四月。

理，描寫邊塞題材的詞作，應當以描寫邊塞風光爲主，裡面要散發出烽火狼煙的氣味才是。然而溫氏筆下的邊塞詞，卻早已剔盡了戰爭的煙塵，而只存下一片思婦的纏綿情思。唐人邊塞詞中所呈現的社會內容在溫詞中是完全看不見的，人們所感到的只是充滿脈脈深情的無限「心曲」而已。試讀：（以仁案：下引飛卿〈蕃女怨〉〈定西蕃〉及此首〈菩薩蠻〉詞，從略）……這裡，塞外的戰爭，只成了思婦怨思的一個遙遠隱約的「背境」而已。作者致力描寫的並不是關於戰爭的場面，戰爭帶給社會的影響等等，而僅著力於寫深閨中的一片哀怨心緒。……

　　以仁謹案：飛卿此詞，爲其十四首〈菩薩蠻〉之一，張惠言等謂其別寄感士不遇之懷（見張氏《詞選》）。若從此一觀點言，似不得孤立此詞以爲說；即就其表面觀之，《新注》以爲此詞係「懷遠思舊之作」。今楊氏但據「玉關」字樣，而遽歸之「邊塞」一類，擄以論飛卿邊塞詞之內容、風格，實不無可商之處。

△蕭繼宗云：閨人念遠，亦「陌頭楊柳」之意。辭餘於情，以視龍標絕句，遂覺不逮。

　　以仁謹案：讀飛卿詞，宜細細品味，不可狼吞，不作牛飲。譬若此詞，其佳勝處固不在暗合龍標詩意也，且又未必與龍標詩意相拎。

　　此詞就其佈局結構言，從髮飾展開，所謂近取諸身也。由金鏤之水禽而及水紋細起之春池㊳，而及池上之海棠梨，海棠

㊳ 此由物及景，以聯想爲橋樑。俞平伯〈讀詞偶得〉云：「由假的水鳥飛渡

梨枝頭盛放之花朵。從物之聯想，及景之展佈，採遞進之法，層次分明。便如乘車遊覽，車行景變，應接不暇，而又連續不斷。然詞中女主角實未嘗移動，正所謂「平春遠綠窗中起」也㊴，由下片「青瑣對芳菲」句可知。鄧喬彬以「坐在瑣窗之前」釋之（〈飛卿詞藝術平議〉），甚是。「青瑣」，係指古時雕刻連鎖形塗以青漆之亮隔花紋，一般施之於窗、門，即以爲窗、門之代稱㊵：杜甫〈秋興八首〉之五：「一臥滄江驚歲晚，幾回青瑣點朝班」，飛卿詩：「綠囊逢趙后，青瑣見王沈」（〈洞戶二十二韻〉㊶），「青瑣」皆謂宮門也；顧夐〈甘州子〉：「醉歸青瑣入

───────────────

到春池春水。」其說是也。飛卿詞他處亦嘗用類似手法，如〈更漏子〉由「塞雁」「城烏」而引出「畫屏『金鷓鴣』」、〈南歌子〉由「鸚鵡」「鳳凰」等繡物而引出象徵男女愛情之「鴛鴦」，皆是也。《新注》直接訓此句爲池中水鳥，文理雖易了解，然不類飛卿手法。且飛卿詞「金」字凡二十九見，描寫動物者罕有活物。（清李調元《雨村詞話》卷一云：「溫庭筠喜用……『金鷓鴣』『金鳳凰』等麗字……『金』皆衣上織金花紋。」）「翠翹」凡五見（另四見爲顧夐〈虞美人〉「翠翹慵整倚雲屏」、〈應天長〉「裊裊翠翹移玉步」。魏承班〈菩薩蠻〉「翠翹雲鬢動」、「雲鬢裊裊翠翹」。）皆指首飾言。故本文解析此句，仍依舊說，不從《新注》。

㊴ 見飛卿〈吳苑行〉詩。

㊵ 周祈《名義考》云：「青瑣，即今日之門有亮隔者，刻鏤爲連瑣文也，以青塗之，故曰青瑣。」《漢書‧元后傳》：「赤墀青瑣」，《孟康注》曰：「以青畫戶邊鏤中，天子制也。」《顏師古注》云：「孟說是。青瑣者，刻爲連瑣文，而以青塗之也。」

㊶ 牟懷川〈溫庭筠生平新證〉云：「楊賢妃與宦官合謀，害死了莊恪太子。這裡『綠囊』句，顧自立注出了，典出《漢書‧外戚傳》：漢成帝皇后趙飛燕『詔使斬嚴等持綠囊書予許』，最後害死許美人所生兒。『青瑣』句失注。今案《晉書‧劉聰載記》：劉聰之中常侍王沈，『奢侈貪殘』，『勢傾海內』，並且屠戮大臣。知『青瑣』句意謂宦官橫行於宮內，害死太子。……」（《上海師範學院學報》社會科學版。一九八四年一月。）

駕衾」，華連圃、李誼、沈祥源、傅生文等皆訓爲「窗」（指代
室內），故又謂之「瑣窗」。飛卿〈定西番〉：「樓上月明三五，
瑣窗中」，顧敻〈虞美人〉：「杏枝如畫倚輕煙，瑣窗前」㊷，皆
其例也。李冰若注引〈漢武故事〉：「西王母嘗見帝於承華殿，
東方朔從靑瑣竊窺之」，似亦以「靑瑣」爲窗。

　　此女身坐窗前，而縱目馳騁，畫面因而逐一展開：由近而
遠，由內而外，而神思飛越，纏綿於今昔之境，搖蕩乎新舊之
情。動靜映襯，情景激蕩，而情語出焉：「玉關音信稀。」一
語鎭紙！此即楊海明所謂「一語點破，通體靈光」者也（〈「心
曲」的外物化和優美化──論溫庭筠詞〉）。飛卿詞極少用情語，
然極少之情語往往爲詞中之主腦與靈魂（借用楊海明語），此即
是矣。此詞之敷景入情，頗貌似龍標〈閨怨〉詩：「閨中少婦
不知愁，春日凝妝上翠樓。忽見陌頭楊柳色，悔敎夫婿覓封侯。」
蕭氏是以云：「閨人念遠，亦『陌頭楊柳』之意耳。」然若以
皋文、亦峰法讀之，義取悲不見用，實與「悔敎夫婿覓封侯」
南轅北轍。即不用張、陳解法，試以十四詞爲一整體以觀之，
此詞實亦上結歡會之蕩漾餘情，下啓爾後相思、企盼，絕望之
無限心曲，其複雜關連處，又遠非龍標詩句可與比擬者也。

　　佈局結構之外，此詞復得化景爲情之法。所謂化景爲情者，
謂情由景出，非情景交融之謂也。飛卿盡去抒情之句，多藉景、
物以造情境，絕藝獨擅，前所未有。試析此詞，首以「雙鸂鶒」
暗示舊情（若次闋之「暖香惹夢」之暗縮首闋之「雙雙金鷓鴣」
然），春池共浴，池畔花開，眼前陽春之景，即昔日愛情之境，

────────────────

㊷ 此例李一氓校本作「鎖」，無校語。《紹興本》作「瑣」，二字可通。

故下意識中，不覺其笑靨開展，舉繡衫以掩之，女兒情態如畫。鄧喬彬以此為寫「外面行人」（〈飛卿詞藝術平議〉），則切斷上下片中脈絡，予人突兀之感，不可從。下句承以「煙草粘飛蝶」之外景，已漸逗起今日之情。「煙」「粘」等字，除與前文「雨晴」相呼應外，「粘」字極寫其纏綿，「煙草」則使人產生王孫不歸之聯想㊽。化景物為情思，似隱而顯，變實為虛，其轉換銜接之處，純任自然。其中無一抒情句而處處是情，其神化如此！且「飛蝶」字樣，前與第三首之「釵上蝶雙舞」句呼應；「煙草」字樣，上繫「雨晴」之外，復後與第六首之「門外草萋萋，送君聞馬嘶」句關連，其篇章之營建如此其細密也！胡國瑞嘗以「煙草」句為「繡衫」之形容子句（見前文「二之二"藕

㊽古人詩詞中常以「春草」寄懷遠盼歸之意。《楚辭》淮南王劉安〈招隱士〉云：「王孫遊兮不歸，春草生兮萋萋」，最為早出。爾後魏晉六朝隋唐詩歌中屢屢出現，不可勝錄。王維〈送別〉絕句：「芳草年年綠，王孫歸不歸？」則尤膾炙人口者也。即《花間集》中，亦比比皆是。如牛希濟〈生查子〉云：「記得綠羅裙，處處憐芳草」，見芳草而想羅裙，而思衣裙之人，故須處處憐之惜之也。蓋從南朝江聰妻〈賦庭草〉詩「雨過草芊芊，連雲鎮南北。門前君試看，是妾羅裙色」化來，而青勝於藍，膾炙千年矣。他如毛文錫〈河滿子〉：「恨對百花時節，王孫綠草萋萋」（《新注》云：「古詩詞中常把芳草萋萋與思念遠人連繫起來。」）；韋莊〈木蘭花〉：「愁望玉關芳草路」（《新注》云：「這首詞寫思婦對征人的懷念。……『芳草路』虛實相生，有芳草萋萋，王孫不歸的感嘆。」）；又〈浣溪沙〉：「弄珠江上草萋萋」（《新注》：「古人常用芳草萋萋來烘托離情別緒。」）……等等。即飛卿詞，亦多有其例，如〈菩薩蠻〉之六云：「門外草萋萋，送君聞馬嘶」（顧敻〈醉公子〉：「馬嘶芳草遠」，與之相似）；其十云：「畫樓音信斷，芳草江南岸」；〈楊柳枝〉之五云：「繫得王孫歸思切，不同芳草綠萋萋」；〈河瀆神〉云：「蟬鬢美人愁絕，百花芳草時節」（此可參看前引毛文錫〈河滿子〉，毛詞似合溫氏二詞為之），皆是也。

絲秋色淺"條），若如所說，非特失此多處呼應之妙，亦並失飛卿詞深密之致矣！

　　然此詞之美又不限於上述者焉。詞中通篇多用顏色字：「金」者鸂鶒，「碧」者春池，「紅」者海棠梨之花；窗則曰「青瑣」，地則曰「玉關」；飛煙之草上著翩躚之蝴蝶，則一片生氣盎然之新綠間，時見翔動之彩翼，是極盡顏色敷陳之能事，而又化靜為動，使此一片陽和春景，色彩鮮明兼且生動活潑。衣金被紫，敷粉施朱，色彩穠麗如此！妙在一片天然，剪裁稱體，妝飾得宜，不膩不俗，便如女中之有楊妃，得富麗之美，有豐腴之媚。竊謂於飛卿麗字，實宜細細欣賞，無若枘莊之但斥其浪費堆砌也。是則謂此詞美不勝收，實不為過。飛卿善以穠麗之字面，精巧之筆法，敷寫景物，實即加強物象之可感性，藉此物象以傳達其難以言狀之心曲，其辭之深密處即其情之細膩處也。飛卿詞集名曰《握蘭》《金荃》，前者豈非託志於美人香草之思，後者豈非欲人逆其言以得其意得其意而忘其言者乎？人謂「取其香而軟」（孫光憲《北夢瑣言》），余未之信，而以葉嘉瑩氏之說為得其秘[44]。乃蕭氏徒賞龍標絕句，但知抒情之善，不知天下之美，固非一物，詩人表現之法，尤非一徑，此伯牙所以傷知音之稀乎！

[44] 葉嘉瑩〈溫庭筠詞概說〉注一云：「〈金荃集〉俗多作〈金荃集〉，而《新唐書藝文志》及《溫飛卿詩集箋注》附顧自立跋文所云之宋刻本，字皆作『荃』，似當以『荃』字為正。按『荃』，取魚器也。《莊子・外物》云：『荃者所以在魚，得魚而忘荃；……言者所以在意，得意而忘言。』溫氏集名或用此意。世或因《握蘭集》之『蘭』字乃香草名，遂以『荃』字為誤，恐不可據。唯『荃』字俗寫亦可作『荃』耳。」

四之二　煙草粘飛蝶

△華連圃云：粘，泥炎切，音拈，黏之俗字，附著也，熏染也。
　楊維楨詩：「香粘金轡憶微兜」，是其例。

　　以仁謹案：今「粘」字動詞語音亦作ㄓㄢ，見《國音標準彙
編》及《國語辭典》。「粘」訓粘連、粘附，寫煙草春蝶相依之
狀，纏綿之情亦於焉寄託。華氏訓作「熏染」，似就「煙草」作
解，然語焉不詳，難以猜測。

五

　　杏花含露團香雪。綠楊陌上多離別。燈在月朧明。覺來
　　聞曉鶯。　　　玉鈎寒翠幕，妝淺舊眉薄。春夢正關情，
　　鏡中蟬鬢輕。（〈菩薩蠻〉之五）。

五之一　杏花含露團香雪，綠楊陌上多離別

△華連圃云：由景物之芳菲，透出時光之娟好；由一般之離
　別，想到自己之獨居。

　　以仁謹案：此二句皆言夢中所見。第四句「覺來聞曉鶯」，
第七句「春夢正關情」，著一「覺」字一「夢」字，皆與此呼應。
第三句寫夢醒所見，第四句則夢醒所聞（或聞鶯聲而夢醒也）。
華氏未從結構上索解，故所釋不妥。又「娟好」例狀容貌之美，
以之狀「時光」，亦似不妥。

五之二　玉鈎褰翠幕

△華連圃云：褰，音牽，扯也。

　　以仁謹案：褰，此處謂鈎牽。李誼云：「玉鈎掛起翠幕」，其義為愜，華解稍嫌僵硬。

五之三　妝淺舊眉薄

△蕭繼宗云：「妝淺」句，「舊」字宜平，殆以陽上代之耳。然「舊眉」字亦未見佳。意「舊」字或有異文，然無別本可證。以飛卿之才，當不至「貧於一字」也。

　　以仁謹案：飛卿〈菩薩蠻〉第十三首第六句作「眉黛遠山綠」，「遠」亦仄聲；《敦煌曲校錄》所錄〈菩薩蠻〉第十六首（「御園點點紅絲掛」）第六句作「惟恨累年別」，「累」亦仄聲。「遠」為喻三，「累」為來母，皆濁上字，即蕭氏所謂「陽上字」也。然飛卿〈菩薩蠻〉第三首第六句作「釵上蝶雙舞」，第九首第六句作「家住越溪曲」，「蝶」為定母，「越」為喻三，皆濁入，非上聲也。考《花間》為〈菩薩蠻〉者九家凡四十一首，除飛卿外，他家無作仄聲者；《敦煌曲校錄》十八首，除上述一首外，他亦皆作平聲，另如《唐五代詞》、張先、二晏、六一、東坡、淮海、稼軒，諸家莫不皆然，則此字之常例宜作平聲矣。惟《康熙御製詞譜》可平可仄，與《萬樹》、《白香》諸譜及近人龍沐勛《唐宋詞格律》皆作平者不同，蓋欲涵括飛卿之變例也。

又疑「舊眉」兼謂舊日蛾眉，玉田所謂「那葉渾如舊樣眉」（〈南鄉子〉），非但宿妝之謂也。正與首闋「懶起畫蛾眉」相照應，猶五闋之「綠楊陌上多離別。燈在月朧明。……」之照應二闋之「江上柳如煙，雁飛殘月天」然。（俞平伯〈讀詞偶得〉云：「月朧明，殘月也。」）下句「春夢正關情」正是其中關鍵語。夫所謂關情之春夢者，自指當年歡會之樂，即溫詞所謂「舊歡如夢中」（〈更漏子〉）也。則畫眉情事，定宛然牽繫其中，而鏡中人面依然。眉薄而不欲重描，蓋舊恨猶深也。「舊」字前承後應，緊扣密接，不可易也。蕭氏但知字斟句酌，不解篇章之義。而此又不獨蕭氏然也。

五之四　春夢正關情，鏡中蟬鬢輕

△唐圭璋《唐宋詞簡釋》云：末兩句十字皆用陽聲字，可見溫詞聲韻之響亮。

以仁謹案：唐氏亦可謂觀察入微矣。然其說亦不無可商者：㈠、溫詞並非每首如此，且事實上此為僅見，似不得以此特例泛言溫詞聲韻之響亮也；㈡、帶鼻音尾字，似與聲音響度無關；㈢、十字皆陽聲，恐係巧合，非溫氏刻意為之，它無同例，可知矣。且就內容言，彼女此時正值情思纏綿、低迴哀絕之際，亦不須有響亮之音聲以為配合；㈣、溫氏〈菩薩蠻〉之十三云：「閒夢憶金堂，滿庭芳草長」，十四云：「春恨正關情，畫樓殘點聲」，雖少兩陽聲字，然響度似無少遜，而前者陽聲諸字反多開口音，響度感覺似更強烈。又如韋莊〈菩薩蠻〉之三云：「騎馬倚斜橋，滿樓紅袖招」，雖八字陰聲，然意與音會，

響度似較唐氏所舉者為強，何也？

△華連圃云：魏文帝宮人絕所愛者，有莫瓊樹、薛夜來、田尙衣、段巧笑四人，日夕在側。瓊樹乃製蟬鬢，縹緲如蟬，故曰蟬鬢。按蟬鬢，謂鬢如蟬翼之薄，輕猶薄也。溫詞〈更漏子〉云：「蟬鬢美人愁絕」，是其例。言曉妝之時，正關情於昨宵春夢，故不計鬢之薄也。

　　以仁謹案：「蟬鬢輕」既狀鬢之態，何以不計其薄也？且二句亦無此意，華氏添字解之，更無佐證，不可從也。此詞首二句寫春夢，三、四兩句寫夢醒，五句下床，六句對鏡，七句以「春夢」二字正面關應前文，末句自傷亦自憐，更呼應第六句。《白雨齋詞話》云：「末二句淒涼哀怨，眞有難言之苦。」謂鏡中人靑春若是，貌美如斯，何堪離別相思之苦。其自憐自惜之情，與〈定西番〉之三「鏡中花一枝」同其淒婉。陳氏會得此意，眞解人也。清陳洵《海綃翁說詞》謂讀溫詞當「觀其倩盼之姿」，此正所謂倩盼之姿也。惟溫氏〈菩薩蠻〉詞實寄懷才不遇之怨，則傷春傷別之女，實自寫照也。是則所謂「倩盼之姿」，尤富深致焉。俞平伯〈讀詞偶得〉謂「『輕』字無理得妙。」蟬鬢以薄為美，薄則縹緲輕盈，厚薄與輕重係感覺之轉換，殊難詮狀，故俞氏以「無理」說之。《新注》訓以「稀疏」，比照另首〈菩薩蠻〉「明鏡照新妝，鬢輕雙臉長」，皆寫睡起髮態，得其貌矣，然失其神也。

六

　　玉樓明月長相憶，柳絲嫋娜春無力。門外草萋萋，送君
聞馬嘶。　　　畫羅金翡翠，香燭銷成淚。花落子規啼，
綠窗殘夢迷。（〈菩薩蠻〉之六）。

六之一　玉樓明月長相憶

△華連圃云：玉樓明月，並助相思。

△李誼云：謂明月高照玉樓，更急切思念不歸之遠人。

　　以仁謹案：李誼著一「更」字，與華注「助」字相當，皆
不免泥粘藻附。此但直敍玉樓之上明月之夜之相思意也。「長相
憶」者，謂思念無時或已也。二、三、四句即承此意而轉寫當
日別離情景，如以舞台擬之，則另一場景耳。華氏注三、四句
云：「此由現時景，追憶送別時景」，是也。下片又回到現場，
舞台在玉樓之上，香閨之中⑤。夜深，故燃燭，與「明月」應；
「香燭銷成淚」，思念之情與別離之情相應，不覺曙色已臨，眼
中見辭樹之花，耳中聞思歸之鳥，花零落而春難駐，鳥思歸而

⑤丁壽田、丁亦飛云：「此詞蓋寫一深閨女子，思念離人，因回憶臨別時種
　種情景。『玉樓明月』，蓋離別之前夜也。『柳絲嫋娜』，芳草萋萋，蓋分手
　時光景也。『畫羅』以下各句則係眼前空閨獨守之景況。」（《唐五代四大名
　家詞》），亦以爲有不同之背景，則與愚意有不謀而合處。余近日得見曾昭
　岷《溫韋馮詞新校》，間接知之也。

人未回，而閨中之人㊻猶迷離於往夢之中。夢而曰「殘」，可見希望日益渺茫矣。華氏詮釋云：「春女善懷，動則增感，況玉樓明月之下，落花啼鳥之間，能不滴淚沾衣，積思成夢耶？」出一「況」字，呼應前注「助」字，亦可謂細密矣，然實可不必。且溫氏〈菩薩蠻〉十四首當一體觀之，「夢」而曰「殘」，曰「迷」，實含不完整不眞切之意，上承第五首之「春夢正關情」，下則啓第八首之「相憶夢難成」，夢想之日漸褪色，正暗示希望之日漸渺茫也。華氏未措意溫詞篇章之法，孤立此詞以爲說。宜其未盡當也。

六之二　柳絲裊娜春無力

△華連圃云：裊，與嫋通。裊娜，猶婀娜也。

△李誼云：裊娜，搖曳貌。

△《新注》：裊娜，柔輭細長的樣子。

　　以仁謹案：《華本》作「褭娜」，《李冰若評注本》作「嬝娜」，蕭繼宗同。李一氓校云：「『裊娜』，《雪本》作『嬝娜』，臆改，非。」未言有作「褭」者。《華本》係據《毛晉本》（見華氏《花間集注•發凡》）。《四庫本》即出自《毛本》而亦作「裊」，是《華本》自誤，非《毛本》如此也。《王國維輯本》則作「嫋娜」。諸「褭娜」「裊娜」「嬝娜」「嫋娜」皆通：「嬝」爲「嫋」之俗體，見《正字通》，「裊」則「褭」之或體字，見《說文通訓定聲》。「裊娜」，狀柔而長，引申有柔美之意，是華氏與《新

────────────────

㊻李誼注：「綠窗，代指閨人居室。」

注》之說爲近，李誼訓「搖曳」，爲動詞，則稍遠矣。

△李誼云：春無力，溫庭筠〈郭處士擊甌歌〉：「千里春風正無
　　力。」

△《新注》云：詞中將主人公因相思而無力的感覺，外射到柳
　　絲上，此即王國維所說的「有我之境，物皆著我之顏色。」

　　　　以仁謹案：溫詩〈郭處士擊甌歌〉：「莫霑香夢綠楊絲，千
里春風正無力。」多引一句，義更明顯。「無力」，狀柳絲之柔
弱，比擬斯人之無活力、無意緒、無精神也。《新注》可從。

六之三　畫羅金翡翠

△華連圃云：畫羅，衾枕之屬。金翡翠，花紋也。

△李誼云：謂羅上畫金色翡翠鳥，以喻思婦之孤獨。

△《新注》云：羅幛上繪繡著金色的翡翠鳥。

　　　　以仁謹案：華氏未釋「畫」字，李氏未釋「羅」字，各得
一偏。「畫羅」借代幛帳，本名略去，類似情形，詞中常見，詳
前文〈二之二藕絲秋色淺〉條。畫花鳥於羅幛之上，疑即沈從
文《中國古代服飾研究》所謂「泥金銀繪」也，參見前文〈一
之三新帖繡羅襦雙雙金鷓鴣〉條。《新注》「繪」下增「繡」字，
意在求全，然「畫」無「繡」義也。翡翠畫每成雙，反襯思婦
之孤獨，李誼謂「以喻思婦之孤獨」，是矣，然「喻」字稍欠妥
切，似不若「襯」或「暗示」之爲愜。

六之四　花落子規啼

△李冰若云：《成都記》：「杜宇一曰杜主，自天而降，稱望帝，好稼穡，敎人務農。至今蜀之將農者，必先祀杜主。望帝時，以國相開明，有治水功，因禪位焉。後望帝死，其魄化爲鳥，名曰杜鵑，亦曰子規。」

△蕭繼宗云：子規，即杜鵑，鳥名，春晚悲啼。

△李誼云：《埤雅·釋鳥》：「杜鵑，一名子規，苦啼，啼血不止。一名怨鳥。夜啼達旦，血漬草木。凡始皆向北，啼苦則倒懸於樹。」李白〈聞王昌齡左遷龍標尉遙有此寄〉：「楊花落盡子規啼」。

　　以仁謹案：《新注》與李誼大體相同，惟改引白居易〈琵琶行〉「其間旦暮聞何物？杜鵑啼血猿哀鳴」爲稍異。不具引。詩詞中例以杜鵑寄傷春之意，蓋以其春末啼不止也。又其鳴聲似「不如歸去」，故又有「思歸樂」「思歸鳥」之稱，騷人墨客，每以寄寓懷鄉思歸之意。此處則表傷春之意也。諸家注釋，或明典故，或言習性，皆未能與詞意關應，注解名物事典時此蔽不止一見，特藉本例，略陳陋見，非敢謂鍼砭也。

七

　　鳳凰相對盤金縷，牡丹一夜經微雨。明鏡照新妝，鬢輕雙臉長。　　畫樓相望久，欄外垂絲柳。音信不歸來，社前雙燕迴。（〈菩薩蠻〉之七）。

七之一　　通論全詞

△《栩莊漫記》云：飛卿慣用「金鷓鴣」「金鸂鶒」「金鳳凰」
「金翡翠」諸字以表富麗，其實無非繡金耳。十四首中既累見
之，何才儉若此？本欲假以形容艷麗。乃徒彰其俗劣，正如
小家碧玉初入綺羅叢中，只能識此數事，便矜羨不已也。

　　以仁謹案：飛卿才思敏捷，每入試，押官韻作賦，凡八叉
手而八韻成，時號溫八叉（見《全唐詩話》、《北夢瑣言》及《唐
才子傳》），世人盡知也。《北夢瑣言》卷四云：

　　李義山謂曰：「近得一聯句云：『遠比召公，三十六年
　　宰輔。』未得偶句。」溫曰：「何不云：『近同郭令，
　　二十四考中書』？」宣宗嘗賦詩，上句有「金步搖」，未
　　能對。遣未第進士對之。庭雲（《全唐詩話》作「庭筠」）
　　乃以「玉條脫」續之。宣宗賞焉。又藥名有「白頭翁」，
　　溫以「蒼耳子」爲對。他皆類此。

類此美談，膾炙人口者非一，短於才者豈克臻此？況〈菩薩蠻〉
乃御前供奉之作[47]，飛卿安得不盡展其才乎？令狐綯假之以獻
宣宗，豈許暴其短而陳其陋乎？又，如眾所知，飛卿世家貴胄，
平生多與達官顯宦、詩人墨客、紈袴子弟遊，豈是貧於見識者？
張炎《詞源》云：「詞之難於令曲，如詩之難於絕句，不過十
數句，一句一字閒不得，當以《花間集》溫韋爲則。」胡仔《苕
溪漁隱叢話》云：「溫庭筠……工於造語，極爲綺靡，《花間集》

─────────────

[47] 孫光憲《北夢瑣言》卷四云：「宣宗愛唱〈菩薩蠻〉詞，令孤相國假其新
　　撰密進之（《樂府紀聞》作：「令孤綯假溫庭筠手撰二十闋以進。」），戒令
　　勿洩，而遽言於人，由是疏之。」（又見《唐才子傳》卷八）。

可見矣。」張惠言《詞選・序》云：「自唐之詞人，李白爲首，而溫庭筠最高，其言深美閎約。」周濟《介存齋論詞雜著》云：「飛卿醞釀最深，故其言不怒不懾，備剛柔之氣。」又云：「鍼縷之密，南宋人始露痕跡，花間極有渾厚氣象。如飛卿則神理超越，不復可以跡象求矣。然細繹之，正字字有脈絡。」……如此之論，不一而足，諸賢豈盡目盲耶？且飛卿之詩作亦典重、富艷、清麗、悲涼者兼而有之，與李商隱齊名，世稱「溫李」，豈是絀於詞彙者？且其詩如「籠中嬌鳥暖猶睡，門外落花閒不掃」（〈春曉曲〉），陳霆《渚山堂詞話》譽爲「眞富貴氣象」。張式銘〈論花間詞的創作傾向〉[48] 以爲：「如溫庭筠的詞，有一種典麗的富貴氣。」先賢時彥，評論如此，栩莊乃謂其如小家碧玉之未見過世面，豈是平正之論？

　　夫辭藻濃艷非病，若堆砌冗贅，不得其體，不稱其用，甚或粗俗失雅，則眞病矣。故胡國瑞論溫詞之濃麗，著眼於其描寫之內容上。胡氏云：

> 溫詞之辭藻濃麗，首先當由其所描寫的內容所決定。他們描繪的乃是都市社會的女性生活圖畫，故必在那些圖畫上繪以濃烈的艷麗色彩。（〈論溫庭筠詞的藝術風格〉）

按胡氏所見極是。竊以爲欲判用字之是非，最少亦當就其詞作爲整體之觀照，不得割裂爲說。若但剔其隻詞片語且任意組合，誇張擴大而指其瑕疵，此譬若磔肌膚於顯微鏡下，雖毛嬙亦醜惡矣。飛卿運用麗字，最稱精湛：或以之增厚環境氣氛，或以之強化誘情因素，或加重情感之暗示力，或收對比之效，或顯

---

[48] 張式銘〈論花間詞的創作傾向〉一文，載於《文學遺音》，一九八四年一月。

舖陳之功……近年學者如胡國瑞、鄧喬彬、楊海明等皆曾撰文縷述，舉證甚豐，不煩枚引。施蟄存亦謂「飛卿遣詞琢句，誠極精工飛動之致。麗而不俗，隱而不滯。」又云：「今所傳〈菩薩蠻〉十四首，……舖陳辭藻，富麗精工，雕鎪聲色，竟造絕詣。」《讀溫飛卿詞札記》，皆能識飛卿真藝。栩莊於詞蓋偏好清麗抒情之作，不免為偏見所蔽也。即就所舉「金」字為例，《花間》十八家，皇甫松外，無家無之。雖以溫庭筠二十九次為最多，然韋莊亦二十三見，顧夐亦二十見。十次以上者如毛文錫、牛嶠、孫光憲、毛熙震皆是也。論比例則溫詞六十六首，韋詞四十八首，韋大於溫；和凝二十首而出現十次，魏承班十五首而出現八次；毛熙震二十首而出現十一次，比例已過二分之一，其頻率遠大於溫氏，何栩莊獨咎飛卿之濫用麗字也？

七之二　牧丹一夜經微雨

△華連圃云：按本詞前闋四句，皆言曉妝。「牡丹」句為插句狀詞，言妝成如牡丹之經微雨也。白居易詩：「玉容寂寞淚闌干，梨花一枝春帶雨。」足供左證。

△李誼云：以牡丹經雨即敗，喻閨人的憔悴。元稹〈鶯鶯詩〉：「牡丹經雨泣殘陽」。《湯評》：「眼前景，非會心人不知。」

△《新注》云：這句說閨中人妝成後，如牡丹經雨，更為艷麗。又：第二句從情態寫其嬌艷，用比喻手法，寫女主人公像牡丹花經過夜間微雨洗濯過後一樣明麗。

　　以仁謹案：三家皆以此句寫其情態，是其同也。李誼獨謂牡丹經雨，喻斯人之憔悴，與《新注》但美其新妝之艷麗者不

同。按飛卿善化景物以為情意，細味此詞，首句寫其衣著，實亦暗示舊日相對之恩愛纏綿；次句狀其容態，實亦暗示此後相思之長夜悲苦，故明鏡所照之新妝麗人雙頰消瘦也。前承後應，網繫絲縈，無一閒筆，溫詞之所以為密也。湯若士謂「牡丹句眼前語，非會心人不知」，蓋指此也。則李誼之說有焉。

　　又胡國瑞與袁行霈則以為此句係狀寫其衣飾，與上三家之說有異。胡氏云：「前面九個字（以仁案：「九」係「七」之誤），只是描寫金線繡的鳳凰相對盤繞牡丹的衣上花飾。」（〈論溫庭筠詞的藝術風格〉）。袁氏云：「這首詞從細處入筆，先寫那思婦衣服上繡物，用金線繡的一對鳳凰，襯托著微雨洗過的牡丹，何等鮮艷！而這是從明鏡中看到的。」（〈溫詞藝術研究——兼論溫韋詞風之差異〉[49]）胡、袁二氏之說可商：一則飛卿詞筆精鍊，罕有如此浪費者；二則就結構言，第三句之「新妝」，自呼應首句「鳳凰相對盤金縷」。第四句之消瘦[50]，則與此句相呼應，錯綜粘連，章法流轉而不板滯。如二句皆寫衣裳，則少此結構變化之美矣；三則類似以「牡丹經雨」擬狀美人之手法，並非罕覯，以寫衣飾，實少見同例耳。

△湯顯祖云：「牡丹」句，眼前語，非會心人不知。（《明萬曆庚申湯顯祖評朱墨本花間集》[51]，以下即稱「湯顯祖」）

---

[49] 袁行霈〈溫詞藝術研究——兼論溫韋詞風之差異〉一文，載於《學術月刊》一九八六年二月號。上海人民出版社。

[50] 「鬢輕雙臉長」句解說甚多，此依華連圃說，詳下文〈七之三鬢輕雙臉長〉條。

[51] 湯顯祖評語，轉引自李冰若《花間集評注》，下同。「語」字，李誼引作「景」，曾昭岷《溫、韋、馮詞新校》同。

　　以仁謹案：「音信不歸來」爲事，「相望久」爲情，二者乃此詞之關鍵，他則物焉景焉。鳳凰相對，牡丹經雨，前者寫衣著，後者狀容態，鄧喬彬所謂「浮雕手法」是也（〈飛卿詞藝術平議〉），得情語點破，皆化物爲情矣。前者實亦暗示舊日之恩愛纏綿，後者則亦狀寫此際相思之長夜悲苦。故明鏡所照，其人消瘦也。作者以穠麗之筆墨凸顯此二物，乃使一切相關情事，若隱若現於可感可觸之曖昧彷彿中，此飛卿慣技也。若士才人，乃能會此心曲之深微。王昌齡所謂「神會於物，因心而得。」（《詩格》）者也，心粗氣盛者不與焉。

七之三　鬢輕雙臉長

△《栩莊漫記》云：此詞「雙臉長」之「長」字，尤爲醜惡，明鏡瑩然，一雙長臉，思之令人發笑。故此字點金成鐵，純爲湊韻而已。

△華連圃云：「鬢輕」，謂鬢薄也，……「雙臉長」，謂人瘦也，與「鬢輕」同意。或云長猶美也，意亦可通。

△李誼云：「明鏡」兩句，謂朝妝難掩已損之玉容。

△《新注》云：「明鏡」二句，寫新妝後對鏡自憐，覺得鬢薄臉瘦，形容憔悴。

△曾昭岷《溫韋馮詞新校》（以下簡稱「曾昭岷」）云：「長」，《詞軌》作「黃」。

　　以仁謹案：李誼、《新注》，皆從華氏說訓爲瘦損，是矣。二句既上承相思之苦，恐未必狀其美也。華氏「或云」之說不

可從。栩莊則以臉長爲醜，夫唐人是否以臉長短爲美醜，亦非任意猜測可得。惟此處似以「清瘦」解之最合情理。栩莊未及深思，信口譏刺，唐突古人矣！清楊希閔《詞軌》作「黃」，或係臆改。《花間》諸本無作「黃」者，蓋亦誤以臉長爲醜也。

七之四　音信不歸來

△蕭繼宗云：「音信」句亦欠圓足，不必爲名家諱也。

以仁謹案：此首上片言新妝臨鏡，細爲打扮，意有所待也。然非特人未見歸，並音信亦不見捎來（唐人以「信」爲信使），其傷感何如也！此一層也；第四首云：「玉關音信稀」，音信雖稀而仍有，此則音信不來，二者相較，失望日甚。此又一層也；第十首云：「畫樓音信斷」。「音信不歸來」，猶可自他處知之，「音信斷」則全然無所悉矣，其灰心爲何如也！是「音信」一語在溫氏〈菩薩蠻〉十四詞中，實有前後呼應之妙，具見其篇章經營之功。蕭氏不以十四詞爲一整體，故時不免謾詆溫詞，前文〈五之三妝淺舊眉薄〉條已見其例矣。

八

牡丹花謝鶯聲歇，綠楊滿院中庭月，相憶夢難成，背窗燈半明。　　翠鈿金壓臉，寂寞香閨掩。人遠淚闌干，燕飛春又殘。（〈菩薩蠻〉之八）。

八之一　通論全詞

△《白雨齋詞平》(52)云：領略孤眠滋味，逐句逐字，淒淒惻惻，飛卿大是有心人。

△蕭繼宗云：「香閨寂寞」，明爲婦人語耳。則所謂「孤眠滋味」者，非飛卿親身「領略」可知，此中有何寄託？有何比興？白雨齋中人，強作解事，斯眞可謂「有心人」矣。

以仁謹案：臯文等以比興解飛卿〈菩薩蠻〉詞，則思婦閨人，無非飛卿化身耳，蕭氏何顚倒如此哉！

△張惠言云：「相憶夢難成」，正是「殘夢迷」情事。

以仁謹案：臯文於〈菩薩蠻〉第十二首亦云：「此自臥至曉，所謂『相憶夢難成』也。」蓋視十四詞爲一組而牽合串連之也。查飛卿〈菩薩蠻〉之六云：「玉樓明月長相憶，柳絲裊娜春無力。門外草萋萋，送君聞馬嘶。畫羅金翡翠，香燭銷成淚。花落子規啼，綠窗殘夢迷。」其十二云：「夜來皓月纔當午，重簾悄悄無人語。深處麝煙長，臥時留薄妝。當年還自惜，往事那堪憶。花露月明殘，錦衾知曉寒。」三詞同寫長夜相憶之情，實有其共通之處也。惟前詞尙有殘夢縈迴，可供愁苦。此詞則並「夢」亦「難成」，斯人無處可尋覓矣。第十二首則雖猶有承恩之盼，然久處寂寞之中，熱情已冷，但懷思往事惋惜當年而已，未若前此之悲苦纏綿萬狀者矣。而另造一種淒涼感

(52)《白雨齋詞平》，書未之見，轉引自李冰若《花間集評注》，或作《白雨齋詞評》。學者或以爲係所撰《詞則》一書之眉批，余嘗試查數處，亦非是，待考。

慨之境。三者意接而情異，層次有深淺之殊耳。

八之二　背窗燈半明

△華連圃云：《詩·伯兮》：「焉得諼草，言樹之背。」《毛傳》：
「背，北堂也。」按背，猶北也。杜甫〈堂成詩〉：「背郭堂
成蔭白茅。」即其證。一曰：背窗，謂人面背窗也。毛熙震
〈菩薩蠻〉：「小窗燈影背」是也。

　　以仁謹案：時空所積，一詞多義之現象恆有。背固可訓北，
然亦非凡背皆訓北也，此其一；詞義每因時地不同而變，華氏
舉《詩經》以為證，所謂以古律今也，其病猶「以今律古」然。
此其二；夫「背燈」「背窗」，唐人詩歌常語，亦《花間》習見。
華氏所舉毛熙震〈菩薩蠻〉詞自是一例，他如韋莊〈浣溪沙〉
云：「孤燈照壁背窗紗」，〈更漏子〉云：「燈背水窗高閣」；牛
嶠〈應天長〉云：「清夜背燈嬌又醉」；張泌〈浣溪沙〉云：「繡
屏愁背一燈斜」，皆其例也。溫氏亦不只一次用之，如〈酒泉子〉
云：「日映紗窗，金鴨小屏山碧。故鄉春，煙靄隔，背蘭釭。」
（華氏訓此「背」為「剔」，亦誤），諸例若訓為「北」，則皆不
辭矣。此其三也。此處「背窗」，謂燈在窗前，燈後為窗，非謂
「人面背窗」，如韋莊〈更漏子〉、溫氏〈酒泉子〉，實暗襯人面
向窗也，一說亦誤。

八之三　翠鈿金壓臉

△李冰若云：「金靨」，《玄覽齋本》作「金壓」。（以仁案：李
冰若《評注本》作「金靨」。）

△蕭繼宗云：「壓」，各本作「靨」，「金靨臉」，不辭，依《玄覽齋本》作「壓」。

△李誼云：「金壓臉」，一作「金靨臉」。

△《新注》：「金壓臉」，冰本作「金靨臉」，誤。

以仁謹案：李一氓、曾昭岷皆無校語。《玄覽齋本》今藏上海私立合眾圖書館，未獲睹。今傳商務印書館《四部叢刊本》，即其影印本，然亦作「壓」，不作「靨」。余手邊及見《花間》諸本，如《四部叢刊本》、《商務四部叢刊初編本》（以上出自明《玄覽齋本》，屬南宋紹興十八年《晁謙之跋本》系統）；清邵武《徐氏叢書本》、民國《吳氏雙照樓本》（以上出自明正德《陸元大覆刻本》，亦屬《紹興本》系統，惟早於《玄覽齋本》）；臺北《鼎文書局影印本》（此本直接影自南宋《紹興本》，時代最早，未經改動）；《四部備要本》，香港《上海印書館排印本》、世界書局《增補詞學叢書本》（以上皆出自清王鵬運《四印齋本》，屬南宋淳熙《鄂州冊子紙印本》系統）；《四庫全書本》（商務印書館影印。此本出於明《汲古閣毛晉刊本》，屬南宋開禧元年《陸游跋本》系統，晚於《紹興》及《鄂州本》。）；《王國維輯本》等，皆作「壓」，無作「靨」者，乃蕭氏竟云：「各本作靨」，不知何所據也？惟湯顯祖論飛卿〈若薩蠻〉十四調用字之法(53)，其中「三字法」，有「金靨臉」一例，是《湯評本》作「靨」，李冰若所據者乎？諸家皆不以「金靨臉」爲是，蕭氏且直斥其

(53) 見李冰若《花間集評注》，引錄於溫氏〈菩薩蠻〉第十四首之後。參見本書下文〈歸國謠〉詞「粉心黃蕊花靨」條。

「不辭」，於臨川例之爲「三字法」亦頗表譏誚之意，余別有說論之，見本書下文〈歸國謠〉詞「粉心黃蕊花靨」條，此不贅。

八之四　燕飛春又殘

以仁謹案：溫氏〈菩薩蠻〉之十云：「楊柳又如絲，驛橋春雨時。」《白雨齋詞平》云：

> 只一「又」字，有多少眼淚，音節淒緩。

《新注》發揮此意，亦云：

> 這楊柳如絲，春雨朦朧的景象，正如他往年與情人在驛橋邊離別的情景一樣，一個「又」字，使人如夢初醒，不禁纏綿往復。

飛卿〈菩薩蠻〉十四詞，此處首見「又」字，其所含纏綿情意，實與第十詞相拶，諸家咸略而不提，何也？且第十詞之「又」字，亦與此相呼應：此云：「燕飛春又殘」，謂春去矣。彼云：「楊柳又如絲」，謂復見春來。是年復一年也，時序之更代即歲月之蹉跎，自整體觀之，二「又」字前承後應，其涵蘊之深密又不僅《白雨齋》及《新注》所論者矣。疑《白雨齋》之所以標舉第十詞之「又」字，實有輔翼皋文之意在。皋文《詞選》云：

> 「柳絲裊娜」，送君之時，故「江上柳如煙」（以仁案：指第二首），夢中情景亦爾。七章「欄外垂絲柳」，八章「綠楊滿院」，九章「楊柳色依依」，十章「楊柳又如絲」，皆本此「柳絲裊娜」言之，明相憶之久也。（溫氏〈菩薩蠻〉第六首下）。

其說頗強調「楊柳」在十四詞中之縮合作用，故亦峰特拈出第

十詞之「又」字以推重之。然皋文但知「楊柳」在諸詞中之呼應關係，不知其他詞彙亦有類似者。余別有說見下文〈菩薩蠻〉之十四「通論全詞」條，此處不贅。即就此詞言，「春」字亦具此作用。「春」字施之於男女，或代表愛情。擬之於仕宦，則代表遇合。十四詞中暗寫春光者不計，明出「春」字者如「春池」（第四首）、「春夢」（第五首）、「春又殘」（此第八首）、「春雨」（第十首）、「春水」（第十三首）、「春恨」（第十六首），凡此六處，實如深夜警柝，點醒全篇十四章之進程者也，不可輕易略過。

九

滿宮明月梨花白，故人萬里關山隔。金雁一雙飛，淚浪沾繡衣。　　小園芳草綠，家住越溪曲。楊柳色依依，燕歸君不歸。（〈菩薩蠻〉之九）。

九之一　金雁一雙飛，淚痕沾繡衣

△俞平伯云：「金雁」指衣上的繡紋。

△華連圃云：劉貢父《中山詩話》云：「金雁，箏柱也。」謂離懷至深，彈箏以寫之也；或曰：金雁，首飾也。楊萬里詩：「珠襦玉匣化爲土，金雁銀鳧亦飛去。」即其例。竊疑雁當指遠人書信，言其貴重，杜甫詩：「家書抵萬金」，是也。

△李誼云：金雁兩句，指閨人彈箏以寄愁思，不禁淚下沾衣。溫庭筠〈彈箏人〉：「鈿箏金雁皆零落，一曲伊州淚萬行。」金雁，劉攽《中山詩話》：「金雁，箏柱也。」……

△《新注》云：金雁二句：見金雁雙飛，不禁涕淚沾衣。此處金雁，指閨人看見繡衣上的雙雁。又：劉貢父《中山詩話》：「金雁，箏柱也。」言見箏柱而思遠方之人。

以仁謹案：以上四家，綜爲三說：一謂金雁乃衣上繡紋；二謂係箏柱；三謂係首飾。皆可通。即以爲衾枕畫屏帷幔之紋飾，乃至天空飛雁，雖情趣有別，亦無不可通也。俞平伯之說，頗使二句關係生粘連密鎖之效，然此類關係，亦無其必然性；且「金雁」是否爲女服花紋，亦有待舉例以證，非片言可決也。又，「雁」而曰「金」，就飛卿詞例觀之，實多狀繡漆泥畫類紋飾，罕言活物者，參本書前文「四之一」注㊳。又，溫詩〈彈箏人〉原作「鈿蟬金雁皆零落」，李誼錯引「蟬」爲「箏」。「鈿蟬」即「鈿蟬箏」省稱，飛卿〈蕃女怨〉：「鈿蟬箏，金雀扇」可證。「鈿蟬」蓋指「箏上用金片作蟬妝飾」(54)；而溫詩〈和友人悼亡〉云：「寶鏡塵封鸞影在，鈿箏弦斷雁行稀」，「雁行」即謂箏柱也。劉貢父之說，似不爲無據。箏柱不止一雙，此以「雙」字突顯女主角之孤單也。惟華連圃疑「雁當指遠人書信」，則實不可解矣。

九之二　楊柳色依依，燕歸君不歸。

△俞平伯云：柳色如舊，而人遠天涯，活用經典語。見前韓翃〈章臺柳〉注三。(以仁案：俞氏所謂「活用經典語」，蓋指「楊柳色依依」句出自《詩經·小雅·采薇》之「楊柳依依」也。

---

(54) 此用《新注》說，見飛卿詞〈蕃女怨〉之一「鈿蟬箏」注。

俞氏於韓翃〈章台柳〉「往日依依今在否」句注云：「依依，柔輭貌。《詩‧小雅‧采薇》：『昔我往矣，楊柳依依。』……」則俞氏此處仍以「柔輭」訓「依依」。）

△李誼云：楊柳兩句，謂柳長燕歸卻不見遠人回來。依依：茂盛貌。《詩經‧小雅‧采薇》：「昔我往矣，楊柳依依。」……。

△《新注》云：見柳色依依含情，燕已歸來而所思念的人卻不歸。依依，柔弱搖曳之貌。《詩經‧小雅‧采薇》：「昔我往矣，楊柳依依。」

以仁謹案：諸家皆遙繫溫詞於《詩‧采薇》而取義不同。《新注》訓爲「柔弱搖曳之貌」，稍近俞說，而重點在搖曳，復擬人化引申爲「依依含情」，以切合此詞「色」字之義。李誼則訓爲「茂盛」。查《詩經》毛、鄭二家，於〈采薇〉該句皆無注釋，《韓詩章句》則訓爲「盛貌」(55)。《詩經‧小雅‧車舝》，「依彼平林」，《毛傳》訓「依」爲「茂木貌」，鄭玄從之(56)，清儒因以綰合韓、毛(57)，李誼蓋從《韓詩章句》說也。按〈采薇〉詩

---

(55)《文選‧潘安仁金谷集作詩》：「綠池汎淡淡，青柳何依依」，李善注云：「《韓詩》曰：『昔我往矣，楊柳依依』，薛君曰：『依依，盛貌。』」

(56)《鄭箋》云：「平林之木茂，則耿介之鳥往集焉。喻王者有茂美之德，則其時賢女來配之，與相訓告，改脩德教。」

(57)馬瑞辰《毛詩傳箋通釋》十七：「《韓詩薛君章句》曰：『依依，盛貌。』《毛詩》無《傳》。據〈車舝〉詩『依彼平林』《傳》：『依，茂木貌。』則『依依』亦當訓盛，與《韓詩》同。依、殷古同聲，依依猶殷殷，殷亦盛也。」（復興書局影印《皇清經解續編》第七冊，民國六十一年十一月初版。）

胡承珙《毛詩後箋》二十一論〈車舝〉「依彼平林」云：「案毛意謂『依』與『猗』同。〈淇澳〉《傳》：『猗猗，美盛貌。』《文選注》引《韓詩章句》曰：『依依，盛貌。』是『猗』與『依』聲義皆同，單言疊言義亦相近，

下句云：「今我來思，雨雪霏霏」，《毛傳》訓「霏霏」爲「甚也」[58]，狀雪下之甚也。二句相對成文。若「依依」訓爲「柔頓」或「搖曳」，則失其對應之美，且亦無所取義也。故爾後《孔疏》、《朱傳》皆無異說。飛卿此詞援用《詩》句甚明，當非別有新解，似以李誼之注爲近作者原意。「楊柳色依依」，謂柳豐茂而色深濃也。

△俞平伯云：上片寫宮廷光景，下片寫若耶溪，女子的故鄉。結句即從故人的懷念中寫。猶前注所引杜荀鶴詩意。「君」蓋指宮女。

　　以仁謹案：俞氏另注云：「『越溪』即若耶溪，北流入鏡湖，在浙江紹興，相傳西施浣紗處。本詞疑亦借用西施事。或以爲越兵入吳經由的越溪。恐未是。杜荀鶴〈春宮怨〉：『年年越溪女，相憶采芙蓉。』亦指若耶溪。」俞氏謂此詞「越溪」即若

故《傳》又以此『依』爲『茂木貌』也。」（引同上）。
陳奐《詩毛氏傳疏》：「〈車牽〉『依彼平林』《傳》：『依依，茂木貌。』茂木謂之『依』，重言曰『依依』。《文選》潘岳〈金谷集作詩〉《注》引《韓詩章句》云：『依依，盛貌。』」（引同上，第十二冊。）
王先謙《詩三家義集疏》卷十四：「『依依，盛貌』者，《文選》潘安仁〈金谷集作詩〉《注》、謝元暉〈休沐重還道中詩〉《注》引《韓詩》曰：『昔我往矣，楊柳依依』及〈薛君章句〉文。〈車牽〉篇『依彼平林』《傳》：『依，木茂貌（以仁案：當乙作「茂木貌」）』，重言之則曰『依依』，韓訓『盛貌』，茂，盛義同。王逸《楚辭章句》云：『據時所見，自哀傷也。猶《詩》云：「昔我往矣，楊柳依依」也。』……《白虎通·征伐篇》引『昔我』四句，明魯、韓與毛文同。……」（臺北，世界書局印行。）
[58] 陳奐《詩毛氏傳疏》十六云：「『也』當作『貌』，〈北風〉『雨雪其霏』〈傳〉：『霏，甚貌。』重言之曰『霏霏』。……」

耶溪，且係暗用西施事，皆有見地。惟謂「君」指宮女，則頗費解。依俞氏之說，謂「結句即從故人的懷念中寫」，則此詞上片之「故人」，與下片之「君」，其非同一人甚明。下片寫「故人」懷念此宮女，上片是否寫此宮女懷念彼「故人」？上下兩片，各寫一方，類此結構雖非絕無僅有，亦殊不多見，此姑不論。然如暗用西施事，則彼「故人」應指夫差。吳越之戰，夫差兵敗自殺，西施與范蠡偕遊於五湖，俞氏之說，無論情事，皆與故典不合。此其一；且「君」字飛卿詞中凡十一見，除此處不計，其他十見，如〈菩薩蠻〉之六：「門外草萋萋，送君聞馬嘶。」〈更漏子〉之一：「紅燭背，繡簾垂，夢長君不知。」之三：「知我意，感君憐，此情須問天。」〈南歌子〉之三：「爲君憔悴盡，百花時。」之四：「倚枕覆鴛衾，隔簾鶯百囀，感君心。」之六：「花裡暗相招，憶君腸欲斷，恨春宵。」之七：「羅帳罷爐熏。近來心更切，爲思君。」〈清平樂〉之一：「競把黃金買賦，爲妾將上明君。」〈遐方怨〉：「憑繡檻，解羅帷，未得君書，斷腸，瀟湘春雁飛。」〈河傳〉之一：「仙景個女采蓮，請君莫向那岸邊。」其中「君」字，皆指男性，一望而知，無稱呼女性者。即《花間》他家之作，「君」字凡三十三見，亦莫不如此[59]。俞氏以罕見之說作解，當列證以明，不得冒然示

---

[59] 韋莊〈菩薩蠻〉之五「凝恨對斜暉，憶君君不知」句，葉嘉瑩以女性釋其「君」字云：「至於最後一句『憶君君不知』，則是歷盡飄泊相思終至心灰望絕以後所餘的一點最後申訴的心聲。以如彼之深情相憶，而竟落到了如此負心不返的下場，這其間該有多少不得已的難言的情事，然則，縱有相憶之深情，誰更知之，誰更信之，所以結尾乃說出了『君不知』三個字，這豈不是衷心極深沉的怨苦的一個總結？」其說見所著〈從《人間詞話》看溫韋馮李四家詞的風格〉一文，收入《迦陵論詞叢稿》一書。惟他家罕

以孤例也。此其二也。竊謂此詞有自矜惜而欲近無方之意：以越女爲況，自矜國色也；家住越溪之曲，罕爲世知而有待進於廊廟也；萬里關山阻隔，傷無能親近也。此詞實外托男女眷戀之貌，內寄感士不遇之情。試以此意解之，了無滯礙矣。首句「滿宮明月梨花白」，自是念中舊時相聚之景，與第十四首「故國吳宮遠」脈接波連。「故人」與「君」則同指所念之人也。

△曾昭岷云：「燕」，《雪本》作「雁」。

以仁謹案：燕子歸來，喻雙棲之意，爲古詩歌中習見用法，「雁」則多以象徵征旅之事，此詞「燕歸君不歸」，傷無能親近，自以作「燕」爲是。《雪豔亭本》蓋涉上文「金雁」而誤。

十

寶函鈿雀金鸂鶒，沉香閣上吳山碧。楊柳又如絲，驛橋春雨時。　　畫樓音信斷，芳草江南岸。鸞鏡與花枝，此情誰得知。(〈菩薩蠻〉之十)。

十之一　鸞鏡與花枝，此情誰得知。

△張惠言云：「鸞鏡」二句，結。與「心事竟誰知」相應。
△《新注》：「鸞鏡」二句，意思是每日對鸞鏡，飾花枝，此中情意，又有誰知道呢？又可解釋爲：相思之情無人理解，只

作爲此解者。張惠言《詞選》以思唐爲說，「君」指唐君，後世多從之。《新注》則以女思男爲解，謂係韋莊仿其妻之口吻，則「君」指韋莊，皆可通。

有眼前的妝鏡和花枝知道。「枝」與「知」是諧音雙關。

以仁謹案：飛卿〈菩薩蠻〉之三云：「心事竟誰知，月明花滿枝。」張惠言注云：「提起」，與此一提一結，具見溫詞篇法之義，皋文巨眼，得識其祕。然又不只此也，「鏡」與「花」「月」，時出現於飛卿〈菩薩蠻〉十四詞中，如首闋：「照花前後鏡，花面交相映」，鏡中人面如花，是相聚之時濃妝情態，竊以爲與此「鸞鏡」「花枝」，實相照映；十二闋之「花落月明殘」，乃呼應三闋之「月明花滿枝」也，舊情新恨，釵分鈿合，曷勝今昔之感！《新注》但釋詞句之意，不悟篇章之法，膚解溫詞矣。

十一

南園滿地堆輕絮，愁聞一霎清明雨。雨後卻斜陽，杏花零落香。　　無言勻睡臉，枕上屏山掩。時節欲黃昏，無憀獨掩門。（〈菩薩蠻〉之十一）。

十一之一　愁聞一霎清明雨

△華連圃云：霎，色押切，小雨也。
△《新注》云：「一霎」，時間短促，一陣子。

以仁謹案：《說文新附》謂「霎」爲「小雨」，《集韻》則訓爲「雨聲」或「疾雨」，蓋華氏所本也。夫雨疾則爲時或短暫而有聲，是諸義間並非全無瓜葛，而「短暫」之義似亦由此引

申來。此處「一霎」自取「短暫」之義。爲時間副詞，猶「一
晌」「霎時」「霎那」之比，義同今語「片時」，華氏過泥，《新
注》是也。此意謂雨雖片時即過，所遺傷害則多。滿地杏花零
落，不復「和露團香雪」矣（溫詞〈菩薩蠻〉之五）；此「雨後
斜陽」較四闋之「雨晴紅滿枝」情景爲何如也！著一情語「愁」
字，重筆點染，心曲可通。其詩〈醉歌〉云：「惟恐南園風雨
惡，碧蕪狼藉棠梨花」，頗表達其憂讒畏譏之心情，此詞上片，
有與暗合處乎？

十一之二　無言勻睡臉

△華連圃云：勻，齊也，均也。韓愈〈詠雪詩〉：「片片勻如翦，
　紛紛醉若按。」凡睡眠初醒，血氣和調，故顏色勻也。
△《新注》云：默默無語，睡意猶存的臉上，顯得氣色勻和秀
　美。

　　　以仁謹案：華氏與《新注》以形容詞解「勻」字而句不可
通，且與全章哀傷氣氛不愜。而《花間》雖有以「勻」爲形容詞
以狀「面」者，如：毛熙震〈後庭花〉之三云：「倚欄無語搖
輕扇，半遮勻面。」「勻」爲形容詞，「勻面」，指已塗脂粉之面
（參《新注》），然亦僅此一見，更無同例。他例多爲動詞，如：
毛熙震〈木蘭花〉云：「勻粉淚，恨檀郎。」謂擦拭粉淚；又
〈後庭花〉之二云：「時將素手勻紅臉」，謂揉撫桃腮也；歐陽
炯〈鳳樓春〉云：「勻面淚臉珠融」，《新注》云：「擦面時臉
上淚珠消融」，是「勻」字作動字爲常見，故葉嘉瑩解說此詞云：
「『勻睡臉』，有人剛睡醒就這樣子搓一搓臉，爲了讓自己真的醒

過來。」(60)。然「匀面」亦指施脂粉，《西神脞說》云：「婦人匀面，古惟施朱傅粉而已，六朝乃兼尚黃。」《花間集》中如牛嶠〈女冠子〉之一云：「點翠匀紅時世」，張泌〈江城子〉之一云：「匀面了，沒精神」，皆謂塗摸脂粉也。《新注》釋〈江城子〉云：「擦脂粉完了」，是矣。顧夐〈虞美人〉之二云：「翠匀粉黛好儀容」，閻選〈八拍蠻〉之二云：「淚飄紅臉粉難匀」，皆其例也。是則訓此「匀睡臉」爲「搓臉」之外，亦可別解爲匀施脂粉。然就十四詞之整體性觀之，自以「搓臉」之解爲是。

十二

夜來皓月纔當午，重簾悄悄無人語。深處麝煙長，臥時留薄妝。　　當年還自惜，往事那堪憶。花落月明殘，錦衾知曉寒。(〈菩薩蠻〉之十二)。

十二之一　深處麝煙長

△李一氓云：「麝煙」，《雪本》作「麝香」，誤。

△俞平伯云：「麝煙」，指燭花。

△蕭繼宗作「麝煤」，云：「麝煤」，謂眉黛也。

△李誼云：「麝煙長」，指麝煙裊娜繚繞。李白〈連理枝二首〉(61)：「噴寶猊香燼麝煙濃」，「麝煙」，一作麝香，麝煤。

---

(60) 見所著〈晚唐五代四大家詞簡評〉一文，發表於日本九州大學《中國文學論集》第十三號。一九八四年。

(61)《全唐詩》卷八百九十收李白〈連理枝〉二首，惟題名但作〈連理枝〉，無「二首」字樣。

△《新注》云：「麝煙」，《雪本》作「麝香」，《冰本》（以仁案：
　謂李冰若《花間集評注本》）作「麝煤」，皆誤。
　又：「麝煙」，加有麝香的香炷，點燃時芳香彌漫。

　　以仁謹案：李冰若《花間集評注》作「麝煤」而無注，「煙」
「煤」皆從「火」而筆畫相同，疑手民誤植，《新注》之說是也。
蕭氏從《冰本》而為撰注，然「眉黛」而曰「麝煤」，恐無法說
明出處或覓得同例；且眉黛長描，亦與「薄妝」不稱，而《花
間》諸本更無作「麝煤」者，蕭注非也。俞氏謂「麝煙」指「燭
花」，蓋以為入夜當燃燭照明，否則，香炷之煙，實無由得見。
此則過泥，夜燃燈燭，想當然事耳，既云「煙長」，即表室中自
有亮度，不必瑣屑成王婆腳帶也；且「燭花」而曰「麝煙」，亦
不倫。

十二之二　臥時留薄妝

△曾昭岷云：「臥時」，《雪本》作「夢魂」。

　　以仁謹案：此詞上片云：「夜來皓月纔當午」，月上中天而
著一「纔」字，可見輾轉難眠之狀；下片云：「當年還自惜，
往事那堪憶」，傷今惜往，言其不眠之故也；又云：「花露月明
殘」，月明而曰「殘」，自是曉月將沉之時；又云：「錦衾知曉
寒」，則通宵失眠明矣。如作「夢魂留薄妝」，與全篇之意不協。

十二之三　花露月明殘，錦衾知曉寒

△李一氓云：「花露」，《鄂本》、《湯本》作「花落」，非。

△李冰若云：「花露」，《王本》作「花落」（以仁案：王鵬運《四印齋本》屬《鄂本》系統）。

△俞平伯云：或校「花落」作「花露」，恐非。

△華連圃云：「花落」，或作「花露」。

△葉嘉瑩〈溫庭筠詞概說〉云：「花露」二字，《王氏本花間集》作「花落」，《毛氏本》作「花露」。自文法言之，似以作「花落」較爲通曉易明，「花露」則令人有晦澀不通之感。然私意以爲此詞寫夜，「月明殘」三字，自是破曉前明月將沉光景。此情此景，似與花之落無甚相關。蓋花之落未必定在破曉時也。若云「花露」，則花上露濃，正是後半夜破曉前情事，如此方與「月明殘」三字密合無間。至「花露」二字之鄰於不通，則又飛卿詞但標舉名物以喚起人之意象而不加以說明之特色也。

△《新注》云：「花落」二句既寫明月自午夜至曉的漫長時間過程，又自然地表現了女主人公的縷縷哀愁。「花落月明殘」是她身世的自況，「錦衾知曉寒」是她處境的概括。寒夜孤獨，錦衾能知。

　　以仁謹案：俞、華二氏以「花落」爲是，《新注》亦從之立說；葉嘉瑩則從李一氓校，謂「花露」義長，以爲花落未必在破曉時，如作「花露」，則「花上露濃是後半夜破曉時情事，如此才與『月明殘』三字密合無間。」然花落雖未必定在破曉時（猶花露亦未必定在破曉時），亦未必不在破曉時，而破曉時室外亮度已增，自亦易見殘花辭樹之景；且花開而落，月明而殘，二者義亦相互關應，《新注》所謂「是她身世的自況」，自有其

見地，然猶有未盡之處。此若自飛卿〈菩薩蠻〉十四首整體觀之，昔之月明花盛，今乃殘矣謝矣，此句豈非正呼應三闋之「月明花滿枝」乎？張惠言《詞選》之所以取「落」字，豈意亦在斯乎？

十三

雨晴夜合玲瓏日，萬枝香裊紅絲拂。閑夢憶金堂，滿庭萱草長。　　繡簾垂簏籟，眉黛遠山綠。春水渡溪橋，憑欄魂欲銷。（〈菩薩蠻〉之十三）。

十三之一　　雨晴夜合玲瓏日

△《新注》校云：《唐五代詞》作「玲瓏月」。

△曾昭岷校作「玲瓏月」云：「月」，原作「日」。朱本《尊前集》、《唐五代詞》作「月」，據改。

　　以仁謹案：「月」「拂」同在詞韻十八部[62]，「日」則在十七部。就韻言，作「月」爲諧。然既謂「雨晴」，下文景物，亦非夜間；而《花間》各本並皆作「日」，則作「日」似爲原貌。且就《花間》言，十七部與十八部，亦有叶韻之同例：薛昭蘊〈離別難〉：「未別心先咽，欲語情難說出。」[63]「咽」在十八部，

────────────

[62] 此據〈晚翠軒詞韻〉爲說，附於舒夢蘭《白香詞譜》末，民國五十六年 (1967) 九月再版，臺灣文光圖書公司印行。

[63] 〈離別難〉下文云：「芳草路東西」，蕭繼宗讀「說」字絕句，以「出」字下屬，而謂有脫文，其說云：「『咽』『說』互叶，是矣。然『出芳草』三

「出」在十七部，而亦相叶，則作「日」是矣。後人或由句中「夜
合」之錯覺，更依一般韻例改爲「月」，不知「夜合」乃花名，
而《花間》自有其韻例耳。

十三之二　滿庭萱草長

以仁謹案：李冰若《花間集評注》「萱」字作「芳」，蕭繼
宗從之。然李氏注云：「《詩》：『焉得諼草，言樹之背』《注》：
「諼一作萱，萱草令人忘憂。』」則李氏本原作「萱」，作「芳」
者，手民誤植耳。蕭氏不知，遂從其誤。別本無作「芳」者。
此處「萱草」，非但取忘憂之義，實暗用〈伯兮〉詩意：「願言
思伯，使我心痗」，焉得忘憂之萱草乎！

字，仍不成語。愚意按前半『半妝』句，此處必奪二字，原文想係：『出
門芳草路，各東西。』觀韋莊〈望遠行〉：『出門芳草路萋萋，雲雨別來易
東西。』可知『出』字下必落『門』字。至於『路』字，宜屬『芳草』成
句，而『各』字適爲『路』之半體，傳刻時以爲重出而刪之耳。愚說似尙
近理，知言者或不以爲謬也。」其說頗有可議處：一則該詞上下片結構迥
然不同，上片九句，其字數分別爲六、六、五、五、五、三、三、三、七，
共四十三字。下片十句，分別爲三、三、三、六、五、六、五、三、三、
七，共四十四字。「半妝珠翠落」句在上片第五句，下接三字句三，「未別
心先咽」爲下片第五句，下接句如依蕭氏讀，則爲五字句二（「欲語情難說」
「出門芳草路」），再三字句一（「各東西」），與上片句法全然不類，是不得
依結構而謂其「必奪二字」也；二則此詞並非襲取韋莊詞來，故亦不得依
韋詞擅補「門」「各」二字；至其論涉及校勘處，謂「各」爲「路」之半體，
傳刻者誤認爲「路」之重出而刪落之，則尤悖校勘之理，實難曲從。然〈離
別難〉無他例可校，本文因依李一氓、李冰若、華連圃諸家舊讀。《新注》
讀「未別」一逗，蓋以「別」「咽」同韻之故，然從語義觀之，此以句中韻
說之爲宜，古詩歌不乏其例，不必讀斷也。

十三之三　繡簾垂累黻，眉黛遠山綠。

△《新注》析云：她隔著垂有流蘇的繡簾在沉思，那帶有愁意的眉頭像一抹碧綠的遠山。接著她又情不自禁地憑欄眺望，一江春水，從溪橋下緩緩流過，觸景生情，她深感自己的美妙年華，也如春水一樣緩緩流逝，不禁情思茫然。

　　以仁謹案：《新注》此一解析，加意添辭，諸多扭曲，若「隔著」、「沉思」、「帶著愁意」、「接著」、「又情不自禁」等，皆臆增曲說以求其強通，乃支絀之態畢露，全失原詞深密流暢之美，殊可惜也。考其關鍵，實係誤解「繡簾垂累黻」句爲人在室中所見之故。取向既乖，不免舉步艱難矣。不知該句實已暗示人自室中出，所謂「繡簾垂累黻」者，因人出簾動以相及，意脈不斷，非虛寫也。故下文以眉黛狀遠山，「眉黛遠山綠」即「遠山眉黛綠」，情景相合，純任自然，且予人以芳草羅裙之聯想。此種手法，宜會其神韻，不當呆看。此即陳洵所謂「倩盼之姿」也。陳洵但以女性設譬，擴而言之，即謂會其言外之意也。下文接寫春水溪橋，憑欄魂銷，眼前景猶當年景，此時情即昔時情，二者交織纏綿，神承意協，筆勢不沾不滯，讀者不必強解而自能得其流利之暢美，會其心曲之深密矣。竊謂訓解與賞析之道，潤色之處難免，惟須語有所繫，不得意外添辭。守此原則，庶不致失以千里。謹以此示例，不贅。

十四

竹風輕動庭除冷，珠簾月上玲瓏影。山枕隱濃妝，綠檀
金鳳凰。　　兩蛾愁黛淺，故國吳宮遠。春恨正關情，
畫樓殘點聲。（〈菩薩蠻〉之十四）。

十四之一　通論全詞

△蕭繼宗云：右〈菩薩蠻〉十四首，未必飛卿一時之作，不過
　以同調相從，彙結於此，實無次第關連。且飛卿此調，未必
　止於十四，趙氏亦止就存者編錄耳。而張皋文以「聯章詩」
　眼光，勉強鉤合，若自成首尾者，繪影繪聲，加枝添葉，一
　若飛卿身上之三尸蟲，能為作者說明心曲，而又不敢真正明
　說，可笑孰甚！海綃之說夢窗，同一伎倆，誤人實甚，故不
　惜辭而闢之。

　　以仁謹案：蕭氏之說，出自《栩莊》，《栩莊》云：「溫尉
　〈菩薩蠻〉十四首，……信為名作。特當日所進為二十章，今已
　缺數首，此十四闋是否即為當日進呈之詞，抑為平日雜作，均
　不可考。觀其詞意，亦不相貫，而張氏謂仿佛長門賦節節逆敘。
　嘗就所評，研索再四，無論以順序逆敘推求，正復多所抵牾也。」
　此說所揭問題實分兩層：一在此十四詞是否聯章，一在其是否
　有寄託。自張惠言以「感士不遇」論飛卿〈菩薩蠻〉詞伊始，
　和之者如周濟、陳廷焯、吳梅、王拯、……等，不一而足。而
　攻之者由王靜安舉其纛，口誅筆伐，數十年來，幾蔚然成軍。

然類皆隨聲吠影，人云亦云，能切陳理據言之有物者極少。若蕭氏承《栩莊》之緒，張皇空言，更無一語落實，則並近人著作皆未嘗一措意焉。以仁不敏，願就一己所識，曲達飛卿心意。所言與皋文看法細節或有不同，而謂此十四詞爲聯章且有寄託則一也。

首證其爲聯章組詞，要點爲下：

(一)十四詞可依序串連其意：

1. 曉妝喻愛。

2. 晨起示別。

3. 新別初念。

4. 惜春懷遠。

5. 感夢自憐。

6. 玉樓長憶。

7. 期待無望。

8. 深夜苦思。

9. 自矜無奈。

10. 音斷望絕。

11. 心灰意冷。

12. 悔往傷今。

13. 閑夢紆懷。

14. 綿綿春恨。

十四詞表面寫一女子與所戀者自相聚、而別離、而企盼、而等待、而失望乃至絕望之過程，其中偶有一時之興奮，片刻之憧憬，終則夢想破滅而成悲恨，前後呼應，整體環連。

(二)相關詞彙，時出現於十四詞中，彼此映照：如首闋言：

「照花前後鏡，花面交相映」，次闋則言：「雙鬢隔香紅」，同是
戴花，而著一「隔」字，以暗示別離；三闋言「相見牡丹時」，
七闋言「牡丹一夜經微雨」，八闋則「牡丹花謝鶯聲歇」矣；又
如同用「宮」字，九闋言「滿宮明月梨花白，故人萬里關山隔」，
十四闋則言「兩蛾愁黛淺，故國吳宮遠」，皆懷念舊時宮院，然
九闋宮不名「吳」，從下文「家住越溪曲」，知懷念者爲越女。
十四闋則不言越女，而明言所懷念者爲「吳宮」，互相補足，乃
至十四闋之「遠」字與九闋之「萬里」等字樣，亦皆呼吸相應
也。篇章之針縷如此其緻密也……且各類詞彙，趨向相同，如
由花開至花落，相聚至別離，歡笑至啼哭，希望至絕望……等。

　　㈢各類詞彙，有其一致之發展層次，非特趨向相同而已。
例如寫相思：第三首但言「心事竟誰知」，第四首則謂「玉關音
信稀」，第五首猶托「春夢正關情」，微言隱說，旁敲側擊，總
不明講。至第六首始明言「玉樓明月長相憶」，赤裸裸披陳，且
著一「長」字，以示相思之非一朝一夕，其情壓抑已久，一時
澎湃，便如堤決濤奔。往夢縈迴，至此已難耐難禁矣。詞中首
見「淚」字（「香燭銷成淚」），非偶然也。又如言「夢」：第二
首爲「香夢」（「暖香惹夢鴛鴦錦」），第五首爲「春夢」（「春夢
正關情」），第六首爲「殘夢」（「綠窗殘夢迷」），第八首則「夢
難成」矣（「相憶夢難成」），第十三首爲「閑夢」（「閑夢憶金
堂」），暗露寓意，第十四首「春夢」已成「春恨」矣（「春恨正
關情」）。從歡會之夢以至離別之夢，以至夢殘而不全，以至欲
夢而不成，以至觸發潛意識中金堂之夢，以至由春夢轉爲春恨：
所謂「春恨正關情」，與第五首之「春夢正關情」僅一字之差，
張惠言（詞選）以爲二者「相關雙鎖」，其呼應情形，發展層次，

經勾勒以出，皆顯然可見。

其他如「柳」、如「鏡」、如「花」、如「月」、如「笑」、如「淚」、如「音信」……以及多種情語。乃至首飾、衣著……皆莫不有其共同之取向，顯示呼應之關係，具此漸進之層次。

上述三項，具見其篇章之法，已足證十四詞非同調之雜湊彙結，實係一整體之聯章組合。若原詞爲二十首（說見下文），此存世之十四首亦極具代表性[64]。

次證其爲有寄託：

學者有從飛卿之性情、身世、修養、人格上斷言其詞之無寄託者，《栩莊漫記》首發其軔云：

飛卿爲人，具詳舊史，綜觀其詩詞，亦不過一失意文人而已，寧有悲天憫人之懷抱？昔朱子謂《離騷》不都是怨君，嘗歎爲知言。以無行之飛卿，何足以仰企屈子？

葉嘉瑩更推此意，痛加貶斥，其說云：

溫氏似但爲一潦倒失意有才無行之文士耳，庸詎有所謂忠愛之思與夫家國之感者乎？故其所作，當亦不過逐絃吹之音所製之側詞艷曲耳。誠以情物交感之作品言之，則飛卿無此性情、身世、修養、人格之涵育；以依附道德以求自尊之託喩作品言之，則以飛卿之放誕不檢，不修邊幅，似亦當無取於此也。是以作者言，飛卿詞爲無寄託之作也。（〈溫庭筠詞概說〉）

葉氏之說，顯係承襲《栩莊漫記》來。飛卿身世之潦倒失

---

[64] 本人近又寫成〈溫庭筠菩薩蠻詞的聯章性〉一文，證明原詞但十四首，收入此集，對此有進一步之研討，結論相同。

意，自是事實，而謂其有才無行，則大有斟酌之餘地，且失意之文人，即不許有悲天憫人之懷抱？則誠不知所據爲何理。夫《兩唐書》之不足爲據，前輩學者若顧學頡、夏承燾等，久有論說傳世⑥，查檢可知，而飛卿幼歷孤寒，長經憂患，遭朋黨之忌，逢太子之禍，受權貴之譖害，爲小人所侮辱，干時之策難籌，阮修之錢尚缺，猶恃才激奮，傲骨不屈，其「性情」「人格」爲何如乎？其所以流連酒色放浪形骸者，得非憤世疾俗，傷心人別有懷抱乎？其詩與李商隱、段成式齊名，今傳者三百餘首（見《全唐詩》），其中不乏憂國、傷時，褒忠、獎善之作，或寄感慨於經史，或諷佞幸於當朝，莫不寓意雋永，發人深省。其學養爲何如也！凡此等處，學者如顧學頡、夏承燾、張爾田、林邦鈞、牟懷川等皆有文論及⑥，讀者可自行查檢，不煩贅引，葉氏豈無暇一流覽乎？夫以李唐之世，賭酒狎妓，徵歌選舞，固當時風習也。文人者流，灑脫不羈之詩仙李白固無論矣，即道學家如韓愈，拘謹方正之士若杜甫，亦莫不賞聲色而玩歌舞，所謂時風也。晚唐五代之際，王孫公子，達官貴宦、文人學士、走馬章台者，比比皆是，不足怪矣。飛卿作爲，並無驚世駭俗

---

⑥ 參顧學頡〈新舊唐書溫庭筠傳訂補〉，刊於《國文月刊》第六十二期，民國三十六年（1947）；〈溫庭筠感舊陳情五十韻獻淮南李僕射詩舊注辨誤〉，刊於《國文月刊》第五十七期，民國三十六年；〈溫庭筠行實考略〉，刊於《唐代文學論叢》（4），陝西人民出版社，一九八三年十月；夏承燾〈溫飛卿繫年〉，收入《唐宋詞人年譜》。張爾田〈與龍榆生論夏瞿禪飛卿譜書〉，參見夏承燾〈溫飛卿繫年〉引。林邦鈞〈論溫庭筠和他的詩〉，刊於《文學遺產》，一九八一年四月；牟懷川〈溫庭筠生平新證〉，刊於《上海師範學院學報‧社會科學版》，一九八四年一月。

⑥ 詳注⑥。

之處，尤未有離經叛道之行，而罪之者每誇張其失檢之細節，後世之人，尤執一己之固陋，而肆意譏評撻伐之，不察其世風，不憐其遭遇，不究其委曲，豈平正之態哉！且感士不遇之情懷，失意文人尤多此慨也。張惠言謂飛卿詞有寄託，其意在此，謂首闋〈菩薩蠻〉有「〈離騷〉初服之意」，比擬屈賦之美人香草，其意亦在此。周濟所以謂「以士不遇讀之最塙」也（《詞辨》）。乃《栩莊》及其同調不察該説之主旨，逕以屈子之悲天憫人懷抱，尺寸飛卿。何拘泥不化如此耶⑰？

　　上述種切，雖頗爲飛卿之不幸作不平之鳴，以駁如《栩莊》及葉氏等固陋彷彿之論者⑱，然尚不足以正面肯定其〈菩薩蠻〉詞爲有寄託之作，請再陳理據如下：

　　詩歌文學之含有諷喩寄託作用，可遠溯至春秋以前：《詩經》「國風」，以「風」爲名，實涵諷喩之義，且多用比興之法。先秦賦《詩》，每斷章以寓意，《左傳》屢載其事，史跡斑斑可考也。《屈騷》繼之，以香草美人，托義忠臣節士，後世騷人，

---

⑰ 萬文武《溫庭筠辨析》（一九九二）謂紀唐夫當制所擬旨意：「放騷人於湘浦，移賈誼於長沙」，即以屈原比之。聖旨已如此。即張惠言自擬之，有何不可？況非自我作古乎！

⑱ 丁壽田丁亦飛合選《唐五代四大名家詞》云：「或謂飛卿不過一浪漫無行之失意文人，平生未遭何奇冤極禍，寧有悲天憫人之懷抱足以仰企屈子？此説可商。夫浪漫無行不過當時社會之偏面批評，豈足以盡溫尉之人格？如納蘭容若固一昇平公子，而其詞哀感頑艷足以比南唐二主（陳其年語）何也？人之思想固與環境有關，但環境非止於衣食起居之事，一切觀感所及均環境也。「文乃心聲」，此言良是。但如飛卿者，吾人肉眼不足以窺其多重人格，宜乎覺其詞與其人不相稱矣。」（轉引自曾昭岷《溫韋馮詞新校》，上海古籍出版社一九八八年十二月第一版）。亦是一説。然謂飛卿有不同行爲即有多重性格，則頗可疑議。

莫不受此傳統詩風之影響。蔚爲創作之重要方式，可謂源遠流長，根深蒂固矣，此其一也；《花間》詞人，若皇甫松之〈浪淘沙〉、韋莊之〈菩薩蠻〉、李珣之〈漁父〉〈定風波〉，世人公認其有寄託。孫光憲之〈楊柳枝〉；經本人研究，實寄寓其本身遭遇並述其心志之作。諸氏與飛卿地非遠隔，時亦鄰近，是以詞寄意，繁有其人，非飛卿獨樹其幟，此其二也；飛卿詩多寄託，前文已言及之，林邦鈞〈論溫庭筠和他的詩〉一文論之詳矣。同一飛卿也，其身世、性情、學養、人格、未嘗稍異，何以於詞不許其有寄託耶？此其三也；盛成以飛卿〈南歌子〉之三、四、七諸闋爲思文宗之作⑱，蓋以諸詞皆有「君」字也⑲。若依其例，則第六闋有「憶君腸欲斷」，亦然耳。其說或者臆測稍過，然亦不能斷其決無可能。又其〈清平樂〉之一寫宮女之怨，下片之末云：「競把黃金買賦，爲妾將上明君。」用相如〈長門賦〉典。姑不論皋文《詞選》以爲飛卿〈菩薩蠻〉「篇法仿佛〈長門賦〉」之說，是否受此詞之啓發，然於此亦可見藉作品以託意之方式，飛卿非懵然不知也。況其詞以「隱」「密」著稱，正因托興深細，措意幽微也。其詞集名《握蘭》《金荃》，豈非師取屈子香草美人之義、莊生得意忘言之旨乎？（參本文「四之一」條及注㊹）周之琦〈論詞絕句〉所謂「蘭畹金荃託興新」「前生合是楚靈鈞」，前賢不淺視飛卿也。此其四也；飛卿〈菩

---

⑱ 見所著〈溫庭筠〉一文。載於《中國文學史論集》二，民國四十七年二月。

⑲ 飛卿〈南歌子〉之三云：「鬟墮低梳髻，連娟細掃眉，終日兩相思。爲君憔悴盡，百花時。」其四云：「臉上金霞細，眉間翠鈿深。欹枕覆鴛衾。隔簾鶯百囀，感君心。」其七云：「懶拂鴛鴦枕，休縫翡翠裙，羅帳罷爐薰。近來心更切，爲思君。」

薩蠻〉詞，原係代令狐綯作，獻之宣宗以邀寵者。令狐綯切戒其勿洩，而遽洩於人⑦。夫以令狐綯之赫赫權勢，以及與飛卿長久交往之關係，並可能爲其宦途之有力奧援，何以飛卿甘觸其怒而背其約？如非其詞別有寄託，欲深動宣宗憐才之念，則無法解釋此等有悖常理之行爲⑦，〈清平樂〉所謂「競把黃金買賦，爲妾將上明君」，意豈在斯乎？此其五也；十四詞中，時有暗示之語：「靑瑣」、「金堂」、「故國」，「吳宮」之類，皋文已言及之矣⑦，另「玉門」亦有同樣意義⑭，他如以「越女」自況其才，以「家住越溪曲」自示其有所待。詞中「君」字二見，一爲第六首之「送君聞馬嘶」，飛卿詩〈車駕西遊因而有作〉云：

---

⑦《樂府紀聞》云：「宣宗愛唱〈菩薩蠻〉，令狐綯假溫庭筠手撰二十闋以進，戒勿泄而遽言於人。且曰：『中書室內坐將軍。』以譏其無學也。由是疏之。」又《北夢瑣言》亦載此事，云：「宣宗愛唱〈菩薩蠻〉詞，令狐綯相國假其新撰密進之，戒令勿他泄，而遽言於人，由是疏之。溫亦有言云：『中書堂內坐將軍』，譏相國無學也。」細節雖有出入，大體尚同。

⑦施蟄存〈讀飛卿詞札記〉云：「諸詞多賦閨情宮怨，題材甚狹，不出乎月明花落，山枕鈿蟬，十四首猶一首耳。宮中歌人所唱，本是此類，玉台宮體，遺風可按。然此是御前供奉，不能不刻意爲之，故鋪陳辭藻，富麗精工，雕鏤聲色，竟造絕詣。當時必大爲流行，飛卿亦必甚自矜許，故遽泄其事，以顯其名，遂結怨於令狐丞相，終生淪落不遇。文人之自重其作品，有如此者。」施氏以爲飛卿遽泄其事，係欲顯己之文名，頗可商榷。按飛卿早著文名，初至京師，人士翕然推重（參《舊唐書・溫庭筠傳》），其詩與李商隱、段成式齊名；詞作之中，珠輝錦爛，佳什多有，實不待〈菩薩蠻〉詞以顯其名也，故不取施說。

⑦張惠言〈詞選〉注云：「靑瑣、金堂、故國、吳宮，略露寓意。」（注見飛卿〈菩薩蠻〉第十四首之末。）

⑭〈菩薩蠻〉之四：「靑瑣對芳菲，玉關音信稀」《毛本》「玉關」作「玉門」，李冰若注云：「《楚辭》：『背玉門以馳騖兮』，注謂玉門猶君門也。」又與「靑瑣」並提，不可謂偶合也。

「誰將詞賦陪雕輦，寂寞相如臥茂林」，不知與此有關否？而如第九首之「燕歸君不歸」與前文「滿宮」「越溪」等語相呼應，則謂「君」字意寓雙關，似亦不爲過。又如閒夢之憧憬，濃妝之期盼等等，皆暗示閨愁幃怨，僅係表相，去其粉飾，眞貌自現。萬雲駿以爲：傷春傷別，爲唐宋詞之主旋律，感傷花落春去，離別相思，爲其表層之相；由傷流年之不再，哀怨苦多，產生懷才不遇之感慨，是以感士不遇實與傷春傷別之作相表裡，萬氏云：「晚唐詩人常以艷情寓感慨，以男女、夫婦關係，比喻君臣、朋友關係。」並謂「詞中的傷春傷別，繼承了詩的比喻手法而有較大的發展。」因論飛卿〈菩薩蠻〉十四詞云：

　　這十四首詞，都是抒寫男女相思離別之情，也不能説絕
　　無寄託⑦⑤

王季思亦謂唐人尙武，唐末尤藩鎭專權，武人橫暴，文人地位日益低落，因而詩詞每喜以薄命自況。王氏云：「我們讀李商隱的無題詩，韓致堯的香奩詩，要這樣讀；我們讀溫庭筠、馮延巳的詞也要這樣讀，這一種比興的、婉約的，拿女人來寄託自己的作風，便是由中晚唐的詩流轉到五代宋詞裡去的。」（〈詞的正變〉，見《玉輪軒古典文學論集》，一九八二年六月中華書局）。萬氏品其一臠，已識眞味，王氏得其大體，發爲讜論，足可振發聾瞶。此其六也。

　　以此六證，或可有助於皐文之說而稍塞反對者之信口雌黃也。然就其整體言之，此一問題，可商榷處尙多，此處但述其

⑦⑤ 見所著〈傷春傷別是唐宋詞的主旋律〉一文，載於《中國古典文學論叢》
　　第三輯。北京人民文學出版社，一九八五。

梗概，他日得暇，當別爲文詳論之。

十五

　　柳絲長，春雨細，花外漏聲迢遞。驚塞雁，起城烏，畫
　　屏金鷓鴣。　　　香霧薄，透簾幕，惆悵謝家池閣。紅蠟
　　背，繡簾垂，夢長君不知。（〈更漏子〉之一）。

十五之一　　通論全詞

△張惠言云：此三首亦〈菩薩蠻〉之意㊅。「驚塞雁」三句，言
　　懽戚不同，興下「夢長君不知」也。

△陳廷焯云：「驚塞雁，起城烏，畫屏金鷓鴣」，此言苦者自苦，
　　樂者自樂。（《白雨齋詞話》卷一之十）。

△《栩莊漫記》云：全詞意境尚佳，惜「畫屏金鷓鴣」一句強
　　植其間，文理均因而扞格矣。

△蕭繼宗云：前半寫侵曉之景，「塞雁城烏」，因「春雨」而起，
　　原無苦樂之情寓乎其間。亦峰妄生分別，羌無所據。「畫屏」
　　一句，眞成「強植」，《栩莊》洵知言者。

△施蟄存云：按飛卿此詞脈絡分明，初無深意。首章上片言春
　　雨中更漏聲驚起塞雁城烏。金鷓鴣雖尚雙棲，可惜是屏上之
　　畫耳。唐人詩詞中用「鷓鴣」字，猶鳳凰、鴛鴦，皆有雙棲
　　同宿之意。陳氏所謂「苦者自苦，樂者自樂」之意，竟安在

㊅　飛卿〈更漏子〉共六首，張惠言《詞選》選其三。張氏以爲飛卿〈更漏子〉
　　一若其〈菩薩蠻〉之有寓意也。

哉？（〈讀飛卿詞札記〉）

△鄧喬彬云:此處雁飛烏啼,實是「月風吹露屏外寒,城上烏啼楚
　女眠」（李賀〈屏風曲〉）之意。征雁啼,與行者（征戰、經
　商或作官在外）作伴,而畫屏金鷓鴣則與居者相依,行者自
　苦,居者亦無樂可言。對著這春霧透過簾幕的淒迷景象,背
　對紅燭,繡簾低垂,惆悵轉深,相思愈長。所以這三句的動
　靜映襯,將景激發爲情:吹皺一池春水,底事本不干卿,但
　她卻騰踔萬象,難澄一心,以至極靜的外景變成極動的內情。
　塞雁、城烏與畫屏金鷓鴣的相映同列,非但不是突兀難解,
　而且可見豐富的意蘊,成爲極富於生發性的畫面。（〈飛卿詞
　藝術平議〉）

　　以仁謹案:蕭氏謂「亦峰妄生分別,羌無所據」,不知其說
實推闡皋文,並非自創。此其一;李、蕭二氏,既不願從人舊
說,又不能自立新意,乃歸咎於原詞,譏之「強植」,是猶不識
駝峰而謂之背腫,以此解詞,天下無不可解之詞矣。第恐無詞
能得其善解也。此其二;夫皋文以懷戚不同解「畫屏金鷓鴣」
五字,實以比興爲基礎,然遠遜鄧說之細緻。鄧氏謂「行者自
苦,居者亦無樂可言」,自較皋文之說合情入理,然其說實本於
於俞平伯,俞氏《唐宋詞選釋》云:「李賀〈屏風曲〉:『月風
吹露屏外寒,城上烏啼楚女眠』,詞意如本此,畫屏中人,亦未
必樂也。」此其三;然五字得此爲解,雖可豐其意蘊,於文氣
之承應,仍須再作補充,庶幾紓其「強植」之冤。竊以爲飛卿
此詞佈局,上片偏重聽覺,下片偏重視覺。彼雨聲也、漏聲也,
初尙隱約,不甚清晰,故著「細」字,「迢遞」字,正狀甫醒神

志尙帶模糊彷彿情況。繼乃聞塞雁驚飛，城烏群起，音聲大作。妙在以「雁」「烏」引出「鷓鴣」（閨中之人，豈非畫屏之金鷓鴣哉！）所謂以類相從，飛卿慣用此等手法，如〈南歌子〉之以「鷓鴣」「鳳凰」引出「鴛鴦」是也，見下文「二十三之一通論全詞」條。（此法韋莊亦嘗用之，如〈菩薩蠻〉之一以「琵琶」之「金翠羽」引出次句「絃上」之「黃鶯語」是也⑦）。又妙在由耳聞轉爲目視，此過程之必然者。夢回之人張目所見，畫屏最近，故承之以「畫屏金鷓鴣」，實亦情所固宜理所當至者。步驟自然，層次分明，有何絲毫「強植」之處？施蟄存但賞其脈絡分明，猶未達溫詞「層次」之義。然能不惑前人彷彿之說，自理機杼，亦可貴矣，此其四也。惟施氏以塞雁城烏係聞更漏聲而驚起，說與華連圃同，則尙可商榷。

十五之二　花外漏聲迢遞

△葉嘉瑩云：「漏聲」本意是銅壺滴漏之聲，然若果然爲計時之滴漏，則此滴漏何以不在室內而在花外？因知此所謂「漏聲」，非眞爲漏聲，實乃雨滴滴落之聲也。然何以不曰雨聲而曰漏聲？則以詞人之感覺中，此雨滴滴落之聲固直與漏聲同也，故逕曰漏聲。此所謂感覺上之眞實，非可以理智解釋者也。至於「花外」二字，竊亦有說。上句旣云「春雨細」，而春日之細雨，則似無淸晰之點滴聲可聞者也，何得以漏聲擬

⑦ 華連圃謂「此法惟飛卿能之」，殊不然也。華氏之說云：「以眞鳥假鳥對比，襯出胸中難言之痛，此法惟飛卿能之。」華氏之前，兪平伯亦云：「『塞雁』『城烏』是眞的鳥，屏上的『金鷓鴣』卻是畫的，意想極妙。」（《唐宋詞選釋》）。

之？惟其如此，故云「花外」。「花外」者，細雨飄著於花木之上，積水漸多，然後匯爲一滴，再復滴落，則其點滴聲豈不大與漏聲相似？故曰「花外漏聲迢遞」也。

△《新注》云：「漏聲」，一般指漏壺滴水聲，此處是指雨點之聲。

　　以仁謹案：葉氏竟以「漏聲」爲雨聲，以「花外」爲花木之上，遊詞砌說，雖左支右絀，然亦可謂善於附會者矣。「花木之上」而稱「花外」，何其怪異？「漏聲」而謂「雨聲」，何匪夷所思也！況夫花木，豈必植諸戶舍之外？而銅壺亦無須設於臥室之中。蘇軾〈寒食〉詩云：「漏聲透入碧窗紗」，是漏在室外之證；顧敻〈楊柳枝〉：「秋夜香閨思寂寥，漏迢迢」，「漏迢迢」即此「漏聲迢遞」而非雨聲也。和凝〈長命女〉：「天欲曉，宮漏穿花聲繚繞」並可與此參照。又飛卿詩〈晚歸曲〉云：「丁丁暖漏滴花影，催入景陽人不知」，花而有影，以伴漏聲，自非微雨之夜，宜在庭戶之中矣，亦可與此參看。《新注》盲從葉說矣。

十六

　　雙臉，小鳳戰篦金颭艷，無力舞衣風斂，藕絲秋色染。
　　錦帳繡幃斜掩，露珠清曉簟。粉心黃蕊花靨，黛眉山兩點。（〈歸國遙〉之二）

十六之一　粉心黃蕊花靨

△《新注》云：花靨（ye`夜），婦女面上的妝飾物。明楊愼《丹
　鉛錄》：「唐韋固妻少爲盜所刃，傷靨，以翠掩之，女妝遂有
　靨飾。」又唐段成式《酉陽雜俎》：「今婦人面飾用花子，起
　自上官昭容所製，以掩黥迹。」《花間集》中，「翠靨」、「花
　靨」、「金靨」、「金靨子」、「星靨」均指此種妝飾。

　　以仁謹案：「靨」字《新注》音「夜」，國語無入聲也。《廣
韻》亦僅入聲葉韻一讀，作「於葉切」，義爲「面上靨子」。《花
間集》中和凝〈柳枝〉：「醉來咬損新花子」；飛卿〈南歌子〉：
「撲蕊添黃子」，疑皆此飾物。《集韻》另有「於琰」一讀，爲陽
聲。按此調每句皆韻，則「靨」字在此當讀陽聲一ㄢ，（《廣韻》
琰韻有「黶」字，「於琰切」，義爲「面有黑子」，或得音於此「黶」
乎？）與「臉」、「艷」、「斂」、「染」、「掩」、「簟」、「點」諸字
叶。毛熙震〈後庭花〉之二云：
　　　輕盈舞伎含芳艷，競妝新臉。步搖珠翠修蛾斂，膩鬟雲
　　　染。　　歌聲慢發開檀點，繡衫斜掩。時將纖手勻紅臉，
　　　笑拈金靨。
「金靨」即孫光憲〈浣溪沙〉之「金靨子」（「膩粉半粘金靨子」），
猶此詞「花靨」，皆謂面飾花子也，而亦與上文諸陽聲字爲韻；
又唐元稹〈恨妝成〉詩：
　　　柔鬟背額垂，叢鬢隨釵斂。凝翠暈蛾眉，輕紅拂花臉。
　　　滿頭行小梳，當面施圓靨。
「圓靨」亦指面上靨子而亦爲陽聲，可見當時自有陽聲一讀。然

亦可讀入聲：唐戎昱〈苦哉行〉詩之二云：「彊笑無笑容，須
妝舊花靨」，上承「目極淚盈睫」為韻，下與「葉」、「妾」、「業」、
「蝶」諸字叶，則讀入聲明矣。另飛卿〈菩薩蠻〉之四：「繡衫
遮笑靨」，與「煙草粘飛蝶」為韻，自亦入聲。牛嶠〈女冠子〉
之一「淺笑含雙靨」與同，義皆為頰渦，與此「靨子」不同。
似當時「靨子」字有陽入兩音，而頰渦字但入聲一讀也，則和
凝〈山花子〉之「星靨笑偎霞臉畔」、魏承班〈訴衷情〉之「星
靨小」、顧夐〈虞美人〉之「翠靨眉心小」，讀陽讀入，雖無大
礙，而此詞及毛熙震〈後庭花〉則皆宜音一ㄢ也。《新注》音之
為「夜」，日本學者青山宏《花間詞索引》概歸之於「ＹＥ」音，
皆失其讀矣。

　　又飛卿〈菩薩蠻〉之八「翠鈿金壓臉」，李冰若《評注本》
獨作「靨」，且撰校語云：「『金靨』，《玄覽齋本》作『金壓』」。
惟今所見《花間集》各本均作「金壓」，李一氓、曾昭岷皆無校
語，近世詞學家皆不以「靨」為是，《新注》斷之為「誤」，蕭
繼宗且斥之為「不辭」，見前文〈八之三翠鈿金壓臉〉條。然查
湯顯祖論飛卿〈菩薩蠻〉十四首用字之法云：

　　十四調中，如「團」字、「留」字、「冷」字，皆一字法；
　　如「惹夢」、如「香雪」，皆二字法；如「當山額」、如「金
　　靨臉」，皆三字法。四、五、六字皆有法，解人當自知之，
　　不能悉記。（錄自李冰若《花間集評注》）

其中三字法即舉「金靨臉」為例，則《湯評本》作「靨」矣。
乃蕭氏竟以為臨川不知「『靨臉』已不成語，乃夸言字法，令人
失笑。」（見於蕭氏《評點校注花間集》飛卿〈菩薩蠻〉之十四
按語）。不知「靨」字屬上成詞：「金靨」即本條上文所舉孫光

憲〈浣溪沙〉「金靨子」之簡稱，毛熙震〈後庭花〉「笑拈金靨」
可證。臉上飾之以「金靨子」，即所謂「金靨臉」也。「靨臉」
雖不成辭，「金靨」則自可通，吾不知《新注》斷「靨」爲誤，
版本之外，別有他種理據否？至若蕭氏，安得以己之失察強誣
臨川哉！

十七

花映柳條，閒向綠萍池上，凭欄干，窺細浪，雨瀟瀟。
　　近來音信兩疏索，洞房空寂寞。倚銀屏，垂翠箔，
度春宵。(〈酒泉子〉之一)

十七之一　近來音信兩疏索

△蕭繼宗云：「兩疏索」之「兩」字，亦不免小疵。

　　以仁謹案：此謂信息彼此不知，「兩」字指相互之間也。飛
卿〈南歌子〉之三云：「終日兩相思」[78]；〈河瀆神〉之二云：
「回首兩情蕭索」[79]，皆可比觀。然如張泌〈浣溪沙〉之六「二
年終日兩相思」[80]，《新注》以爲「這是一首悼愛姬的詞章」，既

---

[78] 《新注》云：「用了『兩』字，暗示男方亦有情。」以仁案：張泌〈浣溪紗〉
　　之六云：「二年終日兩相思」，《新注》以爲悼亡之作，天人旣隔，是「兩」
　　字尤爲虛設，《新注》亦不免過泥之病。
[79] 《新注》云：「回想彼思者、思者，由於離別，音息難通，好像情意疏淡了。」
[80] 李冰若《評注本》「兩」字作「苦」，蕭繼宗《評點校注花間集》從之。然
　　《花間》各本皆作「兩」，無作「苦」者，李一氓亦無校語。冰若蓋亦泥解
　　「兩」字而擅改爲「苦」字。

隔幽冥,「兩」字尤爲虛設,當從寬處解之,不宜膠柱鼓瑟。或
謂「音」爲消息,「信」爲信使,故言兩。唐時「信」無書札義,
此說亦可通。

十七之二　掩銀屏,垂翠箔,度春宵。

△《栩莊漫記》云:銀屏翠箔麗矣,奈洞房寂寞度春宵何!

以仁謹案:銀屏愁「掩」,翠箔空「垂」,如此以度「春宵」,
是轉麗以爲淒也[81]。且「銀屏」或圖對對棲禽,或映雙雙儷影,
實寓恩愛之情,豈可純以麗字目之?栩莊時不忘挑剔飛卿麗字
以肆其評,乃至罔顧語意章法,何偏見如是哉!

十八

　　日映紗窗,金鴨小屏山碧。故鄉春,煙靄隔,背蘭釭。
　　宿妝惆悵倚高閣,千里雲影薄。草初齊,花又落,
燕雙飛。(〈酒泉子〉之二)

十八之一　背蘭釭

△陸侃如、馮沅君《中國詩史》云:這首詞確有點前後舛錯的
　嫌疑。因爲此詞的背景,若就「千里雲影薄」、「日映紗窗」
　諸句看,顯然是白晝;但就「背蘭釭」句論,又似乎是夜間。
　(原注:「『釭』字的解釋固然很多歧異,但『蘭釭』則似指

───────────

[81]《新注》云:「銀色屏風遮掩,翠色竹簾下垂,苦度春夜。」其意是矣。

燈言；如王融詩說：『蘭釭當夜明』，白居易詩說：『蘭釭
耿無煙』，皆其例。」）這些隱晦艱澀，前後舛錯的作品，便
是溫詞失敗的處所。（第三章「晚唐五代詞人」，頁五五一）⑧
△詹安泰〈溫詞管窺〉⑧云：這首詞是不是前後舛錯呢？我看並
不見得。前闋寫日色穿窗，到默對爐香，背著燈光，由外寫
到內；後闋寫倚閣恨望，看看遠景，緊接上結，自內而外，
後由遠到近，由模糊到明晰，而以景結情終，含有餘不盡之
味。通篇思路流貫，層次分明，絲毫沒有「舛錯」。寫的不是
一天的情事，而是兩天的情事（原注：「也可以說是日復一
日的事情」）。過闋己用「宿妝」兩字交代清楚，讀者看不清
作意，而誣它「前後舛錯」，作者是不能任其咎的。這詞……
在溫詞中是較易理解較為動人的，尚且受到不應有的批評，
其他更又何說！

以仁謹案：此詞誤解之關鍵，實在「背蘭釭」三字。考飛
卿〈菩薩蠻〉云：「燈在月朧明，覺來聞曉鶯。」夜不滅燈而
眠，故曉鶯已唱月影朦朧而燈猶在也。亦猶此詞「日映紗窗」
而蘭釭未熄然。又牛嶠〈菩薩蠻〉云：「山月照山花，夢回燈
影斜。」毛熙震〈臨江仙〉之二云：「幽閨欲曙聞鶯囀，紅窗
月影微明。好風頻謝落花聲，隔幃殘燭，猶照綺屏箏。」亦皆
睡不滅燈燭也。至若張泌之〈酒泉子〉，謂「春雨打窗，驚夢覺

---

⑧《中國詩史》，明倫出版社出版，民國五十八年（1969）元月。

⑧ 詹安泰〈溫詞管窺〉，見《藝林叢錄》第四編。商務印書館出版，一九六四年。

來天氣曉。畫堂深，紅燄小，背蘭釭。」同用「背蘭釭」句而亦在天氣已曉之時，尤足證明。且亦有注家訓「背」字為「息滅」者，如《新注》云：「意思是蘭燈已滅」。「紅燄小」是否可狀「蘭燈已滅」，雖有可議，然亦可見索解之道固不限於一徑，而其錯亦多在讀者也。陸、馮二氏陋矣，詹安泰謂是「兩天情事」，亦不免強作解人之嫌。

又華連圃訓「背」為「猶剔」也，剔燈而謂之「背」，不知其何所據而云然。

十九

楚女不歸，樓枕小河春水。月孤明，風又起，杏花稀。
玉釵斜簪雲鬟重，裙上鏤金雙鳳。八行書，千里夢，雁南飛。（〈酒泉子〉之三）

十九之一　月孤明，風又起，杏花稀。

△《白雨齋詞評》云：「月孤明」三句中有多少層折，情詞淒楚。

△蕭繼宗云：前結三句，「有多少層折」？惟白雨齋中人能知之矣。

以仁謹案：蕭氏似有譏誚之意，余雖非「白雨齋中人」，請試為白雨齋繹之：月明之夜，人謂之佳辰令夕，然身畔無人，但形影相對，倍增淒涼孤獨之感，此所以著一「孤」字，明佳辰令夕尤較平時難排遣也。此一層也；而此時「風又起」，是月

明亦不久長，欲孤身對月懷人且不可得也。此又一層；而乃「杏花稀」，則春盡矣。此又一層；杏花既稀，而風「又」起，此風掩月摧花，甚煞風景。「風又起」句，緊鎖上下，「又」字以重筆出之，此風何可惡如是！此又一層；好景不常，青春難駐，月圓必缺，花開必謝，奈何風復摧之殘之！以花月擬人，人亦猶是乎？是又一層也。此中情意，曲折細膩，安得囫圇吞之？人謂飛卿詞深厚，此亦其一端也。

十九之二　玉釵斜篸雲鬢重

△華連圃云：篸，疏簪切，音森，讀去聲，以針篸物也。
△蕭繼宗云：篸，音卩弓，簪也，與簪同。《集韻》：「簪，《博雅》：篸謂之簪，或從參。」韓愈〈送桂州嚴大夫〉詩：「山如碧玉篸。」

　　以仁謹案：李一氓《花間集校本》作「簪」，無校語。李誼及《新注》亦作「簪」，《新注》云：「《晁本》、《華本》、《唐五代詞》作『斜篸』。」余所見《花間集》諸本（《鼎文本》、《四部叢刊本》、《吳氏雙照樓本》、《邵武徐氏本》、《四部備要本》、《香港上海印書館排印本》、《王輯本》）皆作「篸」。《華連圃注本》係據明《汲古閣毛晉刊本》（見華氏《花間集注・發凡》），屬南宋《陸游跋本》系統，則《晁跋本》與南宋《鄂本》三系統傳本更無作「簪」者[84]；另《全唐五代詞》、《唐五代詞》、《全唐詩》卷八百九十一所錄飛卿詞，亦皆作「篸」，則作「簪」者

---

[84] 諸本系統請參看前文〈八之三翠釵金壓臉〉條。

究出自何本哉？李誼以李一氓《花間集校本》爲其底本（見所
著《花間集注釋‧後記》）。《新注》所據則爲《簡化字本》（見
《凡例》），而李一氓《校本》係就上述三系本裁定之，而竟訂作
「簪」，且無隻字說明，是誠何故哉？考《說文》，「簪」爲「首
笄」俗字（正字作「先」），簪物則易名爲動。「篸」則《說文》
訓爲「篸差也」（今作「參差」）。然「篸」字《廣韻》在平聲覃
韻，「作含切」，與「簪」同音，義爲「所以綴衣」，爲名詞。而
去聲勘韻又有「作紺」一切，義爲「以針篸物」，則動詞也。韓
愈詩「山如碧玉篸」，上句爲「江作青羅帶」，則「篸」自爲首
飾義，與該詩其它韻字「南」「甘」「驂」叶；「篸」下更有「音
簪」二字注文。凡此，皆可爲「篸」「簪」二字相通之證。然「簪」
字《廣韻》無仄聲讀，此詞則當讀仄聲，作「篸」音「作紺切」
爲其本來面目，華音誤，蕭氏音ㄗㄢ是也。

△曾昭岷云：「玉釵」句，原作「玉釵斜篸雲鬢髻」，《詞律》
　　杜文瀾校云：「按戈氏校本云『鬢髻』句，『髻』作『重』，
　　與下『鳳』、『夢』二字叶韻。」《金奩集》、《全唐詩》、《歷代
　　詩餘》、《唐五代詞》作「玉釵斜篸雲鬢重」，據改。《陽春集》
　　作「玉釵斜插雲鬢髻」；《花草粹編》作「玉釵斜篸髻雲垂」。

　　　以仁謹案：杜校「髻」爲「重」是矣，「鬢髻」熟詞致誤。
　　「垂」則形近之誤。惟《花間》各本既皆作「重」，曾氏不得謂
　　原作「髻」也。

十九之三　八行書

△李誼云：馬融〈與竇伯向書〉：「孟陵奴來，賜書，見手跡，
　歡喜何量！次於面也。書雖兩紙，紙八行，行七字。」故以
　之代指書信。唐韋道遜〈晚春宴〉：「誰能千里外，獨寄八行
　書。」

　　以仁謹案：飛卿暗化前人詩句入詞，足證博雅，非但用舊
典而已也，亦所以成其厚也。又此「八行書」亦狀雁陣，關照
末句。

二十

　　宜春院外最長條，閒裊春風伴舞腰。正是玉人腸絕處，
　一渠春水赤欄橋。（〈楊柳枝〉之一）

二十之一　通論全詞

△《栩莊漫記》云：風神旖旎，傳題之神。
△華連圃云：此言柳絲雖新，而舞腰不在。玉人感物自傷，不
　覺一溝春水，已流過赤欄橋邊，而橋邊楊柳更覺依依可憐也。
△《新注》析云：「宜春苑外」和「閒裊春風」兩句，一「外」
　一「閒」，將舞女的被遺棄巧妙地滲透到詠柳的詞句中，即現
　在雖是春風習習，柳條婆娑，可是已不復在宜春院內翩翩起
　舞了，而只能是柳條舞腰寂寞相對，這兩句是從側面寫的。
　「正是玉人」和「一渠春水」兩句，是正面深入，直接抒寫舞

女的愁懷，面對春風楊柳，舞女不禁感物自傷了。特別是這
赤欄橋邊，碧柳夾道，依依可憐；赤欄橋下，春水潺潺，則
使人更爲傷情。詞的節奏舒緩。……

　　以仁謹案：春風綠柳，所言者時也；渠水紅橋，所指者地
也；舞腰輕軟，玉人腸絕，所懷念者，人與事也。第三句著「正
是」二字，直點出舊地重遊之旨，作者追懷往事，有不盡纏綿
之意；縈想其人，有無限悲悼之情。且苑號「宜春」，而情牽離
恨，四句之中，著三「春」字，作者意在強調靑春之絢美乎？
然強烈烘托懷舊之傷感矣。夫長條裊裊，往夢誰留？渠水滔滔，
流光不再。香隨靜婉，影伴嬌嬈[85]，猶昨日事也。物猶是也，
景猶是也，而人事全非矣！飛卿詩〈夜宴謠〉云：「清夜恩情
四座同，莫令溝水東西別。」乃竟如流水之一去不復返，是此
處起一峰，彼處成一浪，其中懷人也，憶往也、惜春也、怨別
也，綿綿之情，悠悠其恨，此所以讀之令人徘徊不已也。故鄭
文焯《詞源斠律》云：

> 宋人詩好處，便是唐詞。然飛卿〈楊柳枝〉八首，終爲
> 宋詞中振絕之境，蘇、黃不能到也。

夫宋詩以理見長而短於情，陳臥子乃謂「終宋之世無詩」也[86]，
晚唐詩境已窮，作者以其歡愉愁苦之情，一發之於詩餘，王國
維所以盛稱晚唐五代之詞「其所造獨工」之故也[87]，飛卿〈楊

---

[85] 飛卿〈題柳〉詩：「香隨靜婉歌塵起，影伴嬌嬈舞袖迴。」
[86] 見陳子龍〈王介人詩集序〉。
[87] 見王氏《人間詞話》。

柳枝〉又其中上乘者焉。《栩莊》之《記》與華氏之《注》泛泛
爲說，牛飲佳釀，殊可惜也。《新注》以美人自傷身世解之，亦
嫌不類與不足。

二十一

南內牆東御路旁，須知春色柳絲黃。杏花未肯無情思，
何事行人最斷腸。（〈楊柳枝〉之二）

二十一之一　　杏花未肯無情思，何事行人最斷腸。

△華連圃云：言柳乃無情之物，非杏花可比。杏花未肯似柳之
　無情，何爲亦令人斷腸邪？
△李誼云：謂杏花乃多情之物。李笠翁《閑情偶記》：「種杏不
　實者，以處子常繫之裙繫樹上，便結子纍纍。予初不信，而
　試之，果然。是樹性善淫者，莫過於杏，予嘗名風流樹。」
　無情思：韓愈〈晚春〉：「楊花榆筴無情思,惟解漫天作雪飛。」
△《新注》云：「杏花」二句：意思是杏花也不願做無情的草
　木，含情默默；爲何行人卻著意于柳，見之而起極度的思念
　呢？

　　以仁謹案：二句重點，實在「行人」兩字。夫天涯浪客，
猶水面流萍，棲止無方，飄浮不定。偶爾停車注目，已是惹恨
牽愁，以花擬人，是杏花愈有情而遊子腸益斷耶？所謂無福消
受也。徐志摩〈再別康橋〉詩云：「我揮一揮衣袖，不帶走一
片雲彩。」浮雲與過客，兩俱無根，偶然相值，猶不免沾衣惹

鬢，詩人之瀟灑，蓋作態耳。杏花有情，人豈無情哉！華、李二氏，似皆未達此意，乃就柳之無情與杏花之有情上大作文章，李氏更旁及笠翁之茶談酒話，殊無謂也。夫詞中並未言柳之無情，謂杏之有情亦不反證柳之無情；且古人詩詞中柳或象徵青春，或代表別離，或擬章台迎送之女，或表張緒風流之姿，「無情」非其象徵義，亦非其代表性。前人咏柳，葉或狀眉眼，枝或擬腰肢，花或寄飄泊，此雖常義，然比興亦因人而異。至若韓詩謂「楊花」（非謂「柳」）無情思，則但寄個人一時感慨，非謂楊花予人以此共識也。飛卿詞與之亦無瓜葛。此猶李商隱〈咏柳〉詩所謂「如線如絲正牽恨，王孫歸路一何遲」，雖謂柳之多情，亦無代表之通性然，此詞首二句言柳，一則表地點，二則表時間，三則照應下文「行人」二字也，而重點實在「行人」，忽略此重點，全文串講不了。《新注》亦不得要領，杏花實有情，非「不願無情」；行人亦非「著意于柳」，然從風舉袂，裊裊依依，其別離之象徵，尤強調行人飄泊無根之痛也。

　　又飛卿〈春日將欲東歸寄新及第苗紳先輩〉詩云：「知有杏園無計入，馬前惆悵滿枝紅。」自傷不遇，其情顯然。飛卿貶方城尉時，紀唐夫贈詩云：「何事明時泣玉頻？長安不見杏園春。」（見《雲溪友議》）[88]，哀其不第，傷其貶謫，其事亦顯然。與此比而觀之，又覺此詞宜有深慨存焉。所謂「南內」，即宮廷也。顧學頡以爲飛卿被貶在大中十二年春（〈新舊唐書溫

---

[88] 紀唐夫詩全貌爲：「何事明時泣玉頻，長安不見杏園春。鳳皇詔下雖霑命，鸚鵡才高卻累身。且飲綠醽消極恨，莫言黃綬拂行塵。方城若比長沙遠，猶隔千山與萬津。」《雲溪友議》、《唐摭言》十一皆引。

庭筠傳訂補〉），疑此詞即作於其時，寄彼下第貶謫衷懷之哀怨悲憤者，非但表面之傷春怨別而已也。

二十二

　　金縷毿毿碧瓦溝，六宮眉黛惹香愁。晚來更帶龍池雨，半拂闌干半入樓。（〈楊柳枝〉之四）

二十二之一　　晚來更帶龍池雨

△華連圃云：龍池，在明皇故宅。明皇爲臨淄王時，故宅在隆慶坊，宅有井，井溢成池。中宗時，數有雲龍之祥。沈佺期有〈龍池篇〉詩，即謂此也。錢起詩：「長樂鐘聲花外盡，龍池柳色雨中深。」是其例。此言宮中柳條，猶帶明皇恩澤也。

△李誼云：龍池，《長安志》：「龍池在南內南薰殿北，躍龍門南。本是平地，垂拱後，因雨水流潦成小池，後又引龍首支渠分漑之，日以滋廣，至神龍、景雲中，彌亘數頃，深至數丈。常有雲氣，或見黑龍出其中，謂之龍池。」[89]。錢起〈贈闕下裴舍人〉：「龍池柳色雨中深」。

　　以仁謹案：明皇係中宗之姪，睿宗之子。中宗嗣位（公元六八四年），明皇未生（公元六八五至七六二年），沈佺期卒於公元七一三年左右，時明皇即位之次年。其〈龍池篇〉之作，亦應在明皇即位之前，華說似有時間淆亂之嫌，不可從。據《長

---

[89] 蕭繼宗引「南薰」上脫「南內」二字，「謂之龍池」誤爲「謂之雲氣」。

安志》，龍池之得名，似在中宗（神龍）、睿宗（景雲）之世，
則此詞若繫懷古之思，似亦與明皇無涉；且此詞實非懷古之
作，「龍池」蓋暗擬天子，前二句由柳色而及眉黛，比類聯想也。
六宮粉黛三千，其得寵幸者有幾？未若宮中楊柳，猶能沾天子
之恩澤也。藉柳以寫宮怨。華、李之注，未能透達此意。又飛
卿〈長安春曉〉詩云：「九重細雨惹春色，輕染龍池楊柳煙。」
李誼襲華注取例於錢起詩，似不若飛卿已作之爲愜也。

二十三

　　兩兩黃鸝色似金，裊枝啼露動芳音。春來幸自長如線，
　　可惜牽纏蕩子心。（〈楊柳枝〉之六）

二十三之一　可惜牽纏蕩子心

△《新注》：可惜：可愛，可喜，贊嘆之詞，意思是蕩子之心難
　牽纏，可喜那條條柳絲，還能將此心繫住，使之思歸。

　　以仁謹案：《新注》非是。「惜」、「喜」同爲仄聲，如爲喜
義，直書可也，無煩展轉作解。此處柳絲比擬情絲，春來柔絲
千尺，惜所繫者爲蕩子之心，無能爲力也。「幸」字與「惜」字，
一往一反，最爲關鍵，若「惜」訓喜，則失其搖曳之姿矣。蓋
「惜」有憐惜、惋惜、悲憫諸義，而憐惜一義，近於「愛憐」，
《新注》展轉引申，倉卒之間，不曾會得「蕩子」一詞在「幸」
「惜」間之樞紐地位也。乃至經由此一誤解，遂使全詞面目大變，
失其幽怨辛酸之情致矣。

二十四

手裡金鸚鵡，胸前繡鳳凰。偷眼暗行相，不如從嫁與，作鴛鴦。（〈南歌子〉之一）

二十四之一　通論全詞

△蕭繼宗引湯顯祖云：「短調中能尖新而轉折，自覺雋永可喜。」又引《詞辨》云：「盡頭語，單調中之重筆，五代後絕響。」又引《栩莊漫記》云：「《花間集》詞多婉麗，然亦有以直快見長者，如『不如從嫁與，作鴛鴦』、『此時還恨薄情無』等詞，蓋有樂府遺風也。」蕭氏按曰：「各家所評，均有見地。介存謂為『盡頭語』，栩莊賞其『直快』，可謂得之。而臨川謂有『轉折』，持論獨異。有『轉折』則非『盡頭』，有『轉折』則不『直快』，誠不知所謂『轉折』果何存也？」

以仁謹案：臨川所謂「轉折」，蓋指從「鸚鵡」「鳳凰」轉向「鴛鴦」之謂。前二者為繡物，後者則託喻（華連圃所謂「抽象之鳥」也，見下條。）從物以過遞於人，精巧無倫，更不見針縷之跡，此即臨川所稱許之「轉折」也，似無礙於命意與措語之「盡頭」與「直快」否也。至若臨川所謂「尖新」，則相當於介存、栩莊之「盡頭」與「直快」也，蕭氏倉促未細察耳。

二十四之二　手裡金鸚鵡，胸前繡鳳凰

△鄧喬彬云：手裡繡著鸚鵡，齊胸繡著床上的鳳凰。（〈飛卿詞

藝術平議〉)。

△李誼云：「手裡」兩句，指手攜鸚鵡，身穿華服，女子願「從
　嫁與」之貴介公子。

　　以仁謹案：鄧說謂雙手同時各繡一物，則神乎其技矣。其
說蓋本於俞平伯而微變其義。俞氏曰：

> 這兩句，一指小針線，一指大針線，小件拿在手裡，所
> 以說「手裡金鸚鵡」，大件綳在架子上，俗稱「綳子」，
> 古言「繡床」，人坐在前，約齊胸，所以說「胸前繡鳳凰」，
> 和下面「作鴛鴦」對照，結出本意。(《唐宋詞選釋》)

俞氏以名詞說之，怡然理順。惟「胸前繡鳳凰」句似謂衣上花
紋，張泌〈南歌子〉之三「羅衣繡鳳凰」可參。鄧喬彬變爲動
詞，則不免強人所難矣。李誼之說，出自華連圃，華氏云：

> 金鸚鵡，手裡所攜者；繡鳳凰，衣上之花也。此指貴介
> 公子言。以眞鳥與假鳥對舉，引起下文抽象之鳥，其意
> 境較前〈更漏子〉第一首，尤爲顯明。

華氏於女主角外，設想出一男性角色，畫面因而增加姿彩，人
物尤感活潑生動，趣味迥然不同。《新注》更本華說訓「手裡金
鸚鵡」爲「手裡玩弄著金鸚鵡」，則略帶誇張，惟不知當時貴介
公子有無此架鳥拜訪良家婦女之風尙否耳。且飛卿詞使用「金」
字描寫動物者罕及活物，參本文注㊳。又鄧氏於「金鸚鵡」上
增動詞「繡著」，求與次句「繡」字相應，則「金鸚鵡」不與「繡
鳳凰」相當矣。似違溫氏〈南歌子〉首二句對偶例。查溫氏〈南
歌子〉其它六詞首二句分別爲：

> 似帶如絲柳，團酥握雪花。(其二)；

鬟墮低梳髻，連娟細掃眉。（其三）；

臉上金霞細，眉間翠黛深。（其四）；

撲蕊添黃子，呵花滿翠鬟。（其五）；

轉盼如波眼，娉婷似柳腰。（其六）；

懶拂鴛鴦枕，休縫翡翠裙。（其七）。

除第二首爲同邊對外，其他無不兩兩相偶也。兪氏等訓「金鸚鵡」「繡鳳凰」爲名詞，則無不偶之病，此亦鄧說之疏忽也。

二十五

鬟墮低梳髻，連娟細掃眉。終日兩相思，爲君憔悴盡，百花時。（〈南歌子〉之三）

二十五之一　　連娟細掃眉

△蕭繼宗云：ㄌㄧㄢ ㄑㄩㄢ，眉曲細也。《史記·司馬相如傳》：「長眉連娟」，《索隱》：「連娟，眉曲細貌。」

以仁謹案：此《史記索隱》引郭璞之說。《索隱》「娟」音「一全反」，與《廣韻》仙韻「於緣切」同。如依該切語，今應讀ㄩㄢ，與「蜎」同音。然今「娟」字，國語只音ㄐㄩㄢ，無作ㄩㄢ者。蕭氏作ㄑㄩㄢ，國語亦不如此，恐係鄉音之誤。蕭氏湘人，類似錯誤不免時有，如〈菩薩蠻〉之四「鷓」之誤音ㄑㄧ，〈南歌子〉之七「更」之誤音ㄍㄥ，皆是，不盡舉。

二十六

撲蕊添黃子，呵花滿翠鬟，鴛枕映屏山。月明三五夜，
對芳顏。（〈南歌子〉之五）

二十六之一　撲蕊添黃子，呵花滿翠鬟。

△華連圃云：撲蕊，謂取花蕊以爲飾也。……呵，噓也。謂噓
　花而簪之也。

△李誼云：「撲蕊」句，謂撲抖花蕊以添額黃。「呵花」，指呵
　去花上露珠以簪之。

△《新注》云：「撲蕊」句，取花蕊之色而飾容貌。「呵花」句，
　吹花後把花滿戴於髮髻之上。呵花，用口吹吹花朵，寫戴花
　的動作。

　　　以仁謹案：李誼全本華氏，《新注》則略變其說，不以「撲
蕊」爲取眞花之蕊爲飾，蓋是矣。「撲蕊」謂撲蕊黃之面粉也，
參前文〈三之一蕊黃無限當山額〉條。疑「呵花」亦當時化妝
方式，或非眞花眞蕊，眞花固可呵之，假花亦可。沈從文《中
國古代服飾研究》云：

　　　至於面部裝飾，如貼臉的「茶油花子」，五代時且大有發
　　展，弄得滿臉大小花臉，爲中原所少見。據史志記載，
　　這種裝飾品的生產地，以廣西鬱林最著名，是用油脂作
　　成，擱於小小鈿鏤銀盒子內，取出哈氣加熱，就可照需

要貼於臉上⑨

疑此花飾，亦需哈氣加熱使用之，故曰「呵花」。華氏謂「噓花」，李氏謂「呵去花上露珠」，《新注》謂「吹花」，皆從眞花設想，毛熙震〈酒泉子〉：「曉花微斂輕呵展，裊釵金燕軟。」則是以眞花爲之亦有其例。本文提供另一説，意在廣開思路，非敢炫奇驚新。

二十七

> 轉盼如波眼，娉婷似柳腰，花裡暗相招。憶君腸欲斷，恨春宵。（〈南歌子〉之六）

二十七之一通論全詞

△《栩莊漫記》云：末二句率致無餘味。
△蕭繼宗云：格局短小，不易迴旋，故轉折不明。

以仁謹案：末二句情上落筆，幾許哀怨，無限相思，正賴此一會傾訴。二句正是全詞重點，否則便顯輕佻。栩莊但咀嚼字句，忽略整體意義，蓋誤解題旨有以致之。不知此詞非追憶之作，實寫女方久別重見心情意態，末二句乃傾訴相思之久，而恨春宵之短，其急切，其纏綿，得此二句，躍然而出。楊海明云：「妙就妙在最後的五、三句上，它一下子就把人物的內

---

⑨ 見《中國古代服飾研究》第六六「唐永泰公主墓壁畫中婦女」條。餘參注
①。

心揭示出來了。」（〈心曲的外物化與優美化——論溫庭筠詞〉），是善於體察整體意義者。

又此詞首句寫表情，知伊人已來，狀謂聲而喜也；次句描姿態，以狀字作動詞，蓋急切行來，不覺其花枝招展矣，三句述動作，連帶說明環境，謂私會也。一句一變。各有重點，各擅風情，而又一氣呵成，有如電影連續之特寫鏡頭，好看煞人。《白雨齋詞評》謂〈南歌子〉末首「懶拂鴛鴦枕，休縫翡翠裙，羅帳罷爐薰」三句三層，不知此首上三句亦三層也。夫以區區二十三字之短小篇幅，而變化靈動如此，內容豐富如此，眞大手筆哉！乃蕭氏竟判爲「不易迴旋，故轉折不明」，誠不知何謂也。

又楊海明以此詞「頭兩句寫容飾打扮」（見同前），徒見表面，忽略其「倩盼之姿」也，若如其說，非特前二句與第三句文氣戛然而斷，且「轉盼」「娉婷」，與容飾打扮何干。而《新注》更謂此詞乃「寫歡會分別後男子對女子的思念」，則揣摹未深，且「憶君腸欲斷」費解矣，皆非是。

二十八

> 懶拂鴛鴦枕，休縫翡翠裙，羅帳罷爐薰。近來心更切，爲思君。（〈南歌子〉之七）

二十八之一　通論全詞

△《白雨齋詞評》云：上三句三層，下樓「近來」二字，尤妙。

　　以仁謹案：首句寫晨起之慵懶，次句寫白日之無聊，三句寫入夜之意緒缺乏，一天情況如此。加「近來」一句，重之以「更」字，則天天如此且情況日益嚴重矣。白雨齋之所以作爲此評也！然白雨齋但識「近來」二字之妙，不知「更」字著力之深厚處，猶一間未達也。

<h1 style="text-align:center">二十九</h1>

　　孤廟對寒潮，西陵風雨瀟瀟。謝娘惆悵倚蘭橈，淚流玉筋千條。　　暮天愁聽思歸樂，早梅香滿山郭。回首兩情蕭索，離瑰何處飄泊。（〈河瀆神〉之二）

二十九之一　暮天愁聽思歸樂。

△李冰若云：石崇〈思歸引序〉：「困于人間煩黷，常思歸而永歎。尋覽樂篇有〈思歸引〉，倘古人之情有同于今，故製此曲。」

△華連圃云：〈思歸樂〉，曲調名。此言謝娘方始傷別，又聽有人奏〈思歸樂〉曲者，益增其愁也。

△李一氓云：「思歸樂」，「樂」讀如約，從《晁本》及諸明本。《鄂本》、《毛本》均作「思歸落」，非。唯《毛本》小注：「落，一作樂。」

△施蟄存云：鄂州本、汲古閣本《花間集》均作「思歸樂」，蓋音同而誤也。（以仁案：謂作「落」字者誤）。李一氓校云：「樂，當讀如約。」則以爲音樂之樂，非也。此「思歸樂」乃鳥名。元稹有〈思歸樂〉詩云：「山中思歸樂，盡作思歸鳴。

爾是此山鳥，安得失鄉名。應緣此山路，自古離人征。陰愁感和氣，俾爾從此生。……」白居易亦有和作一首。「思歸樂」，狀如鳩面慘色，三月則鳴，其音云「不如歸去」，見陶岳《零陵記》，蓋即杜鵑也。此詞以愁樂對照，且協郭、索、泊韻，當讀如「落」。然「思歸樂」亦為曲調名，《唐會要》載太常梨園別教院法教法曲樂章十二章，其中有「思歸樂一章」，此「樂」字恐亦當讀作快樂之樂。柳永有〈林鐘商思歸樂〉一闋，其下片云：「晚歲光陰能幾許，這巧宦不須多取。共君把酒勸杜宇，再三喚人歸去。」此亦緣題而作。蓋「思歸樂」曲子即擬思歸樂鳥聲而造也。（〈讀溫飛卿詞札記〉）

△李誼云：日暮之時聽見杜鵑鳥鳴，更增離愁別緒。「思歸樂」，杜鵑鳥之別稱。俗謂其鳴聲近似「不如歸去」，故名。白居易〈和思歸樂〉：「山中獨棲鳥，夜半聲嘤嘤。似道思歸樂，行人掩泣聽。」亦指「思歸引」之曲名。

△《新注》云：思歸樂：這裡指杜鵑啼聲。杜鵑鳥叫聲，近似「不如歸去」，所以有「思歸樂」之名。……

　　以仁謹案：李冰若、華連圃、李一氓皆以「思歸樂」為樂曲名，李一氓且音之為「約」；施蟄存、李誼則以為杜鵑鳥之別名，曾昭岷《溫韋馮詞集校》亦從施氏意見；《新注》異於二說，別解為杜鵑之啼聲，然杜鵑啼聲既為「不如歸去」，則「思歸樂」非啼聲明矣，《新注》之說可去；施蟄存論「樂」之當音「落」，舉鳥名及愁樂相對義，且有《鄂本》《毛本》作「落」同音之訛為證，甚是矣，李一氓音「約」者非也。蕭繼宗校記亦以一本作「落」為誤，而無音釋，或亦致疑於李氏之音乎？然

「思歸樂」爲鳥名或樂曲名，則一時尙難論定，從下句「早梅香滿山郭」推求，梅而云「早」，似當在初春時節，與首句「寒潮」相應，然則與暮春三月啼血之杜鵑，時序有未合乎？是則鳥名之說可商榷矣。

又施氏舉「樂」與「郭、索、泊」押韻之證，亦宜稍作補充。按《廣韻》「音樂」字在四覺，「喜樂」字則在十九鐸，與「落」同音，且與「郭」「索」「泊」同韻，此施說所據。然歷來詞學韻書皆「覺」「鐸」二者併合一部通用（《詞林正韻》即「四覺十八藥十九鐸通用，爲第十六部；《晚翠軒詞韻》亦第十六部，云：「三覺十藥通用」，併「鐸」於「藥」，用《平水》韻目，不若《詞林正韻》之依《廣韻》也。龍沐勛《唐宋詞格律》從之)[91]，則施說似仍有可商榷者。今細檢飛卿詞入聲叶韻情形，鐸韻字相押者凡四處，皆不與他韻相通，其例如下：

〈酒泉子〉之一：索、寞、箔。

〈酒泉子〉之二：閣、薄、落。

〈河瀆神〉之二：樂、郭、索、泊。

〈河瀆神〉之三：索、薄、落、閣。

其中三處「索」字，〈酒泉子〉爲：「近來音信兩疏索」，〈河瀆神〉爲：「回首兩情蕭索」「離別櫓聲空蕭索」。「疏索」謂稀少（華連圃訓爲「沉寂」。《新注》爲「稀疏冷落」。李誼訓「索」爲「散」），「蕭索」謂冷落（李誼：「此爲冷落意」。《新

---

[91]《詞林正韻》，世界書局出版，民國五十二年（1963）二月，《晚翠軒詞韻》，附載於《白香詞譜》末，世界書局出版，民國四十一年（1952）八月；《唐宋詞格律》，九思出版有限公司出版，民國六十六年（1977）三月臺一版。

注》：「缺乏生氣。這裡有冷淡的意思」)，二義可通，皆與鐸韻「盡也、散也」近，而不同於陌、麥韻「求也」「取也」之義。此一情況，似有助於施氏之說；且韋莊、薛昭蘊、顧敻、魏承班亦皆鐸韻自叶也92。惟亦有不然者，毛熙震〈木蘭花〉鐸韻之「箔、寞、落、閣、薄」與藥韻之「著」叶，固已異於上述諸家，然猶無礙於施說。獨孫光憲〈更漏子〉之二下片云：

銀箭落，霜華薄，牆外曉雞伊喔。

「落」「薄」皆鐸韻，而「喔」則覺韻字矣！觀此一資料，即飛卿此詞之「樂」音「喜樂」無誤，施氏似亦不得舉其叶鐸韻為證也。

三十

霞帔雲髮，鈿鏡仙容似雪。畫愁眉。遮語迴青扇，含羞下繡幃。　玉樓相望久，花洞恨來遲。早晚乘鸞去，莫相遺。(〈女冠子〉之二)

三十之一　霞帔雲髮

△蕭繼宗云：霞帔，謂女冠法衣。帔，ㄆㄧ。

以仁謹案：「帔」字《廣韻》但去聲寘韻「披義」一切，

92 韋莊〈菩薩蠻〉之三「樂」與「薄」叶，而「樂」義為歡樂（「如今卻憶江南樂」)，〈更漏子〉「薄」與「閣」叶；薛昭蘊〈相見歡〉「幕」與「閣」叶；顧敻〈虞美人〉「箔」與「閣」叶；魏承班〈生查子〉之二「幕」「薄」「樂」「索」叶，而「樂」義亦為「歡樂」(「何處貪歡樂」)，皆鐸韻自叶例。

義爲「衣帔」，國語音 ㄆㄟˋ，皆不讀平聲 ㄆㄧ。牛嶠〈女冠子〉云：「星冠霞帔」；韋莊〈過信州月巖山〉詩云：「……常娥曳霞帔，引我同攀躋。……」並作仄聲，皆可爲證。蕭氏或緣鄉音之誤，或因〈女冠子〉首句第二字多爲平聲而有意改讀，不知〈女冠子〉首句第二字亦有作仄聲者，如韋莊詞「四月十七」「昨夜夜半」皆是，似不得擅改爲平也。

三十一

> 梳洗罷，獨倚望江樓。過盡千帆皆不是，斜暉脈脈水悠悠，腸斷白蘋洲。（〈夢江南〉之二）

三十一之一　通論全詞

△蕭繼宗云：此詞三、四兩句，破駢爲散，一氣貫注，尙能成篇。全詞韻致，亦似唐人絕句。或嫌末句點實，持論稍苛。自來作者甚多，而佳者甚少，皆緣格局所限，人莫之察耳。

　　以仁謹案：陳廷焯《白雨齋詞話》論飛卿此詞云：
> 絕不著力，而款款深深，低迴不盡，是亦謫仙才也。吾安得不服古人？

蕭氏品以「尙能成篇」四字考語，不亦「持論稍苛」乎？〈夢江南〉之作，三、四兩句，或駢或散，初無定格，前於飛卿，如敦煌曲子詞：「夜久更闌風漸緊，爲奴吹散月邊雲」、「迤邐看歸西海去，橫雲出來不敢遮」、「我是西江臨池柳，者人折了

那人攀」⑼；後於飛卿，如皇甫松「閒夢江南梅熟日，夜船吹笛雨瀟瀟」、「夢見秣陵惆悵事，桃花柳絮滿江城」，牛嶠「占得杏梁安穩處，體輕唯有主人憐」、「不是鳥中偏愛爾，爲緣交頸睡南塘」，皆散也。《花間集》收諸家〈夢江南〉詞凡六闋，三、四兩句對偶者僅得其一：即飛卿另首「山月不知心裏事，水風空落眼前花」是也。若李後主之「還似舊時遊上苑，車如流水馬如龍」、「船上管弦江面綠，滿城飛絮輥輕塵」、「千里江山寒色遠，蘆花深處泊孤舟」，皆不對偶，可見此體尙無定格。至北宋王安石之「願我偏遊諸佛土，十方賢聖不相離」，蘇東坡之「試上超然臺上望，半壕春水一城花」，猶如此作，則蕭氏所謂「破駢爲散」者，不無據後世之法以議前賢作品之嫌。不知文學發展，句式格律，每有變遷。後之讀者，固不得泥古以非今，亦不得據今以律古也。此其一；蕭氏又謂〈夢江南〉詞，自來佳者甚少，蓋由「格局所限」。查蕭氏於飛卿另首〈夢江南〉下按云：

〈夢江南〉視七絕尤短，極不易張羅，自來佳作絕少，千不得一。大抵只有七字一聯，餘語不過襯貼，轉成贅附。

是蕭氏所謂「格局所限」者，實即字數短少之意。然〈夢江南〉自有佳作，若李後主之「多少恨，昨夜夢魂中」一詞，膾炙千古，固不待言，即納蘭成德《飲水詞》所錄諸作，幾亦字字珠璣，豈可謂「千不得一」？夫五言絕句僅二十字，較〈夢江南〉猶少六字，不得謂五絕尤短而佳作絕少也；詞中如〈荷葉盃〉、

⑼ 例採自《敦煌曲校錄》，收入世界書局出版《全唐五代詞》下，民國五十一年二月初版。

〈南歌子〉，皆二十三字，〈十六字令〉，十六字，並短於〈夢江南〉，而蕭氏於飛卿〈荷葉盃〉「一點露珠凝冷」闋按云：「小品清供，亦有韻致。」於〈南歌子〉「似帶如絲柳」闋按云：「似結未結，亦有餘韻。」於「鬢墮低梳髻」闋更云：

> 如聞哽咽之音。只以「百花時」三字作結，極見深厚。

> 亦峰云：「低迴欲絕」，信然。

何蕭氏不以少爲嫌也？此其二也。

三十一之二　斜暉脈脈水悠悠

△俞平伯《唐宋詞選釋》云：「脈脈」，含情相視貌。《古詩》：「盈盈一水間，脈脈不得語。」字當作「眽」，相視也。

△唐圭璋《唐宋詞簡釋》云：……千帆過盡，不見歸舟，可見凝望之久，凝恨之深。眼前但有脈脈斜暉，悠悠綠水，江天極目，情何能已。……

△華連圃云：斜暉，謂日晡時也。脈脈，含情欲吐也。自曉妝罷，至日晡時，數盡千帆，皆非其人，其苦可知矣。

△李誼云：斜暉句：直至斜暉脈脈，江水悠悠，仍不見歸人，喻佇望之久。脈脈，《古詩》：「盈盈一水間，脈脈不得語。」水悠悠：溫庭筠《題懷貞亭舊游》：「碧空雲斷水悠悠。」

△《新注》云：夕陽西斜，餘暉忽隱忽視，含情脈脈，流水東去，悠悠自樂。脈脈，形容含情而不用很明顯的方式表達時的狀態。悠悠，形容從容不迫，悠悠自得的樣子。

　　以仁謹案：「脈脈」一詞，上述五家，總爲二說：一以「脈脈」狀眼波，俞平伯、華連圃及《新注》是也；一以狀斜暉，

唐圭璋、李誼是也。此詞原即有此二種用法。飛卿〈湘東宴曲〉
詩云：「欲上香車俱脈脈」，此「脈脈」似謂目相視也；然亦有
不能作此解者，如飛卿〈舞衣曲〉：「迴顧笑語西窗客，星斗寥
寥波脈脈」，此「脈脈」又不似眼波。蓋「脈脈」一詞，實狀「連
續不絕」之貌：「含情脈脈」，狀眼波之蕩漾；「斜暉脈脈」，
則狀夕陽之餘暉不盡也，雖爲二義，其原則一，分則各適其適。
此詞斜暉之「脈脈」，即如流水之「悠悠」，「悠悠」亦連續不絕
之意也。蓋時光之易逝，正若流水之不返也，傷春之意，怨別
之情，於斯已生，而下應「白蘋」，宜乎「斷腸」矣。大陸學者
靳極蒼《唐宋詞百首詳解》云：「『脈脈』，是情意綿綿的形象，
『悠悠』，是憂愁渺遠的形象。『斜暉』當然不能『脈脈』，而是
獨倚者『脈脈』，『水』當然不能『悠悠』，而是獨倚者『悠
悠』[94]。」曲折此句近於荒唐之境，試問斜暉而人脈脈、流水而
人悠悠，世之爲文者，有如此語法乎？且謂「水當然不能悠悠」，
寧不知「悠悠」狀水，爲其常訓耶？又《新注》解「悠悠」爲
「自得的樣子」，則是以想像申述之，然與全詞盼望歸人之款款
痴情不相調協矣。

又〈古詩〉「盈盈一水間，脈脈不得語。」俞平伯舉以證目
相視之義，李誼則以之狀流水。就該詩而言，俞說是也。然此
亦可證「脈脈」之另有本義在，俞氏以「眽」之誤字（用「當
作」術語）說之，亦誤。

三十一之三　腸斷白蘋洲

---

[94] 靳極蒼《唐宋詞百首詳解》，山西人民出版社，一九八二年三月。

△《栩莊漫記》云：柳子厚「漁翁夜傍西巖宿，曉汲清湘然楚竹」一詩，論者謂刪卻末二句尤佳。余謂柳詩全首，正復幽絕。然如飛卿此詞末句，眞爲畫蛇添足，大可重改也。「過盡」二句，旣極怊悵之情，「腸斷白蘋洲」一語點實，便無餘韻，惜哉惜哉。

　　以仁謹案：栩莊以此句爲「畫蛇添足」，蕭繼宗以爲「持論稍苛」（見三十之一〈通論全詞〉條引），是矣，猶未盡也。夫白蘋五月始花，春訊已過。柳永〈玉蝴蝶〉：「水風輕，蘋花漸老。月露冷，梧葉飄黃」，寫由夏入秋之景，故云「蘋花漸老」。是此處「白蘋」實暗寓靑春易逝美人遲暮之悲；又白蘋亦象徵別離，飛卿「白蘋風起樓船暮」，西江上送漁父詩也；「江館白蘋夜」，和友人盤石寺逢舊友詩也，皆與別離有關。飛卿之前，如鮑照詩：「旣逢靑春獻，復値白蘋生」，係爲送別王宣城作；孟浩然詩：「贈君靑竹枝，送爾白蘋洲」，係「送元公之鄂渚尋觀主張驂鸞」之作；又柳宗元詩：「非是白蘋洲畔客，還將遠意問瀟湘」，係寄別友盧衡州作。中唐趙微明〈思歸〉之詩，中有「猶疑望可見，日日上高樓。惟見分手處，白蘋滿芳洲」，其詠別離，顯然可見。俞平伯以爲飛卿詞與此當有淵源[95]，不爲無見。李誼、《新注》並引之爲例，李誼且謂「此句指思婦所在之地」，似即以趙詩說之，則稍泥。自上述諸例觀之，則「白蘋」似涵有「惜別」之共識，若柳絮之象徵飄泊然，是則此句遠承近紹，已蓄事典豐盈之美；而傷春怨別，又不止於區區「盼歸」

_____

[95] 見所著《唐宋詞選釋》。

一意之貧瘠而已也。(飛卿〈東郊行〉詩:「綠渚幽香生白蘋」,上承「靑筐葉盡蠶應老」,下啓「王孫騎馬有歸意」,巧合如此,能不動人聯想?)是以「腸斷」二字,非特上承盼歸之如山失望,而斜暉脈脈,流水悠悠,光景難留,白蘋易老,別離之情,傷春之感,亦賴此落實之二字一肩挑起,始夠力量。此飛卿詞之所以爲厚也,栩莊安得輕誚古人!

此文原係二篇,首篇於中華民國七十八年 (1989) 十二月發表於《臺大中文學報》第三期,續篇於八十年 (1991) 三月發表於中央研究院《中國文哲研究集刊》創刊號,今合爲一篇,頗有增補。

溫飛卿〈菩薩蠻〉詞張惠言說試疏

一

溫飛卿〈菩薩蠻〉詞十四首，清代學者張惠言以「感士不遇」說之，謂其有寄託，後世學界頗有不以爲然者。張氏之說，見於其所編注《詞選》一書，凡十一條。學者每截取其中片斷以爲議論，罕作整體之闡述探討，不免有誤解臆測斷章取義之嫌。甚者或多方譏誚，或張皇舊說，人云亦云，吠聲吠影亦自有之，能舉證緣實以求者百不得一。本文因擬就一己所知，針對皋文意見，試作疏解，庶免虛妄之病，亦所以就正於方家大雅也。

二

首先迻錄飛卿〈菩薩蠻〉十四詞及張惠言意見，以便檢按。張氏意見，注於一、二、三、五、六、八、十、十一、十二、十三、十四等十一詞下：

㈠、小山重疊金明滅，鬢雲欲度香腮雪。懶起畫蛾眉，

弄妝梳洗遲。　　照花前後鏡，花面交相映。新帖繡羅
襦，雙雙金鷓鴣。

張氏云：「此感士不遇也。篇法彷彿〈長門賦〉，而用節
節逆敍。此章從夢曉後領起，『懶起』二字，含後文情事。
『照花』四句，〈離騷〉初服之意。」①

㈡、水精簾裡頗黎枕，暖香惹夢鴛鴦錦。江上柳如煙，
雁飛殘月天。　　藕絲秋色淺，人勝參差翦。雙鬢隔香
紅，玉釵頭上風。

張氏云：「『夢』字提；『江上』以下，略敍夢境。『人
勝』參差，『玉釵』香隔，言夢亦不得到也；『江上柳如
煙』是關絡。」②

㈢、蕊黃無限當山額，宿妝隱笑紗窗隔。相見牡丹時，
暫來還別離。　　翠釵金作股，釵上蝶雙舞。心事竟誰
知，月明花滿枝。

張氏云：「提起；以下三章，本入夢之情。」

㈣、翠翹金縷雙鸂鶒，水紋細起春池碧。池上海棠梨，
雨晴紅滿枝。　　繡衫遮笑靨，煙草黏飛蝶，青瑣對芳
菲，玉關音信稀。

㈤、杏花含露團香雪，綠楊陌上多離別。燈在月朧明，
覺來聞曉鶯。　　玉鉤褰翠幕，妝淺舊眉薄。春夢正關
情，鏡中蟬鬢輕。

---

① 此據嘉慶八年楊州阮氏《琅嬛僊館刊版影本》。
② 此條舊刻於「夢字提」下，「言夢亦不得到也」下，各空一格，判分要點。
　今以「；」號識之。以下諸條同。

張氏云：「結。」

㈥、玉樓明月長相憶，柳絲嬝娜春無力。門外草萋萋，送君聞馬嘶。　　畫羅金翡翠，香燭銷成淚。花落子規啼，綠窗殘夢迷。

張氏云：「『玉樓明月長相憶』，又提。『柳絲嬝娜』，送君之時，故『江上柳如煙』，夢中情境亦爾。七章『闌外垂絲柳』，八章『綠楊滿院』，九章『楊柳色依依』，十章『楊柳又如絲』，皆本此『柳絲嬝娜』言之，明相憶之久也。」

㈦、鳳皇相對盤金縷，牡丹一夜經微雨。明鏡照新妝，鬢輕雙臉長。　　畫樓相望久，闌外垂絲柳。音信不歸來，社前雙燕回。

㈧、牡丹花謝鶯聲歇，綠楊滿院中庭月。相憶夢難成，背窗燈半明。　　翠鈿金壓臉，寂寞香閨掩。人遠淚闌干，燕飛春又殘。

張氏云：「『相憶夢難成』，正是『殘夢迷』情事。」

㈨、滿宮明月梨花白，故人萬里關山隔。金雁一雙飛，淚痕霑繡衣。　　小園芳草綠，家住越溪曲。楊柳色依依，燕歸君不歸。

㈩、寶函鈿雀金䴖鷞，沉香閣上吳山碧。楊柳又如絲，驛橋春雨時。　　畫樓音信斷，芳草江南岸。鸞鏡與花枝，此情誰得知。

張氏云：「『鸞鏡』二句，結。與『心事竟誰知』相應。」

㈩一、南園滿地堆輕絮，愁聞一霎清明雨。雨後卻斜陽，杏花零落香。　　無言勻睡臉，枕上屏山掩。時節欲黃

昏，無聊獨倚門。

張氏云：「此下乃敍夢。此章言黃昏。」

㈡、夜來皓月纔當午，重簾悄悄無人語。深處麝煙長，臥時留薄妝。　　當年還自惜，往事那堪憶。花落月明殘，錦衾知曉寒。

張氏云：「此自臥時至曉，所謂『相憶夢難成』也。」

㈢、雨晴夜合玲瓏日，萬枝香嫋紅絲拂。閑夢憶金堂，滿庭萱草長。　　繡簾垂簏簌，眉黛遠山綠。春水渡溪橋，憑闌魂欲消。

張氏云：「此章正寫夢。垂簾、憑欄，皆夢中情事。正應『人勝參差』三句。」

㈣、竹風輕動庭除冷，珠簾月上玲瓏影。山枕隱濃妝，綠檀金鳳皇。　　兩蛾愁黛淺，故國吳宮遠。春恨正關情，畫樓殘點聲。

張氏云：「此言夢醒。『春恨正關情』與五章『春夢正關情』相對雙鎖；『青瑣』『金堂』『故國』『吳宮』，略露寓意。」

三

　　最早對十四詞是否聯章具有寓意提出懷疑意見以駁斥張氏之說者，似為李冰若的《栩莊漫記》，《漫記》云[3]：

　　溫尉〈菩薩蠻〉十四首，中多綺艷之句，信為名作。特

---

[3] 李冰若《栩莊漫記》未單行，此錄自其《花間集評注》一書。

　　　　當日所進爲二十章，今已缺數首。此十四闋是否即爲當
　　　　日進呈之詞，抑爲平日雜作，均不可考。觀其詞意，亦
　　　　不相貫。而張氏謂彷彿〈長門賦〉，節節逆敍。嘗就所評
　　　　研索再四，無論以順敍逆敍推求，正復多所抵牾也。

飛卿代令狐綯作〈菩薩蠻〉二十首以獻宣王一事，詳拙作〈溫
庭筠菩薩蠻詞的聯章性〉，已收入本集，此處不贅。《栩莊》之
說，主要在於今存十四詞，無論依張惠言「節節逆敍」之說與
否，詞意皆不相貫。爾後學者多從其意，而以蕭繼宗氏尤能正
面發揮其說。蕭氏云：

　　　　〈菩薩蠻〉十四首，未必飛卿一時之作，不過以同調相從，
　　　　彙結於此，實無次第關連。蓋飛卿此調，未必止於十四，
　　　　趙氏亦止就存者編錄耳。而張臯文以「聯章詩」眼光，
　　　　勉強鈎合，若自成首尾者，繪影繪聲，加枝添葉，一若
　　　　飛卿身上之三尸蟲，能爲作者說明心曲，而又不敢眞正
　　　　明說，可笑孰甚！海綃翁之說夢窗，同一伎倆，誤人實
　　　　甚，故不惜辭而闢之④。

《栩莊》與蕭氏之說，比照之下，其承應關係，非常清楚。而十
四詞之意之不相串連，實爲二人意見之核心。今針對此一重點，
予以探討。上錄既便於讀者綜合流覽比對，下文爲求省便清晰，
乃不忌重沓，再逐項分錄張氏之說以申論之。

　　　　張氏云：

　　　　此感士不遇也。篇法彷彿〈長門賦〉，而用節節逆敍。此
　　　　章從夢曉後領起。「懶起」二字，含後文情事。「照花」

---

④ 見蕭繼宗評點校注《花間集》頁二十五。

　　四句，〈離騷〉初服之意。（注之一，第一首下）。
試繹皋文之意，可以看出下列數端：

　　㈠、「感士不遇」，即士不遇而興感之意。爲十四詞之主旨。
此十四詞，表面寫一失戀女子，實則即寫不遇文人⑤。飛卿才
高志大，然屢試不第，仕途坎坷，命運乖蹇，平生屢遭不幸且
多見不平，自不免怨恨悲憤。此類感慨，在其詩中，固比比皆
是⑥，從而詞作中亦同樣出現，實不足怪異。

　　㈡、十四詞各守其分，猶「篇」之有「章節」，綜爲一體，
是謂「篇法」。各章（首）之安排，有如司馬相如之〈長門賦〉。
〈長門賦〉託意於佳人之口，寫陳皇后失寵之心情、漫漫長夜之
難度，悠悠此心之誰屬？其中悲傷、憂怨、思念、企盼、期待、
憧憬，自矢自憐、希望失望……諸般感情充溢，而以宮中之生
活環境緯織之，欲博君王矜憐愛惜。其中多寫綺羅帷幔，蘭桂
亭台，鸞凰孔雀、明月黃昏。最後以漫漫長夜、鬱鬱情懷，襯
托其待曉之意、思君之情爲結。此十四章所寫，實多有與該賦
類似之處，故云「篇法彷彿〈長門賦〉」。

　　㈢、此章寫一佳人曉夢新覺梳洗妝扮之過程，其中「懶起」
二字，皋文謂「含後文情事」，實暗示飛卿心灰意冷之情，故陳
延焯《白雨齋詞話》卷一云：

---

⑤ 參拙作〈溫飛卿詞舊注商榷〉一文「十四之一」條，收入本集。
⑥ 如〈懊惱曲〉、〈寓懷〉、〈古意〉、〈中書令裴公挽歌詞〉二首、〈唐莊恪太子
　挽歌詞〉二首、〈太子西池〉二首、〈過西堡塞北〉、〈贈蜀府將〉、〈郊居秋
　日有懷〉、〈投翰林蕭舍人〉、〈春日偶作〉、〈題裴晉公林亭〉、〈車駕西遊因
　而有作〉、〈蔡中郎墳〉、〈彈箏人〉、〈觀蘭作〉、〈過陳琳墓〉、〈博山〉、〈醉
　歌〉、〈江南曲〉、〈經李微君故里〉……等數十首詩。

> 飛卿詞如「懶起畫娥眉，弄妝梳洗遲。」無限傷心，溢於言表。

是能識得皋文之寓意者。皋文下續云：「『照花』四句，〈離騷〉初服之意。」則有返吾初服，不欲再墮風塵沾埃惹垢之自許，是以擬之靈均江離香芷、蕙茝芰荷也。此蓋飛卿作詞時心聲基調，呈現於首章，表示往事如夢，而今夢覺。以下諸章則多寫夢境，縷陳舊恨，故皋文云「用節節逆敍」也。

總之，皋文此注，開宗明義，從主旨、篇法，以及諸章結體之方式，進行之步驟、首尾之呼應，無不涵括。聊聊數語，營經佈緯，綱舉目張，的是精警之至。乃《栩莊》評此詞云：

> 統觀全詞意，諛之則爲盛年獨處，顧影自憐。抑之則侈陳服飾，搔首弄姿。「初服之意」，蒙所不解。

《栩莊》既欲蹤跡皋文之意，然竟膚觀飛卿詞以漫詆之，失其綱而亂其目，本不立故道不生，自捫耳目，乃謂不解皋文邪？

張氏又云：

> 「夢」字提；「江上」以下，略敍夢境。「人勝」參差，「玉釵」香隔，言夢亦不得到也；「江上柳如煙」是關絡。(注之二，第二首下)。

「提」謂提綱，猶注㈠之「領起」。皋文以此「夢」字鎖緊一、二兩章之關係，亦聯繫全篇關鍵詞之一。另一關鍵詞即「柳」，詳第六首皋文之注。蓋「柳」表別離，又係離別時實景，故經常出現於以後諸章。此爲首見，是以皋文云：「『江上柳如煙』是關絡。」「關絡」亦即余所謂「關鍵詞」。又揆皋文之意，「人勝參差」，似暗示人事關係之不齊。「玉釵香隔」，似暗示雙方情感之有隙。實境如此，夢中亦無法彌補此一缺憾，故云：「言

夢亦不得到也。」飛卿之夢，是學而優則仕之夢，是飛黃騰達
之夢，是懷才求遇之夢。飛卿詩〈車駕西遊因而有作〉云：「誰
將詞賦陪雕輦，寂寞相如臥茂林。」又〈題西明寺僧院〉云：
「自知終有張華識，不向滄洲理釣絲。」又〈春日將欲東歸寄新
及第苗紳先輩〉云：「知有杏園無路人，馬前惆悵滿枝紅。」
求仕求遇之情，幾成心癌，故在在流露無時或已也。然終「不
得到」。「不得到」，謂不得躋身於金堂玉闕也。此意皋文在後注
自有交代。至於此處寫佳人服飾姿容之美，則純屬表象。皋文
但闡述內涵，緊扣要點，不欲詞費。《栩莊》不解其意。多所譏
誚，謂此詞下闋云：

> 下闋又雕繢滿眼，羌無情趣。即謂夢境有柳煙殘月之中
> 美人盛服之幻，而四句晦澀已甚，韋相便無此笨筆也。

不知四句但從表面觀之，其佳勝處亦遠非他家能及。拙文〈溫
飛卿詞舊說商榷〉曾云⑦：

> 下闋寫人，妙在只間接烘托，決不直接描狀，專從衣物
> 首飾上著色落筆，捕捉其特點，或濃染之，或細勾之，
> 或圖其貌，或傳其神，而人之容色、氣味、姿態，無不
> 一一襯托而出，此畫家圖雲狀水之法也。又妙在亦不直
> 接寫衣飾，而出之以「藕絲秋色」、「香紅」、「風」等詞
> 彙，虛中著虛，而人物竟凸顯其中，有如電影之近鏡頭，
> 款款行來，活色生香婀娜有致一美人也。

此種情景，疑幻疑真，以夢境出之，尤能傳神。安得以「晦澀」
「笨筆」，肆為譏刺？《栩莊》蓋囿於皋文之說，自陷泥淖，豈

---

⑦ 見該文，已收入本集。

可歸咎於飛卿？

　　張氏又云：

　　　提起；以下三章，本入夢之情。(注之三，第三首下)。

　　又云：

　　　結。(注之四，第五首下)。

按此兩條資料，謂自第三章以至第五章皆寫「入夢之情」，故於第五章注一「結」字，與第三章「提起」相呼應，意謂「入夢之情」，自三章「提起」，至五章而「結」，是此三詞自成段落也。

　　所謂「入夢之情」，應含舊日歡聚之懷念，與爾後離別之相思。三詞內容，無不交織此兩種情感。第五章下片之末云：「春夢正關情」，以「關」字聯繫「夢」與「情」兩概念，應是其說之最佳依據。再深一層看，在皋文理念之中，此兩種情感，實即寄寓飛卿對舊日皇室關係之懷念，與平生科場宦途失意不遇之感慨。「金堂」自來即為飛卿追求嚮往之境，故皋文於第十三章「閒夢憶金堂」注云：「此章正寫夢」也。

　　皋文之說，雖不免簡略，然大綱既舉，網絡可循。何以栩莊等輩，「研索再四」，竟無法理其端緒邪？余所以謂其「自捫耳目」也。

　　張氏又云：

　　　「玉樓明月長相憶」，又提。「柳絲裊娜」，送君之時，故「江上柳如煙」，夢中情境亦爾。七章「闌外垂絲柳」，八章「綠楊滿院」，九章「楊柳色依依」，十章「楊柳又如絲」，皆本此「柳絲裊娜」言之，明相憶之久也。(注之五，第六首下)。

　　又云：

「相憶夢難成」，正是「殘夢迷」情事。（注之六，第八首
下）。

又云：

「鸞鏡」二句，結，與「心事竟誰知」相應。（注之七，
第十首下）。

第六章皋文云：「『玉樓明月長相憶』，又提。」第十章云：「『鸞
鏡』二句，結。」一「提」一「結」，是此五詞又成一段落。五
詞皆寫相思之情，然重點尤在「期盼」上，故皋文注曰：「又
提」，上與第三章之「提」——重點在懷往相思之情——相承應
也；第六章已指出該章之「柳」與此組七、八、九、十諸章之
關係，第八章又特爲指出「相憶夢難成」與第六章之「綠窗殘
夢迷」情事相同，強調五詞之緊密組合，其意甚明。且諸章之
「柳」，又遙與第二章相呼應，而於第二章特別說明「『江上柳如
煙』是關絡」；第十章之末二句「鸞鏡與花枝，此情誰得知」，
復遙繫第三章之「心事竟誰知，月明花滿枝」，而於第十章特別
說明：「與之相應」，適此組詞首闋（即第六章）又有「玉樓明
月長相憶」句，是皋文不僅仔細分析各章間之關係，亦未忽略
各段落間之聯繫，其匠心巧思，深細周密如此，而措語又復精
簡如此，錘鍊功深，謂之名師大匠之藝業可也。

又前文論及皋文所舉關鍵詞，「柳」是其一，於注㈤可詳其
牽綰作用，而第十章「楊柳又如絲」下《白雨齋詞平》⑧云：「著
一『又』字，有多少眼淚。」與皋本該注「明相憶之久也」，有
唱和之妙。實則此組第八章「燕飛春又殘」，首出「又」字，其

---

⑧ 參拙作〈溫飛卿詞舊注商榷〉注㊷。

所含纏綿情意，實與第十章相捋，而復互爲呼應。《白雨齋》但循皋文舊徑以遊，而輕忽飛卿其他勝境，殊可惜也。拙文〈溫飛卿詞舊往商榷〉八之四「燕飛春又殘」條有說可參，此處不贅。

　　張氏又云：

　　　此下乃敘夢。此章言黃昏。（注之八，第十一首下）。

　　又云：

　　　此自臥時至曉，所謂「相憶夢難成」也。（注之九。第十二首下）。

　　又云：

　　　此章正寫夢，垂簾、凭欄，皆夢中情事，正應「人勝參差」三句。（注之十，第十三首下）。

　　又云：

　　　此言夢醒。「春恨正關情」與五章「春夢正關情」相對雙鎖；「青瑣」、「金堂」、「故國」、「吳宮」，略露寓意。（注之十一，第十四首下）

此四詞又爲一段落。敘入夢之過程：從黃昏企盼之無奈，至午夜懷往以自惜，等等夢前情境及心態之抒寫，至十三章正寫夢境：「閒夢憶金堂」，著一「憶」字，空憶金堂而不得至，即第二章皋文所謂「言夢亦不得到也」；春水溪橋，其人阻隔。遠山眉黛，閨閣空盼，即第二章皋文所謂「人勝參差，玉釵香隔」也。夢魂無翅，欲追乏力，此亦皋本所謂「言夢亦不得到也」，此所以「凭欄」而「魂欲消」矣。十四章則言夢醒，皋文云：「『春恨正關情』與五章『春夢正關情』相對雙鎖。」所謂「相對」，謂化「夢」爲「恨」。所謂「雙鎖」，謂彼此之緊密關係也。

往事如春夢，然春夢無痕，此則傷痛俱在，無法淡忘，亦無能排遣，其化而為恨，正是相思之切、期盼之深、失望之重所蓄積堆壓而成者，是以首章懶於再起畫娥眉以事人也，返其初服，洗落塵埃，有大夢後之澈悟，置於十四詞之首，故皋文謂之「逆敘」也。

四

　　大體言之，皋文之說，雖嫌簡略，然本根已具，主榦可尋。惜枝葉之剪裁，未遑顧及。而周介存、陳廷焯輩，雖張皇其說，亦罕為之增飾發明，是以後人如栩莊等，逐字句以驗之，又時忽略其主旨，乃不免處處扞格。非盡皋文之過也。若蕭繼宗氏，繼踵《栩莊》，侈其譏諷，斥皋文之說為「夢囈」（見所著《評點校注花間集》第一首下），譏之為「盲者」（第二首下）、「痴人」（第十三首下），曾未細作了解，乃以其說為「閃爍其詞，伎倆可憎。」（第十四首下），盲從而浮夸，尤為過當。夫皋文之說，簡略則有之，然決無故弄玄虛處，前文疏解可證，後人不得因一已之粗疏而肆其口說，刺譏委過也。

　　然定位既殊，則毫厘千里：《栩莊》屢譏飛卿此十四詞，或曰「雕鏤太過」（第一首），或曰「羌無情趣」、「晦澀已甚」（第二首），或曰「浪費麗字，轉成贅疣」（第三首）。甚至譏其「才儉」「俗劣」「點金成鐵」（第七首），「有佳句而無章」（第十四首）等等。蕭氏時亦唱和之，謂「《漫記》云云，誠非苛責」（第七首），恨飛卿詞「水清無魚」（第三首），「辭餘於情」（第四首）；以第五首之「妝淺舊眉薄」，「舊眉」二字不佳，疑其或

有異文，否則飛卿不免「貧於一字」矣；第十三首為全篇之核心所在，蕭氏乃以為「平平」，無可說者。凡此皆過分鄙棄皋文之說，誤導題旨有以致之也。余〈溫飛卿詩舊注商榷〉一文多有討論可參。

　　余於皋文之說，亦並非全盤肯定。然頗同意其「感士不遇」之主旨，而視十四詞為聯章體。至於飛卿詞之寄寓方式，則以為人人可自尋其理覓其徑以發明之，皋文亦不過一人之言耳。皋文之說，可議者有下列數端：

　　㈠、其說首闋謂返其初服，不復仕進之意。然則飛卿作此聯章十四詞之動機目的何在？復何所期待於宣宗邪？

　　㈡、其說謂溫詞出之以逆敍方式，亦可商榷。夫逆敍手法，雖或更能突顯主題，然畢竟有欠堂正。飛卿為詞，最重層次，佈局井然平正。〈菩薩蠻〉諸詞既上呈御覽，自以順敍手法為得體。余曾順序繫聯諸詞題旨，咸能通暢無礙，不若《栩莊》之無所得也。

　　㈢、其說另有生硬欠妥處：如以第一章「照花」四句為《離騷》初服之意，似未慮及「雙雙金鷓鴣」一語之內涵。試問彼雙棲之鳥與「初服」何關？寄寓何事邪？如謂心猶寄望於君臣契合，則何有於「返吾初服」之意？又如以第二章「江上柳如煙」句為全篇之關絡，夫「柳」猶有可說，「江上」則罕見佐證也。又如以十三章為正寫夢境，時在白日。十四章夢醒，則在凌晨，二者時間實難啣接。

　　余嘗另闢蹊徑，突破皋文桎梏，繫聯諸詞，頗有所得，說詳拙作〈溫飛卿詞舊說商榷〉十四之一條及〈溫庭筠菩薩蠻詞的聯章性〉二文，後者尤為近作且專論其事，大雅高明，幸詳

察之，此不縷述矣。

　　此文原刊於中央研究院《中國文哲研究集刊》第二期，中華民國八
十一年（1992）三月。

溫庭筠〈菩薩蠻〉詞的聯章性

一、前言

　　溫庭筠的詞，以深密見稱，讀者每多仁智之見。尤其他的〈菩薩蠻〉詞，歷來爭議紛紜。其中最大的問題有二：一是這十四詞是否聯章？還是互不相涉？二是它們是否有寄寓之意？而非表面單純的男女戀情？這個前提如有不同，對十四詞的解釋便很不一樣。我們究竟把十四詞放在什麼樣的位置，從什麼樣的角度去了解去欣賞呢？十四詞如果是聯章，每一詞便都在此一大結構體中而互爲關連。各詞的小題旨不過是枝派，大題旨才是根本，才是源頭。如果不是，而只是成於不同時間的雜作，那就只有各自的小題旨了。無論有否寓意，這種情況都存在。因此，我們首先要解決的便是聯章與否的問題。它不但影響到對諸詞的解析，也自然會涉及對溫詞藝術的估量。

　　十四詞是否聯章，以及是否有寄託，歷來學者多相提並論，事實上寄託與聯章是屬於兩個層次的問題，它們之間並無必然的關係。不過就本文來說，聯章卻是寄託的先決條件，要討論是否有寄託，先得肯定它是否爲聯章。本文暫擬就聯章的問題

展開討論。

二、十四詞聯章性的外在條件

　　謂十四詞之為有寄託，並不自清常州詞派創始人張惠言（一七六一～一八〇二）始。張氏之前，已有若干迹象，顯示了這方面的意思。① 但將十四詞視為聯章，縷述其篇法章旨，張氏之前，似乎還沒有人這樣做過。而對聯章提出懷疑意見且駁斥張氏之說的，則似乎以李冰若《栩莊漫記》② 為最早。《栩莊漫記》說：

> 溫尉〈菩薩蠻〉十四詞，中多綺艷之句，信為名作。特當日所進為二十章，今已缺數首。此十四闋是否即為當日進呈之詞，抑為平日雜作，均不可考。觀其詞意，亦不相貫，而張氏謂彷彿〈長門賦〉，節節逆敍。嘗就所評研索再四，無論以順序逆敍推求，正復多所抵牾也。

《栩莊》的意見有兩點：一是這十四詞是否即為呈獻宣宗的二十

---

① 明詞曲大家湯顯祖（一五五〇～一六一七）評《花間集》云：「芟《花間》者，額以溫飛卿〈菩薩蠻〉十四首，……今讀之，……溫如芙蓉浴碧，楊柳挹青。意中之意，言外之言，無不巧雋而妙入。……」又清初詩人厲樊樹（一六九二～一七五二）〈論詞絕句〉云：「美人香草本離騷，俎豆青蓮尚未遙。頗愛花間腸斷句：夜船吹笛雨瀟瀟」，前二句即論飛卿詞。云「意外之意，言外之言」，云「美人香草本離騷」，皆許其有寄託。二人並早於張惠言（一七六一～一八〇二）。

② 《栩莊漫記》，初不明何人所撰，引見於李冰若所著《花間集評注》。一九九三年北京人民出版社出版《花間集評注》，書末附冰若子李慶蘇〈影印出版後記〉，始說明《栩莊漫記》即其父冰若所作，盡釋世人之疑。

首的殘存，已無法證明。如果是平日的雜作，也就不會是聯章，
馴至也就不會有像〈長門賦〉式的寄託之意。這是外在的條件；
二是今存十四詞無論依張惠言「節節逆敍」之說與否，詞意皆
不相貫，無法證明其爲聯章。這是內在的條件。爾後學者多半
依從他的看法，而以蕭繼宗氏說得尤爲急切。蕭氏說：

> 〈菩薩蠻〉十四首，未必飛卿一時之作，不過以同調相從，
> 彙結於此。實無次第關連。蓋飛卿此詞，未必止於十四，
> 趙氏亦止就存者編錄耳。而張皋文以「聯章詩」眼光，
> 勉強鉤合，若自成首尾者。繪影繪聲，加枝添葉，一若
> 飛卿身上之三尸蟲，能爲作者說明心曲，而又不敢眞心
> 明說，可笑孰甚！海綃之說夢窗，同一伎倆，誤人實甚，
> 故不惜辭而闢之。③

比照《栩莊》之說，可知蕭氏的意見之所從來。可惜說了一大
堆空泛的話，實質上並未增補任何理據。蕭氏的評點校注《花
間集》，是臺灣學者唯一的全注本；而且他的說法也有其代表
性。

　　現在讓我們先從外在的條件展開討論。飛卿替令狐綯作〈菩
薩蠻〉詞獻與宣宗一事，見於《樂府紀聞》：

> 宣宗愛唱〈菩薩蠻〉，令狐綯假溫庭筠手撰二十闋以進。
> 戒勿泄，而遽言於人。且曰：「中書堂內坐將軍」，以譏
> 其無學也。由此疏之。

《樂府紀聞》，不知何人所作，此轉引自李冰若《花間集評注》④，

---

③ 見蕭繼宗評點校注《花間集》，臺北，學生書局一九七七年元月初版。
④ 收入《宋紹興本花間集附校注》一書，臺北，鼎文書局一九七四年初版。

清初沈雄所編《古今詞話》已引該書，而其中涉及明人如瞿宗吉、鄭婉娥、林章、楊慎等人事，⑤則《紀聞》成書不得早於明代；而沈雄已引，故亦不得晚於清初，疑其成書當在明末。元辛文房《唐才子傳》也記載此事：

> 時宣宗喜歌〈菩薩蠻〉，絢假其所撰進之，戒令勿洩，而遽言於人。⑥

再往上推，南宋初王灼《碧雞漫志》也載有此事：

> 《北夢瑣言》云：「宣宗愛唱〈菩薩蠻〉詞，令狐相國假溫飛卿新撰密進之，戒以勿泄，而遽言於人，由是疏之。」溫詞十四首，載《花間集》。⑦

王灼引文，見《北夢瑣言》卷四〈溫李齊名〉條，文字全同。⑧來源竟可溯至五代出仕荊南的孫光憲，也是《花間集》作者之一。宣宗雅好詩文，宋錢易《南部新書・丁》說：

> 宣皇好文，嘗賦詩，上句有「金步搖」，未能對，令進士溫岐續之。岐以「玉條脫」應，宣皇賞焉，令以甲科處之，爲令狐絢所沮，除方城尉。⑨

這段佳話，又見於宋尤袤的《全唐詩話》，而亦可溯至《北夢瑣言》卷四「溫李齊名」條，惟該條「進士」作「未第進士」爲

---

⑤ 見《古今詞話》下卷〈瞿宗吉鞋杯詞〉、〈楊慎詞富贍〉、〈鄭婉娥念奴嬌〉、〈林章孤鸞〉諸條。學弟劉少雄提供。

⑥ 引自李冰若《花間集評注》。此書收入臺北鼎文書局出版之《宋紹興本花間集附校注》一書一九七四年出版。

⑦ 見唐圭璋編《詞話叢編》第一冊，臺北，新文豐出版公司發行，一九八八年二月臺一版。

⑧《北夢瑣言》，雅雨堂藏本，乾隆丙子鐫。

⑨ 引自李冰若《花間集評注》。

稍異。溫庭筠至死未得一第，後來還是韋莊上書，爲他求得「追賜進士及第」⑩，可見事有訛傳，文有錯錄。但無論如何，雅好詩文的宣宗，愛好詞曲，又講究文字之美；而邀寵的令狐綯找來簡在帝心的溫庭筠捉刀，這件事情應非空穴來風。只是《樂府紀聞》明言「二十闋」，是前此資料所沒有說到的。《尊前集》錄溫氏〈菩薩蠻〉詞五首。北宋人所輯的《金奩集》錄《尊前集》不載之溫詞〈菩薩蠻〉十五首，二者合計爲二十首。也許這便是《樂府紀聞》的根據。但《金奩集》所錄，後面五首其實是韋莊的作品；因此加起來只是十五首，而非二十之數。由於選本的關係而產生誤解的事並非罕見，況周頤謂溫詞亦有以清雅勝者，而舉韋莊〈菩薩蠻〉「人人盡說江南好」「洛陽城裡春光好」二詞爲證，⑪可能也是受《金奩集》的影響。只是近人曾昭岷《溫韋馮詞新校》⑫提到《尊前》《金奩》二集錄載溫氏〈菩薩蠻〉詞事，但謂《尊前》錄五首，《金奩》「錄《尊前》不載之溫詞十五首」，而沒有作進一步的說明，⑬殊不可解。王灼應該見過《尊前》《金奩》二集，而《碧雞漫志》卻只言「十四」之數，都可證明《樂府紀聞》的「二十首」可能出於誤會。另外，「玉纖彈處眞珠落」一詞，《尊前》錄於五詞之首。該詞的全貌是這樣的：

　　玉纖彈處眞珠落，流多暗濕鉛華薄。春露泡朝華，秋波

---

⑩ 見洪邁《容齋三筆》。

⑪ 參李冰若《花間集評注》引況周頤說。不見於況氏所著《蕙風詞話》。

⑫ 上海古籍出版社，一九八八年十二月第一版。

⑬ 見《溫韋馮詞新校》第二十五頁溫庭筠〈菩薩蠻〉第十五首〈校語〉。該書係上海古籍出版社出版，一九八八年十二月。

浸晚霞。　　　風流心上物，本爲風流出。看取薄情人，
羅衣無此痕。

曾昭岷說：

> 此詞鄙俗，與前十四闋不類，且爲《花間集》所遺；《尊
> 前》原本注云：「一作袁國傳」，亦爲尚有別本不作溫詞
> 之證。是可疑也。⑭

《花間集》選詞有它的標準，⑮所載並非十八家全部的作品，儘
多遺珠；因此，《花間》未錄，不能作爲非溫詞之證。但十四詞
全錄而獨落此首，卻也是非常奇怪的事，除非編者已知此詞並
非溫氏之作。而此詞文不雅馴，卻是眾所公認的。雖然《全唐
詩》、《歷代詩餘》、劉毓盤《唐五代宋遼金元名家詞輯》、王國
維《唐五代二十一家詞輯》、盧冀野《溫飛卿及其詞詞錄》皆據
《尊前》登錄，恐怕存遺的意思多，一般說來，多不認爲它是溫
氏的筆墨。或者它可能是十四詞從宮廷流傳到民間之後增添上
去的。十四詞連串了一個傷感的愛情故事，這首詞，卻像是這
個故事的引子，用以營造氣氛，以導聽眾進入情況。《尊前集》
把它排在第一首，或者就是民間傳唱的次序。從文字上看，有
效顰之嫌，這個袁姓作者，是不第文士呢？還是樂師？王灼也
不併這首計數，自有他的見識。這樣看來，十四詞似乎是獻詞
的全貌，它們前後排次的順序也應該是原式未變。爾後學者多
言溫氏〈菩薩蠻〉有逸詞，如吳衡照《蓮子居詞話》卷一謂：

---

⑭ 同注⑬，曾氏將此詞置於十四詞之後。
⑮ 歐陽炯〈花間集序〉云：「今衛尉少卿字弘基，以拾翠洲邊，自得羽毛之
　異。纖綃泉底，獨殊機杼之功。廣會眾賓，時延佳論，因集近來詩客曲子
　詞五百首，分爲十卷。」可見編選之審愼。

「飛卿〈菩薩蠻〉詞二十首,以《全唐詩》校之,逸其四之一。」
也是從這裡出來的誤解。《全唐詩》卷八九一錄溫氏〈菩薩蠻〉
詞但十五首,多出來的也只有這首,吳氏的「逸其四之一」,也
非另有根據。解決了這個問題之後,談它們的整體結構才有比
較堅實的基礎。

　　經過上面的討論,我們可以知道,獻詞之說,其源溯自五
代;而謂今傳十四首即爲獻詞,也可以早到南宋初期的王灼。
來源有憑有據,都遠在張惠言之前,決非出自張氏讕語;而《北
夢瑣言》又有「新撰」的話,因此,我認爲此說遠較「雜作」
之說爲可信。事實上既是代宰相令狐綯作的獻詞,便絕對該是
新撰,而不當爲往日舊作的併湊。一則溫氏不可能如此輕慢,
且輕易地放棄表現的機會。他日後冒得罪令狐綯之險,自洩其
代作之祕,可見對此十四詞的重視。二則令狐綯那一關更不可
能隨便通過。這樣看來,在同一詞調之下,它們之有其整體性
——也就是聯章性,似乎是必然的事。

　　這十四詞,頗有宮體風味。俞平伯曾根據這一點而確認它
們是獻詞。俞氏《讀詞偶得》⑯論飛卿〈菩薩蠻〉詞五首,其中
有這樣的說法:

　　　　曰「青瑣」者,宮門也。此殆宮詞體耳。(論第四首「青
　　　　瑣對芳菲」句)
　　　　又:「吳宮」明點是宮詞。…其又一首(以仁案指第九
　　　　首)「滿宮明月梨花白」可互證。溫氏〈菩薩蠻〉諸篇本
　　　　以呈進唐宣宗者,事見《樂府紀聞》,述其宮怨,更屬當

⑯ 見《俞平伯詩詞曲論著》,臺北,長安出版社,一九八八年十一月校訂版。

然。（論第十四首「故國吳宮遠」句）

宮怨之說，似乎暗受張惠言《詞選》「篇法髣髴〈長門賦〉」說的影響。十四詞通體舖張華麗，說它們是以宮廷為假想背景，應該不算過分的猜測，這樣也比較能配合宣宗的生活品味。可異的是俞氏既承認它們是獻詞，卻不認同其聯章性，他在《讀詞偶得》中說：

> 將本詞各章串講，原臬文之說也。（以仁案：此指韋莊〈菩薩蠻〉）臬文、復堂之說溫飛卿〈菩薩蠻〉亦用串講法，對於溫氏之詞我實在尋不出它們的章法來，所以儘管張、譚兩家說得活靈活現，「此感士不遇也，篇法彷彿〈長門賦〉而用節節逆敘」（原注：見《詞選》），「以〈士不遇賦〉讀之最確」（原注：《譚評詞辨》卷一），卻終不敢苟同。對於韋詞，私心卻以為舊說不無見地。此非兩歧也，言各有當耳。……（〈論韋莊菩薩蠻詞五首〉）

似乎飛卿硬是把雜湊之作呈獻給皇帝，這就不免淺看了飛卿。對於那些以為是飛卿舊作的學者，我這裡更願特別強調一下《北夢瑣言》的「新撰」二字，我們似乎不應該忽略它。既是新撰，且在同一詞調之下，則系統地寫一個主題的可能性便增強；且溫氏冒著觸怒令狐綯的危險，揭露十四詞為己作的真相，也可以看出他對此十四詞的重視，這些都顯示它們為聯章的可能性。

三、十四詞聯章性的內在條件

上節是就外在的條件來講，已大體可知它們是聯章詞的可

能性遠大於雜作。本節讓我們從內在的條件上作些探索。我曾
經在拙作〈溫飛卿詞舊說商榷續〉中提到幾點與這個主題有關
的意見，今迻錄於下，並略加補充：

　　㈠相關詞彙時出現於十四詞中，彼此映照：如首闋言「照
　　花前後鏡，花面交相映」，次闋則言「雙鬢隔香紅」，同
　　是戴花，而著一「隔」字，以暗示別離；三闋言「相見
　　牡丹時」，七闋言「牡丹一夜經微雨」，八闋則「牡丹花
　　謝鶯聲歇」矣；又如用「宮」字，九闋言「滿宮明月梨
　　花白，故人萬里關山隔」，十四闋則言「兩蛾愁黛淺，故
　　國吳宮遠」，皆懷念舊時宮院，然九闋宮不名「吳」，從
　　下文「家住越溪曲」，知懷念者為越女；十四闋不言「越
　　女」，而明言所懷念者為「吳宮」，互相補足。乃至十四
　　闋之「遠」字，與九闋之「萬里」等字樣，亦皆呼吸相
　　應也。篇章之針縷如此其緻密也！且各類詞彙趨向相
　　同：如由花開至花落，相聚至別離，歡笑至啼哭，希望
　　至絕望。……等。

這種彼此呼應，趨向相同的情形，除上述諸例外，還可以增補
一些例子，如第一首言「鷓鴣」，第二首則言「鴛鴦」，同是雙
宿雙飛的愛情之象徵，但第二首已示別離，故多一「征雁」；又
如第一首言「新帖繡羅襦」，第二首則言「藕絲秋色淺」，同是
衣著，而前者喜氣洋溢，後者則帶秋色之蒼涼，且藕而如絲，⑰

───────────

⑰ 王達津〈讀溫庭筠菩薩蠻二首〉：「藕字也和偶字雙關。溫庭筠〈達摩支曲〉：
　『拗蓮作寸絲難絕』，〈采蓮曲〉：『船頭折蓮絲暗牽』，都是從民歌學來的
　雙關語。」此文編入《唐代文學論叢》，一九五二年七月初版。一九五四年
　六月再版。

他們的關係已現藕斷之兆。(姜白石〈浣溪沙〉詞有謂：「擬將裙帶繫郎船」，裙帶固不能繫住郎船也。) 皆與相聚至別離之意配合，而彼此映照；又如第三首的「宿妝」，實呼應第一首的「弄妝」。第一首由於相聚而著意妝扮，第三首則已別離，乃無心妝飾，且失去歡笑；而第三首的「隱笑」又與第四首「笑靨」相呼應，該詞係見春景絢爛而情不自禁，是「閨中少婦不知愁」的笑。復因獨處而悲，故結之以「玉關音信稀」，以下諸首便再不見「笑」字了。又如第五首的「妝淺舊眉薄」，蕭繼宗以爲「『舊眉』字亦未見佳」[18]，大概把它解成了宿妝，不知其義當如張玉田〈南鄉子〉的「那葉渾如舊樣眉」，實呼應第一首的「懶起畫蛾眉」。孤立其詞來看，不免「貧於一字」(蕭繼宗語)，從整體看，便覺篇章之法嚴密，無可更代。又如用「楊」「柳」字，張惠言早已看出它是十四詞的脈絡，它出現於第二、五、六、七、八、九 、十各首，張氏於第二首說：

　　「江上柳如煙」是關絡。

於第六首說：

　　「柳絲裊娜」，送君之時。故「江上柳如煙」。夢中情境亦爾。七章「關外垂絲柳」，八章「綠楊滿院」，九章「楊柳色依依」，十章「楊柳又如絲」，皆本此「柳絲裊娜」言之，明相憶之久也。[19]

類似的情形披檢可見，讀者不妨自行尋繹，不盡列舉。

　　㈡各類詞彙，有其一致之發展層次，非特趨向相同而已。

―――――――――

[18] 同注③。

[19] 見張惠言《詞選》，嘉慶八年揚州阮氏琅嬛僊館刊版影本。

　　例如寫相思：第三首但言「心事竟誰知」，第四首則謂
　　「玉關音信稀」，第五首猶托「春夢正關情」，微言隱說，
　　旁敲側擊，總不明講。至第六首始明言「玉樓明月長相
　　憶」，赤裸裸披陳，且著一「長」字，以示相思之非一朝
　　一夕，其情壓抑已久，一時澎湃，便如堤決濤奔，往夢
　　縈迴，至此已難耐難禁矣。詞中首見「淚」字（「香燭銷
　　成淚」），非偶然也。又如言「夢」：第二首爲「香夢」（「暖
　　香惹夢鴛鴦錦」），第五首爲「春夢」（「春夢正關情」），
　　第六首爲「殘夢」（「綠窗殘夢迷」），第八首則「夢難成」
　　矣（「相憶夢難成」），第十三首爲「閒夢」（「閒夢憶金
　　堂」），暗露寓意，第十四首「春夢」已成「春恨」矣（「春
　　恨正關情」）。從歡會之夢以至離別之夢，以至夢殘而不
　　全，以至欲夢而不成，以至觸發潛意識中金堂之夢，以
　　至由春夢轉春恨，所謂「春恨正關情」，與第五首之「春
　　夢正關情」僅一字之差，張惠言《詞選》以爲二者「相
　　關雙鎖」，其呼應情形，發展層次，經勾勒以出，皆顯然
　　可見。其他如「柳」、如「鏡」、如「花」、如「月」、如
　　「笑」、如「淚」、如「音信」……，以及多種情語，乃至
　　首飾、衣著……，皆莫不有其共同之取向，具此漸進之
　　層次。

試再舉「鏡」字爲例，女主角常在鏡中出現，鏡中姿容，正側
面烘托出其情緒。查十四詞「鏡」字凡四見，從第一首的「照
花前後鏡，花面交相映」的自得，到第五首的「春夢正關情，
鏡中蟬鬢輕」的自憐，到第七首的「明鏡照新妝，鬢輕雙臉長」
的自苦，到第十首的「鸞鏡與花枝，此情誰得知」的自悲，從

鏡中人面如花，到夢醒攬鏡自憐自惜，到鏡中人面消瘦，它的
趨向與層次是很明顯的，第十首「鸞鏡與花枝，此情誰得知」
尤強烈地暗示了主題，表明了鏡與心曲的關係。李冰若不明此
理，在第七首作出這樣的批評：

> 此詞「雙臉長」之「長」字，尤為醜惡。明鏡瑩然，一
> 雙長臉，思之令人發笑。故此字點金成鐵，純為湊韻而
> 已。

未免失之莽撞，遠不如華連圃「雙臉長，謂人瘦也」[20]之善於體
會。李冰若喜清雅而輕穠麗，他的《栩莊漫記》評論《花間》
諸詞，時有睿識雋語，但對溫詞，卻不免受個人喜惡左右，每
出現膚觀不耐的急切語，這裡只是其中一例。另外第五首的「春
夢正關情，鏡中蟬鬢輕」，俞平伯只能說到「輕字無理得妙」[21]，
也遠不如陳廷焯《白雨齋詞話》所說「末二句淒涼哀怨，真有
難言之苦」[22]為能得整體之神。我在拙作〈溫飛卿詞舊說商榷〉
〈四之二〉條說：「謂鏡中人青春若是，貌美如斯，何堪離別相
思之苦。其自憐自惜之情，與〈定西番〉之三『鏡中花一枝』
同其淒婉。陳氏會得此意，真解人也。」這些例子如從聯章來
看，便尤能體認到溫詞的細密功夫。學者盛稱溫詞深密，他的
深密，不止見於詞彙的彼此呼應，句間的前後互動，全首的結
構層次，實更擴及篇章的營造，讀者不可不知。

　　類似的例子，可以再舉若干，譬如詞中兩次提到「花」與

---

⑳ 見華連圃《花間集注》，長沙，商務印書館出版。一九三五年十一月初版。
　　一九三八年五月增訂四版。
㉑ 見俞平伯《讀詞偶得》〈溫庭筠菩薩蠻五首〉，參⑯。
㉒ 見陳廷焯《白雨齋詞話》卷一「沉鬱含意」條。《詞話叢編》第四冊。參⑦。

他的心曲有關，一是第三首的「心事竟誰知，月明花滿枝」，一是第十首的「鸞鏡與花枝，此情誰得知」。張惠言《詞選》於第十首說：「鸞鏡二句，結」，所謂「結」，是歸結第三首提起的「心事竟誰知，月明花滿枝」的意思，張氏於第三首注有「提起」二字，與此相應。可知「花」也是十四詞的關鍵語。十四詞提到「花」的有：

> 第 一 首：「照花前後鏡，花面交相映。」
>
> 第 二 首：「雙鬢隔香紅，玉釵頭上風。」
>
> 第 三 首：「相見牡丹時，暫來還別離。」「心事竟誰知，
> 　　　　　月明花滿枝。」
>
> 第 四 首：「池上海棠梨，雨晴紅滿枝。」
>
> 第 五 首：「杏花含露團香雪，綠楊陌上多離別。」
>
> 第 六 首：「花落子規啼，綠窗殘夢迷。」
>
> 第 七 首：「鳳皇相對盤金縷，牡丹一夜經微雨。」
>
> 第 八 首：「牡丹花謝鶯聲歇，綠楊滿院中庭月。」
>
> 第 九 首：「滿宮明月梨花白，故人萬里關山隔。」
>
> 第 十 首：「鸞鏡與花枝，此情誰得知。」
>
> 第 十一 首：「南園滿地堆輕絮，愁聞一霎清明雨。」「雨
> 　　　　　後卻斜陽，杏花零落香。」
>
> 第 十二 首：「花落月明殘，錦衾知曉寒。」
>
> 第 十三 首：「雨晴夜合玲瓏日，萬枝香裊紅絲拂。」

其中有下面幾點值得注意：

> ㈠從人面如花到雙鬢相隔，到花前月下之相思，到花落
> 　鳥啼，到花落月殘。
>
> ㈡從「相見牡丹時」到「牡丹一夜經微雨」，到「牡丹花

　　謝鶯聲歇」。

　㈢從「杏花含露團香雪」到「杏花零落香」。

　㈣從「心事竟誰知，月明花滿枝」到「鸞鏡與花枝，此
　　情誰得知」，到「花落月明殘，錦衾知曉寒」。

它們的發展方向是一致的，都是表示春盡花殘，由盛而衰。只
有第十三首是例外，但該處的花是夜合之花，配合他的金堂「閒
夢」（就表層來說，是她對美滿愛情的憧憬；就深層說，也就是
他欲仕的潛意識的發皇），表示只有夢中才合。所以那是整個流
向的一股逆流，那也是必然的心理反應。最後的一首，也就是
第十四首，便任何花都沒有了。

　　又如十四詞寫燕子，集中於七、八、九諸首。七首「社前
雙燕回」，八首「燕飛春又殘」，九首「燕歸君不歸」。第七首暗
示人不歸，第九首則明言人不歸；第七首雙燕「社前」飛來，
第八首「春殘」飛去，而著一「又」字以強化青春的辜負，時
光的流逝；第七首特標「雙」字，以之烘托個人的孤獨，第九
首明出「君」字以呼應之。

　　類似的例子，諸如「淚」，第五首「杏花含露團香雪，綠楊
陌上多離別」，第六首「畫羅金翡翠，香燭銷成淚」，第七首「鳳
皇相對盤金縷，牡丹一夜經微雨」[23]，第八首「人遠淚闌干，燕
飛春又殘」，第九首「金雁一雙飛，淚痕沾繡衣」，從以象徵方

―――――――――――――――――――――――――――――

[23] 李誼《花間集注釋》：「以牡丹經雨即敗，喻閨人之憔悴。元稹〈鶯鶯詩〉：
　　「牡丹經雨泣殘陽」華連圃《花間集注》亦舉白居易詩「玉容寂寞淚闌干，
　　梨花一枝春帶雨」為況，皆是。《新注》謂「這句說閨中人妝成後，如牡丹
　　經雨，更為為艷麗。」疑非。下文「鬢輕雙臉長」（寫容顏消瘦）「畫樓相
　　望久」、「音信不歸來」，皆暗示相思期待之苦。

式，擬人雙關，到明言人淚，到淚濕沾衣；如「音信」：第四首「玉關音信稀」，第七首「音信不歸來」，第十首「畫樓音信斷」，從稀少，到不來，到完全斷絕；又如八首以後更無首飾的妝扮，九首以後更無衣著之狀寫等等，它們發展的取向相同以及層次的累增都是一致的。

　　㈢十四詞可依序串連其意：首闋「曉妝喻愛」、次闋「晨起示別」、其三「新別初念」、其四「惜春懷遠」、其五「感夢自憐」、其六「玉樓長憶」、其七「期待無望」、其八「深夜苦思」、其九「自矜無奈」、其十「音斷望絕」、十一「心灰意冷」、十二「悔往傷今」、十三「閒夢紓懷」、十四「綿綿春恨」。十四詞表面寫一女子與其所戀者自相聚，而別離，而企盼，而等待，而失望乃至絕望之過程，其間偶有一時之興奮，片刻之憧憬，終則夢想破滅而成悲恨，前後呼應，整體環連。

　　我秉持聯章的觀念找出各詞題旨，使它們在這一結構體中，互為關連，且各自突顯其角色性格。譬如第一首，「曉妝」是全詞的血肉，「愛」則是全詞的精神。以「雙雙金鷓鴣」強調愛情是最明顯不過的，有些學者把它講成反襯女主人的孤獨，則與全詞氛圍不愜。全詞著意描寫這位美人細心的妝扮，刻意營造閨房的溫情，是無庸諱言的。所以我把它的題旨定為「曉妝喻愛」。關於這首詞，下文另有詳細說明，此處從略。

　　又如第二首，室內錦被猶溫，室外晨景清冷，顯然是在侵晨。全詞運用冷暖對比的手法非常明顯：如晶簾玉枕對繡被暖香，錦被鴛鴦對遙天征雁，秋色裙對春日柳，藕色羅衣對香紅

花飾，玉釵對金綵之勝，㉔ 莫不皆然；而全詞進行的手法也是內外相應，遠近相參，不僅展佈了甫聚乍別的場景，也充分營造了甫聚乍別的氣氛，所以我用「晨起示別」四字概括之。它和第一首的關連，前文已經言及的有下面數事：第一首言「照花前後鏡，花面交相映」，此則言「雙鬢隔香紅」，同是戴花，此著一「隔」字；第一首言「鷓鴣」，此言「鴛鴦」，同為愛禽，而此多一「征雁」，關應相聚而逗起別離。故第一首言「新帖繡羅襦」而此言「藕絲秋色淺」，王達津以為「藕」諧音「耦」，耦而如絲，雖斷猶連，然斷而難續，且帶秋色，非復喜氣洋溢了。

又如第三首，「暫來還別離」，明表已別，「宿妝隱笑」則暗示新別；相聚在春天，別離亦在春天，故言「暫來」，故多寫牡丹、蝴蝶、花月等；相聚則歡笑，新別故「隱笑」，以雙股之釵，喻相聚之情，雙飛之蝶，喻相聚之樂，是相聚之餘歡尚在，別離之滋味乍生；「隱」字承前啟後，相當吃重。《栩莊》不暇細嚼，遽謂「翠釵金作股，釵上蝶雙舞」為「浪費麗字，轉成贅疣」，甚至說它「詞意不貫」，未免糟蹋了溫詞。末二句「心事竟誰知，月明花滿枝」，所謂「心事」，即玉人心上事。「月明」為良辰，「花滿枝」為盛春，正是良辰美景，宜有賞心樂事，乃於此際別離，故不覺其觸景生情惜流光而怨幽獨。玉人心事，其誰知之？張泌〈浣溪沙〉詞：「杏花明月始應知」，是否即受溫詞的影響呢？爾後無限期盼，無限感觸，皆離不開花與月，她的心事，豈非只有花月知情？這就不只與諸首的「花」發生

㉔《初學記》卷四引《荊楚歲時記》：「正月七日為人日，以七種菜為羹，剪彩為人，或鏤金簿為人，以貼屏風，亦戴之頭鬢。又造華勝相遺。」

關係，（如上文所揭示）也與第二首（「雁飛殘月天」）、第五首（「燈在月朧明」）、第六首（「玉樓明月長相憶」）、第八首（「綠楊滿院中庭月」）、第九首（「滿宮明月梨花白」）、第十二首（「夜來皓月纔當午」）、第十四首（「珠簾月上玲瓏影」）諸「月」字莫不相關，因為它們（花與月）都經常在陪伴著期待、相思、哀怨不已的她。尤其第十二首的「花落月明殘」更與之緊密呼應。我將此首題旨定為「新別初念」，不僅是提煉了本首的內容，也關照了前後諸詞的發展。所擬十四題旨，無不符合此一原則，謹述以上三首示例，無煩贅陳。

　　俞平伯也曾利用這種各詞間的詞彙呼應關係，論定韋莊〈菩薩蠻〉五詞為聯章體。他認為像第四首的「勸君今夜須沉醉」的「醉」字，即從第三首的「醉入花叢宿」來，第五首「桃花春水淥」的「春水」，直呼應第二首的「春水碧於天」，見所著《讀詞偶得》〈釋韋端己詞五首〉。但俞氏卻不曾用這一方法檢試飛卿〈菩薩蠻〉詞，而遽言張皋文、譚復堂用串講法之不當，表示「不敢苟同」。明於彼而蔽於此，雖大家不免。

　　上述三項，具見其篇章之法，適與外在條件，互證互補，契合無間，已優足以證明十四詞非同調之雜湊彙結，實係一整體之聯章組合。

四、從聯章性試議《花間集新注》的散論諸詞

　　張惠言以聯章與寄託說溫氏〈菩薩蠻〉詞，常州一派學者如周濟、陳廷焯、譚獻，都支持他的說法。今彙抄其說十一條於下：

㈠此感士不遇也。篇法髣髴〈長門賦〉，而用節節逆敘。此章從夢曉後領起，「懶起」二字，含後文情事。「照花」四句，《離騷》初服之意。（第一首下）

㈡「夢」字提；「江上」以下略敘夢境。人勝參差，玉釵香隔，言夢亦不得到也；「江上柳如煙」是關絡。（第二首下）

㈢提起；以下三章，本入夢之情。（第三首下）

㈣結。（第五首下）

㈤「玉樓明月長相憶」，又提。「柳絲裊娜」，送君之時，故「江上柳如煙」，夢中情景亦爾。七章「闌外垂絲柳」、八章「綠楊滿院」、九章「楊柳色依依」、十章「楊柳又如絲」，皆本此「柳絲裊娜」言之，明相憶之久也。（第六首下）

㈥「相憶夢難成」，正是「殘夢迷」情事。（第八首下）

㈦「鸞鏡」二句，結。與「心事竟誰知」相應。（第十首下）

㈧此下乃敘夢，此章言黃昏。（第十一首下）

㈨此自臥時至曉，所謂「相憶夢難成也」。（第十二首下）

㈩此章正寫夢，垂簾、凭闌，皆夢中情事，正應「人勝參差」三句。（第十三首下）

㈦此言夢醒。「春恨正關情」，與五章「春夢正關情」相對雙鎖；「青瑣」、「金堂」、「故國」、「吳宮」，略露寓意。（第十四首下）

此說呈現於表面的問題有三：一是用語過於簡略，使意義晦澀不明；二是多論大處，於細節交代欠周；三是以「夢」為基調，

形成串連上的滯礙。因此，反對意見亦隨之而起，㉕李冰若即為其中健者，其說部分已引見於本文首節。爾後說皋文「多所抵牾」「勉強鉤合」的學者固然屈指難數，甚至有斥之為「夢囈」，譏之為「盲者」，以其說為「閃爍其詞，伎倆可憎」等等重話出來，㉖好像他的說法，不但是胡言亂語，一無是處，更且存心愚弄讀者。這就使得常州派諸碩學及後世支持者都成了傻瓜，顯然是過當的批評。

我曾經發表過〈溫飛卿菩薩蠻詞張惠言說試疏〉一文，對其意見有所詮釋與討論。認為其說雖不無瑕疵，但樞要已得，楨榦俱在。從本旨、篇法、以及諸章結構之方式、進行之步驟、首尾之呼應，無不涵括，實已盡營經佈緯綱舉目張之能事。該文刊載於中央研究院《中國文哲研究集刊》第二期，一九九二年三月出版，（今收入本集）。讀者如有需要，可以查按，此處不贅。

反對聯章之說者，既肆意譏誚皋文，也勇於侈張已見，對溫氏〈菩薩蠻〉諸詞的看法，不免意見蠡出，各是其是，但十

㉕ 如王國維《人間詞話》第七十二條云：「固哉，皋文之為詞也！飛卿〈菩薩蠻〉、永叔〈蝶戀花〉、子瞻〈卜算子〉皆興到之作，有何命意？皆被皋文深文羅織。」此說後來雖為王氏刪削，但仍不乏引用者，而後繼者更繁有其人，如李冰若《栩莊漫記》云：「少日誦溫尉詞，愛其麗詞綺思。……嗣見張、陳評語，推許過當，直以上接靈均，千古獨絕，殊不謂然也。飛卿為人，具詳舊史，綜觀其詩詞，亦不過一失意文人而已。寧有悲天憫人之懷抱。……」類似之說，不只一處。爾後學者，如俞平伯、任二北、鄭因百，夏承燾、唐圭璋、蕭繼宗、葉嘉瑩、……以及時下諸多詞學者，莫不如此。

㉖ 見蕭繼宗評點校注《花間集》溫氏《菩薩蠻》第一、第二、第十四諸首評語。詳本集所載〈溫飛卿菩薩蠻詞張惠言說試疏〉一文。

四詞都談到的，則只有沈祥源與傅生文合著的《花間集新注》一家（以下簡稱《新注》）㉗。我所見過的《花間集》全注本五家，㉘其他四家關於題旨的說明，都只是隨興爲之，並未把它當作必需處理的過程；若干選注本或單篇賞析文字，又多集中於有限的幾首名作上，相對於十四詞的整體性來說，它們只是些零碎的意見。因此，本文暫時只擬選取《新注》作爲討論的對象，以觀察從雜詞的觀點解析諸詞所產生的結果。《新注》晚出，他有些意見頗具綜合性與代表性。

　　《新注》和其他全注本不同的地方，便是它闢有賞析部分，也可以說是它的特色。它用一個「析」字來標示，置於〈校〉、〈注〉之後。這是件費力的工作，也是一種考驗，是很值得稱道的。賞析部分的開始，一般的情形是先作題旨的說明（偶爾也有例外）。頗便於讀者對全詞內容的掌握。今將所言十四詞的題旨摘錄如下：

　　㈠通篇寫閨怨之情。

　　㈡這首詞寫懷人之情。

　　㈢這首詞寫相見恨晚相別怨速的情景。

　　㈣這首詞爲懷舊思遠之作。

　　㈤這首詞也是寫閨閣懷人。

㉗ 江西人民出版社一九八七年七月第一版。

㉘ 華連圃《花間集注》，（一九三七年二月增訂本。《新注》謂有民國二十四年鉛印本）；李冰若《花間集評注》（見《紹興本花間集附校注》，鼎文書局，一九七四年十月初版。此書有一九三五年開明書局鉛印本）；蕭繼宗評點校注《花間集》（臺北，學生書局，一九七七年元月初版）；沈祥源傅生文《花間集新注》（江西人民出版社一九八七年七月第一版）；李誼《花間集注釋》，（四川文藝出版社一九八八年六月第一版）。

（六）這首詞抒寫女主人公夜間長久相憶之情。

（七）這首詞寫思婦畫樓望歸。

（八）這首詞寫懷人而徹夜不眠。

（九）溫庭筠詞的女主人公大都是閨閣婦人，這首詞獨寫民
　　間女子，寫她懷念情人的情景。

（十）這首詞也是寫別離相思之情。

（圭）這首詞寫女主人公黃昏時的惆悵。

（圭）這首詞寫女主人公長夜難度的景況。

（圭）這首詞寫女主人公白日閒夢，夢後銷魂之情。

（圭）這是一首宮怨詩（詞？）

《新注》之說，首先令人強烈感受到的便是「題旨」的重沓。譬
如第二、第四、五、六、七、八、九、十、十二諸首，光看字
面，（二）與（五）簡直完全一樣，其他各首，也幾乎都差不多，看不
出各自的重點。如第六首寫夜間長久相憶之情，第八首寫「懷
人而徹夜不眠」，第十二首寫徹夜相思，意思也非常接近。又如
第十首題旨為「寫別離相思之情」，與第二、四、五、六、八諸
首更無分別。《新注》在該題旨上特加「也是」二字，足證已窮
於辨析。若但看這些題旨說明，讀者想不厭煩恐怕也不可得。
這樣的囫圇吞棗，將使人錯估溫詞的藝術成就，強烈地感覺到
溫詞構思遣字的狹隘貧瘠。㉙它似乎翻來復去總離不開相思哀

㉙《栩莊漫記》即有此誤解：「如〈菩薩蠻〉之三云：「浪費麗字，轉成贅疣，
　為溫詞之通病。」，之七云：「飛卿慣用金鷓鴣、金鸂鶒、金鳳凰、金翡翠
　諸字以表富麗，其實無非繡金耳。十四詞中既累見之，何才儉若此？」之
　十四云：「〈菩薩蠻〉十四首中，全首無生硬字句而復饒綺怨者，當推『南
　園滿地』『夜來皓月』二闋。餘有佳句而無章，非全璧也。」

怨，說了又說的總是那幾句老話。連呈獻給皇帝的力作都如此，然則張惠言何以讚它「深美閎約」呢？即使從詞的發展史上評價他遠過前人，⑳ 但其內容如此狹隘貧乏，又怎能當得起張氏「閎」字的考語？張氏及常州派諸學者應非淺識之徒，這種重沓的現象，想必不能歸咎於溫詞，而只是《新注》自身的問題。

　　循此一思路追索，便會發覺，其所以重沓，係出自研討態度的輕易淺率，舉第五詞爲例：

　　　　杏花含露團香雪，綠楊陌上多離別。燈在月朧明，覺來聞曉鶯。　　玉鉤褰翠幕，妝淺舊眉薄。春夢正關情，鏡中蟬鬢輕。

此詞首二句寫春夢，第四句的「覺」，第七句的「夢」交代明白。第三句寫夢醒所見，第四句則夢醒所聞（或聞鶯聲而夢醒），五句下床，六句對鏡，七句以「春夢」正面關應前文，末句自傷亦自憐，更呼應第六句。陳廷焯《白雨齋詞話》云：「末二句淒涼哀怨，眞有難言之苦」，這是說她顧影自憐。全詞的重點，顯然是寫因夢而生的自傷自憐之情。除第七句外，更不涉及懷人，而第七句傷在惜別，懷人也決非重點。然《新注》卻說：

----

⑳ 陳廷焯《白雨齋詞話》云：「飛卿詞大半托詞房帷，極其婉雅，而規模自覺宏遠。周、秦、蘇、辛、姜、史輩，雖姿態百變，亦不能越其範圍。」是就其對後世的影響立論。等於說他開拓了婉約、豪放兩派，此說不免誇張。近人時萌《中國近代文學論稿》〈評說常州派〉云：「蘇、辛眼界之寬、感慨之深、詞筆之汪洋放恣、風格之豪放不拘，又豈是飛卿所能望其項背。」（上海古籍出版社一九八六年十月），便是對陳氏此說的反駁。但蘇、辛之所長雖爲飛卿之所短，而飛卿之所長亦未必非蘇、辛之所短，而周、秦、姜、史婉約一派與《花間》一脈相承，溯源於溫，也是事實；溫氏之後，詞境始大，也是事實。從這一點來論「閎」字，陳氏的解釋並非一無是處。

「這首詞也是寫閨閣懷人」，竟把「懷人」作爲主題了。如果大而化之，除第一、二首外，謂諸詞的基調皆爲「相思期盼」，並不爲過，則諸詞莫不可以「閨閣懷人」一語概之。如果再籠統一點，則諸詞包括第一、二首莫不可以「男女情詞」概之，這就幾乎與不言題旨同樣空泛。這樣的輕率，更從何處顯示各詞的重點呢？

又如第九詞：

> 滿宮明月梨花白，故人萬里關山隔。金雁一雙飛，淚痕沾繡衣。　小園芳草綠，家住越溪曲。楊柳色依依，燕歸君不歸。

《新注》說是「這首詞獨寫民間女子，寫她懷念情人的情景」，將女主角從「閨閣婦人」換爲「民間女子」，「懷人」主題則一成不變。不知身處「宮」中，而著金雁雙飛的「繡衣」，又是否適合民女身分呢？且「金雁」或釋爲「箏柱」，[31]一位「住在越溪之僻靜處」（《新注》語）的鄉下姑娘，是否可能彈弄這樣的樂器呢？《新注》的誤解顯然出自「小園芳草綠，家住越溪曲」二句，不知二句是另一舞臺，不在現場。溫詞簡約，賞析者或以「短古」「跳接」說之。它少用虛字擔任承遞轉折，像〈菩薩蠻〉這類的詞又多使用物語景語，故顯得文約而意密。但詞中往往有些關鍵字破其晦澀。如上例（第五詞）的「覺」與「夢」之呼應首二句之夢境，便是很好的例子。這裡的「家」字與上

---

[31] 劉攽《中山詩話》：「金雁，箏柱也。」溫詩〈彈箏人〉：「鈿蟬金雁皆零落，一曲伊州淚萬行」，又〈和友人悼亡〉：「寶鏡塵封鸞影在，鈿箏弦斷雁行稀」，皆謂箏柱，則劉貢父之說，亦非無據。

文的「宮」字造成醒目的對比，也正是這種手法。自秦以後，「宮」字在一般情況中，不以稱謂民宅。這就區別為兩個場景：上片言現況，過片兩句卻是陳述往事。「家住越溪曲」，「住」字是用的過去式，而這句卻是全詞之眼。比照第十四首的「吳宮」（「故國吳宮遠」），這裡顯係以越女自況，實暗擬西施，正是自矜其國色。夫國色而孤處，備受冷落，傷今懷舊，其無奈可知。皋文以〈長門賦〉比況溫詞，這一首無寧是最適合的。《新注》以村女為說，簡直不得要領，而不得要領，也正是由於輕率之故。

又如第十三首：

> 雨晴夜合玲瓏日，萬枝香裊紅絲拂。閒夢憶金堂，滿庭萱草長。　繡簾垂纍纍，眉黛遠山綠。春水渡溪橋，憑欄魂欲銷。

《新注》對此詞下片，有這樣的解析：

> 她隔著垂有流蘇的繡簾在沉思，那帶有愁意的眉頭像一抹碧綠的遠山。接著她又情不自禁地憑欄眺望，一江春水，從溪橋下緩緩流下，觸景生情，她深感自己的美妙年華，也如春水一樣緩緩流過，不禁情思茫然。

我曾經有文討論，今迻錄如下：

> 《新注》此一解析，加意添辭，諸多扭曲：若「隔著」、「沉思」、「帶著愁意」、「又情不自禁」等，皆臆增曲說以求其強通，乃支絀之態畢露，全詞失其深密流暢之美，殊可惜也。考其關鍵，實係誤解「繡簾垂纍纍」句為人在室中所見之故。取向既乖，不免舉步艱難矣。不知該句實已暗示人自室中出，故下文以遠山狀眉黛，人景相

　合，純任自然，且予人以芳草羅裙之聯想。接寫春水溪橋，憑欄魂銷，眼前景即當年景，此時情即昔時情，二者交織纏綿，神承意協，筆勢不沾不滯。讀者不必強解而自能得其流利之暢美，會其心曲之深密矣。竊謂訓解與賞析之道，潤色之處難免，惟須語有所繫，不得意外添辭，守此原則，庶不致失以千里。

所謂「誤解」，其實就是淺解。「繡簾垂麗霮」，以物語暗示人出簾動，並非虛置。溫詞深密，往往要逆其意以會其神。事實上讀古人詞，尤其婉約一派，類多如此。這正是詞的精粹所在。陳洵《海綃翁說詞稿》特重溫詞的「倩盼之姿」[32]，謝章鋌《賭棋山莊詞話》盛稱「溫尉生香活色」[33]，皆本此理。常州詞派主「意在筆先，神餘言外」的「意內言外」之說，最是解讀溫詞之鑰，然又不當胡亂施用，故態度宜嚴謹，深思細索，而不強解。溫詞最重層次，最講究脈絡。周濟《介存齋論詞雜著》云：

　　鍼縷之密，南宋人始露痕迹，《花間》極有渾厚氣象。如飛卿，則神理超越，不復可以迹象求矣，然細繹之，正字字有脈絡。[34]

胡國瑞〈論溫庭筠詞的藝術風格〉一文論其〈菩薩蠻〉第一首說：

────────────

[32] 陳洵《海綃翁說詞稿》〈內美〉：「飛卿嚴妝，夢窗亦嚴妝。惟其國色，所以為美。若不觀其倩盼之姿，而徒眩其珠翠，則飛卿且譏，何止夢窗？」（《詞話叢編》第五冊）。

[33] 謝章鋌《賭棋山莊詞話》卷八：「設色，詞家所不廢也。今試取溫尉與夢窗較之，則知仙凡之別矣。蓋所爭在風骨，在神韻。溫尉生香活色，夢窗所謂七寶樓臺，拆碎不成片斷。」（《詞話叢編》第四冊）

[34] 見《詞話叢編》第二冊。

> 其寫法也是按照生活本身的次序，看來層次順適分
> 明。㉟

所說皆是。既有層次脈絡，自然順適分明。所難者，它的層次脈絡，實藏於渾然之中，若無慧目，便須勤理，否則鍼縷之迹不明，便成一團亂絲了。拙文〈溫飛卿詞舊說商榷〉，曾於〈菩薩蠻〉第二首、第四首、第五首，及〈更漏子〉之一。〈酒泉子〉之三、〈南歌子〉之六、之七，屢揭其例並強調之；拙文〈試從密處說溫詞〉㊱尤特舉〈酒泉子〉之一以示例，明講究層次脈絡正是溫詞創作基本風格之一，世人不知，即如俞平伯等，動輒以「不必問其脈絡神理」，甚至「不必深究其意義」為彷彿之說，是不細咀嚼，而逃遯於主觀的臆解想像之中，不知溫詞雖深密，然不怪異，津渡自在，漁人不得盲目操舟捫蔗以求也。若《新注》，既不細繹其脈絡，復不精究其文字，說不通便加辭以附會之，以強通之，這樣的態度，又如何能深入掌握題旨要義呢？

又如第一首，也是可以商榷的，其詞全文如下：

> 小山重疊金明滅，鬢雲欲度香腮雪。懶起畫蛾眉，弄妝
> 梳洗遲。　　照花前後鏡，花面交相映。新帖繡羅襦，雙
> 雙金鷓鴣。

這首詞一般都認為是溫詞的代表作，歷來論議甚豐。《新注》以「閨怨」為題旨，無疑是遵從舊說的多數派。然舊說不止一端。俞平伯便不從閨怨之說而以為是「寫艷」，他在《讀詞偶得》中

㉟ 見《唐宋詞研究論文集》，一九六九年九月。

㊱《臺大中文學報》第二期，臺灣大學中國文學系印行，一九八八年十一月出版。今收入本集。

說：

> 本篇旨在寫艷，而只說「妝」，手段高絕。寫妝太多，似
> 有賓主倒置之弊，故於結語曰：「雙雙金鷓鴣」，此乃暗
> 點艷情，就表面看總還是妝耳。……

又說：

> 三、四兩句，一篇主旨。「懶」「遲」二字，點睛之筆，
> 寫艷俱從虛處落墨，最醒豁而雅。欲起則懶，弄妝則遲，
> 情事已見。「弄妝」二字，弄字妙。大有千迴百轉之意，
> 愈婉愈溫厚矣。

另外像王達津也不以為是寫「女孩子失意」，他說：

> 這首戀歌，也不去描繪如何相戀，只是寫女孩子弄妝，
> 突出女孩子的心理意態，最終給人以對生活充滿喜愛的
> 積極感受。有人認為是寫女孩子失意，我以為不是。(〈讀
> 溫庭筠菩薩蠻二首〉)㊲

俞平伯以其題旨為「寫艷」，王達津則以為是寫「弄妝」，俞氏
賞其「倩盼之姿」，捕捉其言外之意，王氏則從表面上索解。二
家雖各有領悟，但不從「閨怨」立說則同。㊳試觀此詞，首二
句「小山重疊金明滅，鬢雲欲度香腮雪」，是狀初醒之態。鄧喬
彬說：「『欲度』，較之『掩』『蓋』等詞，更見嬌懶之感。」㊴，
似乎與「閨怨」搭不上關係。第三句「懶起畫蛾眉」的「懶」

㊲ 參見注⑰。

㊳ 另有四川社科院文學所謝桃坊教授亦有類似看法，所著《中國詞學史》云：
「如溫庭筠〈菩薩蠻〉(小山重疊金明滅)，是描繪貴家婦女晨妝時的情形，
並未流露任何失意的情緒。」(該書係一九九三年六月巴蜀書社出版)

㊴ 見所撰〈飛卿詞藝術平議〉一文，載《社會科學戰線》第四期，一九八四。

字，是「懶洋洋地」（《新注》語）狀其慵悃「嬌懶」之態呢，還是表示無意緒不願意的意思？第四句「弄妝梳洗遲」的「弄」字與「遲」字，是狀調脂弄粉著意打扮的女兒情態呢還是側面烘托其相思之哀怨？都不是一言可決。《新注》把它們解釋為「慢吞吞地梳洗」「細緻、認真地打扮」，試問這是「閨怨」的情狀嗎？《詩·衛風·伯兮》：「自伯之東，首如飛蓬。豈無膏沐，誰適為容？」就一般情形言，「閨怨」的女子應該是無心打扮的。是否溫詞別出心裁，突破常理呢？然檢驗此十四詞，第三首新別，以「宿妝」狀之，顯示不是新妝；第五首是「妝淺舊眉薄」，是「舊眉」，而不是新畫眉。第七首雖是「新妝」，卻容顏消瘦，（「鬢輕雙臉長」）而新妝是由於她有所期待（「畫樓相望久」）；第八、九、十、十一諸首更不寫妝扮，第十二首猶為「薄妝」，第十四首才是「濃妝」，所謂「山枕隱濃妝」，她濃妝倚枕，也是有所期待。也許這是她最後一次機會，但一直等到「畫樓殘點聲」，所有的期盼最後都成為絕望。於是「春夢」（第五首「春夢正關情」）終於成為「春恨」（十四首「春恨正關情」）。從上述觀之，可見溫氏仍依常情描寫，則這首也不當特殊。第五、六兩句的簪花臨鏡，則完全看不出「閨怨」的迹象，感覺不到一點「閨怨」的氣氛。第七、八兩句寫她的新衣及其圖案花色，也在同一氛圍之中。通體看來，作者在著力地描繪這位人物：一個晨起妝飾的美女。寫她的髮，她的腮，她的眉，她的化妝，她的簪花，她的臨鏡，她妝後的容貌，她的衣著，衣上的圖案；她的髮像雲，是烏溜溜的。她的腮像雪，是香馥馥的。她懶洋洋地起床，細心地梳洗、畫眉、擦脂、抹粉、簪花，她照著鏡子，欣賞鏡中的人面如花。她身上換穿了新的短襖，上面貼繡

著雙棲的金色鷓鴣。她是這樣的一位美人，是這樣一位雅好修飾活色生香的美人，是這樣一位生活在愛情的氛圍中的美人，我們如何把她和「閨怨」連起關係來呢？

我以為誤解「懶」「弄」「遲」諸字的意義固可能為醞釀「閨怨」之說的因素，而誤導「鷓鴣」之意及暗受張惠言「感士不遇」說的影響，恐怕尤為關鍵。「懶」訓為無意緒，「弄」「遲」二字與之配合，並非全不可能；「鷓鴣」雙雙，象徵愛情，雖無異義，但由於鷓鴣鳴聲為「行不得也哥哥」之說，深植人心，不免在後人潛意識中產生了影響。舊說引用這一資料的，不只一家，《新注》即是其中之一；張惠言「感士不遇」的意見，雖為部分學者所反對，但它所營造的「怨」意，卻浮附於男女情感上而轉移為「閨怨」之說。但細究起來，「懶」「弄」「遲」三字配合下文新衣花飾及人面花光的比擬，它們的意義實不宜染上哀怨的色彩；而鷓鴣鳴聲「行不得也哥哥」之說，初見於明李時珍的《本草綱目》及宋丘濬等的〈禽言詩〉[40]，唐人是否有此觀念，很成問題。《花間集》中「鷓鴣」凡六見，或取其雙宿雙飛，或託傷春之意，無狀其鳴聲者；張惠言「感士不遇」之說，以「照花」四句，「擬於《離騷》初服之意」，其意實已深探一層，去現實之衣鮮花艷，為初志之荷淡蘭幽，表裡兩層，

――――――――――

[40] 《本草‧鷓鴣》《集解》時珍曰：「鷓鴣性畏霜露，早晚稀出。夜棲以木葉蔽身，多對啼，今俗謂其鳴曰『行不得哥也』」；宋丘濬〈禽言詩〉：「行不得也哥哥，十八灘頭亂石多。」另姜白石詩〈禽言如曰哥哥〉、劉克莊〈禽言九首〉之四、周文璞〈鷓鴣〉、鄧剡〈鷓鴣詞〉、劉學箕〈七禽詠〉之四、邵定翁〈十禽吟呈魯明府〉、梁棟〈四禽言〉之四，都有「行不得也哥哥」之句，參見張高評《宋詩之傳承與開拓》第四章〈宋代禽言詩之內容探討〉，一九九○年三月文史哲出版社初版。唐人似無此說。

已有距離，已生變化。其不遇之怨，就第一詞來說，固已淡化於其高操雅思中。其說或另有可商處，如「雙雙金鷓鴣」句，實難比擬。（見拙作〈溫飛卿菩薩蠻詞張惠言說試析〉，收入本集）。然並未產生哀樂不協之扞格。後世會得此義者不多。是則這第一首詞的題旨便很有可商榷之處。

　　以上諸證，略示其例，已足證新注頗有重沓，輕率、皮附、曲解……之弊。其所以如此，因素很多，最主要的一點，恐怕是由於散論諸詞之故。若從聯章入手，首先便不致輕忽它的篇章結構。自會細讀深思，注意各章之間的有機關係。不輕猜臆，以免左支右絀之窘。乃能深入體會，識其呼應之妙，窺其園庭之美。溫詞珠輝玉艷，琢磨功深。此十四首〈菩薩蠻〉尤爲其力作，章法之上，更饒篇法之富，鍼縷無迹，神理自具。以仁非敢逞其私巧，本近而推之使遠，本淺而鑿之使深，蓋其勢有不得不然者，桃谿有徑，非自我闢也。

試從密處說溫詞
——以〈酒泉子〉之四爲例

　　結體嚴密，爲飛卿詞特色之一。今試就其〈酒泉子〉之四一詞觀之。其詞云：

> 羅帶惹香，猶繫別時紅豆。淚痕新，金縷舊，斷離腸。
>
> 　一雙嬌燕語雕樑。還是去年時節，綠陰濃，芳草歇，柳花狂！

　　此詞寫別後相思之情。就字句言，上下片各五句，是其同；上片首句四字，下片首句七字，是其異；上下片六字句後各疊三字句凡三，則又相同。是同異間出，整齊中有參差之美。

　　就音韻言，上片首句起韻，末句與叶，下片亦然，使上下五句各自成一整體；而下片起句復與上片末句叶，則又使上下兩片聯爲一整體。似分而合，絲繞環連，極盡纏綿繾綣之妙。飛卿〈酒泉子〉凡四首，唯此首如此，他皆於下片首句換韻，其有意乎？而首句起韻，次句隨即換韻，第四句與次句叶，第五句乃遙叶首句，下片亦然，節奏跳動，，絲竹異響而卒調和，笙簧同奏復饒變化。整體觀之，實姿態百出而又脈絡宛然也。

　　以上述之「形式」爲基調底色，試觀飛卿「內容」之配合手段爲何如也：此詞上片首出「羅帶惹香」四字，昔日之歡情宛在；而末句「斷腸」悲聲遙與相應，是一變也；下片首句即

承之以「燕語雕樑」，又轉歡聲，是再變也；末句則以「柳花狂」
爲結，復呈悲怨，是三變也。音諧而情異，以襯其變；韻環聯
而語遞轉，則成其和。此納蘭性德所謂「笙簫恰稱語音圓」乎！①
蕭繼宗先生謂其「不爲音節所窘，頗見手段」②，不知此詞正以
音節成其和諧與變化也。此其嚴密者一也。

　　「金縷」而云「舊」，以示「別」「離」久矣。復與下片「去
年」之意相應；「淚痕」而曰「新」，以示思念之無時或已也（華
連圃《花間集注》謂「言別情之深也」，是就一句看，不知更須
從句之關係上看，從全章看），復與下片「柳花狂」之情暗通；
且「新」與「舊」對比，意象明顯；「舊」字又上承「猶繫別
時紅豆」句，該句出一「猶」字，以表時間，更與此「舊」字
及下片之「還是」相呼應；出一「別」字，以表情感，更與下
文「斷離腸」之「離」字相連繫。以「猶」，以「新」與「舊」，
以「還是」與「去年」，表今昔之對比，加強時間之深度；以「惹
香」「嬌語」與「斷腸」「狂」表悲歡之對比，加強感情之濃度。
實則新舊之對比，亦即今昔之對比，亦即悲歡之對比，一泯所
化，形意腴美。緒有千端，情歸於一。此其嚴密者二也。

　　再深察之，此詞上片之「羅帶」「紅豆」「淚痕」「金縷」，
皆爲物語，然「淚痕新」則物中有情。「紅豆」則寓相思之意；
下片之「綠蔭」「芳草」「柳花」，皆爲景語，然「柳花狂」則景
中有情。「芳草」則寓盼歸之意；惟「斷離腸」則純屬情語；「一

---

① 見《飲水詞・憶江南》：「江南好，虎阜晚秋天。山水總歸詩格秀，笙簫恰
　　稱語音圓。誰在木蘭船？」
② 見蕭氏所著《評點校注花間集》。

雙嬌燕語雕樑」，則兼茲三者，一悲一歡，乃居中縮合之。此種佈局命意，適處處與「形式」相切合。此其嚴密者三也。

更有進者，飛卿妙擅化景爲情之法：此詞藉諸般景物表達昔時之歡樂，此際之傷悲、懷舊憐今之意、惜春傷別之情……詞句勾連，情意關合，皆極諧和極圓潤；無絲毫斧鑿雕鏤之痕，固無論矣，而下片首出「一雙嬌燕語雕樑」句，牽合景物以寓情事，用明暗對比手法：嬌燕雙棲，呢喃不盡，今昔皆然。然擬之於人，則景物依舊，情事全非矣。舊時相聚之歡，徒剩相思之淚；綠蔭芳草，亦莫不猶去年耳。然眼前但見綠蔭「濃」而芳草「歇」，用一「濃」字，狀春已盛，用一「歇」字，謂春已盡矣③，又寓王孫不歸之意。其衷心之哀怨凄楚，至此已滿矣盈矣，以「狂」字爲結，是情之必然而又勢所宜然者。「狂」之心態殊難描狀，乃以具體之物擬之。君不見暮春時節，遮天蔽地隨風亂舞之柳絮乎？以寫「狂」態，則私心情狀如畫之可睹矣。此正叔夏《詞源》所謂「有餘不盡」之意也。飛卿用字之凝鍊講究有如此者！此其嚴密者四也。

南宋張炎叔夏，早賞飛卿造詞遣句手段，然但識其字字句句皆有作用④，猶未盡發其嚴密之祕。迨及有清，周濟介存出焉，始云：「鍼縷之密，南宋人始露痕跡，《花間》極有渾厚氣象，如飛卿則神理超越，不復可以跡象求矣。然細繹之，正字

---

③《後漢書》〈崔琦傳〉：「無恃常好，色有歇微」，謂衰微也。

④ 張氏《詞源》卷下〈令曲〉云：「詞之難於令曲，如詩之難於絕句，不過十數句，一句一字閒不得。……當以唐《花間集》中韋莊、溫飛卿爲則。」

字有脈絡。」⑤，可謂深有會於斯義矣。飛卿詞如明珠寶鑽，世人但知其美，不知光澤之何自起也。愚不敏，試循漁人舊跡，逐兩岸桃花以探祕境，貢其讀書之一得，識者幸勿刺其瑣屑也。

　　此文曾發表於《臺大中文學報》第二期，中華民國七十七年（1988）十一月。

⑤ 見周濟《介存齋論詞雜著》。李冰若《花間集評注》誤併前條「飛卿醞釀最深，故其言不怒不懾，備剛柔之氣」爲一，又讀「備剛柔之氣，鍼縷之密」爲句（見鼎文書局印行《宋紹興本花間集附校注》），皆非是。《詞話叢編本》二條間空一格，可證。

試論溫庭筠的一首〈荷葉盃〉詞

一

溫庭筠〈荷葉盃〉之一云：

> 一點露珠凝冷，波影。滿池塘；綠莖紅艷兩相亂，腸斷，
> 水風涼。

欣賞唐五代詞，尤其是《花間》詞，我們首先要注意的便是題旨的問題：這首詞，到底寫些什麼？它有那些重點？它的主題何在？《花間集》中的詞，都是有調無題的。有時候調即是題，有時候題意與調名毫不相干。但即使是前者，譬如〈楊柳枝〉詠柳樹，〈女冠子〉寫女道，〈南鄉子〉歌風土等，也只是一個大略的範圍，並不是它們的題旨。溫庭筠有八首〈楊柳枝〉，每首自有其重點，主旨各別。〈荷葉盃〉亦復如此。

「荷葉盃」原是一種酒具，①它作為詞曲之名，最早是否

---

① 〈荷葉盃〉詞牌，源自唐教坊曲名，有人以為該名出自隋殷英童〈採蓮曲〉：「荷葉捧成杯」，如《漢和大辭典》，不知依據何在？手頭書缺，一時無法檢覈。荷葉杯是一種飲器，又稱象鼻杯。白居易〈酒熟憶皇甫十〉詩：「疏索柳花盌，寂寥荷葉杯」。明田藝衡《留青日札》：「荷葉杯，一名象鼻

與那種酒具有關或是涉及飲宴之事，今已不得而知。現存〈荷葉盃〉詞，大概以溫氏三詞爲最早，②三詞內容，皆與荷塘有關。湯顯祖《評花間》因而說：

> 唐人多緣題起詞，如〈荷葉盃〉，佳題也。此公按題矣。

以爲溫詞緣題而作，此調描寫荷塘，即其本色。如果此說爲眞，那就和上述的〈楊柳枝〉、〈女冠子〉等情形相同，我們可以從調名知道該詞所寫的大略的範圍，卻無法知道它確切的主旨。到了韋莊與顧敻，他們的〈荷葉盃〉皆寫男女情事，與調名便毫無關係了。

溫氏三首〈荷葉盃〉，雖同以荷塘爲背景，但題旨各有不同，其他二首撇開不談。第一首的題旨是什麼呢？沈祥源與傅生文合著的《花間集新注》③ （以下簡稱《新注》）說：

> 這首詞寫破曉時的荷塘景色。

這就是他們認爲的題旨了。於是便根據這個題旨，對全詞作如下的解析：

> 前四句寫波光荷影，露珠滴滴，綠莖紅花，繚亂其間，清麗可愛。後兩句寫情，面對清涼的水風，神情悠然。《栩莊漫記》評道：「全詞實寫處多，而以腸斷二字融景入情，是以俱化空靈。」

杯，刺葉心而飲其莖也。」《宋詞大辭典》謂：「將荷葉中心低凹處戳穿通至蓮莖而成。宦貴人物常以此杯斟酒以助興。匠人仿此而製成的酒杯亦稱荷葉杯。」

② 溫氏以前詞人，未見有〈荷葉盃〉詞。該調亦不見於敦煌曲中。唐崔令欽《教坊記》已著錄此調。

③ 《花間集新注》（江西人民出版社，一九八七年七月第一版）。

《花間集》的注釋者，一般都將重點擺在詞句的解釋或文字的校勘上，很少有人作題旨的說明，更談不到詞義的串講與賞析了。有些選注者、或賞析者、或作專題研究者，會涉及題旨的商榷及詞文的解析等方面，他們時有精粹新穎的意見，但多半集中在若干著名的詞作上，像溫氏這首〈荷葉盃〉，是罕見有人注意的。只有《新注》比較特殊，它不但有校勘、注解，而且有賞析，是全面性的，不是挑著寫的。賞析部分，第一句便是說明題旨。這自然可以顯示他們所下的基礎功夫。雖然其書在注解方面說，遠不及李誼《花間集注釋》的嚴謹，④在賞析方面說，其中比較具分量的見解，幾乎全出自前賢舊意，尤其是李冰若《花間集評注》。⑤他們自己的意見雖然大抵平實，卻缺乏新意睿識，反不如蕭繼宗評點校注的《花間集》，⑥該書雖然問題不少，卻偶爾有過人的見解，爲他書所不及。但是，《新注》對《花間》五百詞所作的全面性的題旨的說明，則是別的注家從未嘗試過的，即使他們的說法並不全部正確，有如本題便是一例，但還是值得稱許的。

　　此例別家既無題旨的說明，因此本文便以《新注》的意見作爲討論的引子。

二

---

④ 李誼：《花間集注釋》（四川文藝出版社，一九八六年六月第一版）。
⑤ 李冰若《花間集評注》，見於《宋紹興本花間集附校注》一書中，該書爲鼎文書局出版發行，一九七四年十月初版。
⑥ 蕭繼宗評點校注：《花間集》（臺灣學生書局，一九七七年一月初版）。

　　《新注》對此詞題旨的判定，大概一方面受湯評先入之見的影響，一方面加上個人一些模糊的主觀的印象。它的問題至少有兩項：

　　第一項是忽視了溫詞深厚緻密的表達方式，而這種方式是有清以來多數學者的共通體認。⑦這樣一來，這首詞便顯得平庸而無深致了。從王國維強調溫詞表面的華麗伊始，⑧深解溫詞，幾乎成了民國以來學者的禁忌。我不知道這種風氣是否與白話流行，一切求其平易淺近有關？但委屈作者事小，杜塞文心、阻礙賞析勝境的開拓，卻是可惜的事。我們固不可無中生

----

⑦　清張惠言《詞選·序》：「自唐之詞人，李白爲首，而溫庭筠最高，其言深美閎約。」王定甫：「吾於庭筠詞，不能皆得其意，獨知甚幼眇，爲製最高。」周濟《介存齋論詞雜著》：「飛卿下語鎮紙……皋文曰：『飛卿之詞，深美閎約』，信然。」又：「飛卿醞釀最深，故其言不怒不懾，備剛柔之氣。」又：「鍼縷之密，南宋人始露痕跡，《花間》極有渾厚氣象。如飛卿則神理超越，不復可以跡象求矣。然細繹之，正字字有脈絡。」王拯《龍壁山房文集》：「其文窈深幽約，善達賢人君子愷惻怨悱不能自己之情，論者以庭筠爲獨至。」陳廷焯《白雨齋詞話》：「飛卿大半托詞房帷，極其婉雅。而規模自覺宏遠。」又：「詞中表裏俱佳，文質適中者，溫飛卿也。詞中之上乘也。熟讀溫韋詞，則意境自厚。」又：「包括萬有，空諸倚傍，縱橫博大，千變萬化之中，卻極沉鬱頓挫，忠厚和平，此子美所以橫絕千古，無與爲敵也。求之於詞，亦未見有造於此境者，若飛卿詞，固已幾之矣。」陳洵《海綃翁說詞》：「飛卿嚴妝，夢窗亦嚴妝。惟其國色，所以爲美。若不觀其倩盼之姿，而徒眩其珠翠，則飛卿且譏，何止夢窗？」以上資料，選錄自李冰若《花間集評注》，皆可參證。

⑧　王國維《人間詞話》謂『『畫屏金鷓鴣』，飛卿語也，其詞品似之。」又云：「端己詞情深語秀，雖規模不及後主、正中，要在飛卿之上。觀昔人顏、謝優劣論，可知矣。」他的意見，影響較遠，不及備錄，如《栩莊漫記》所說：「其詞之豔麗處正是晚唐詩風，故但覺鏤金錯采，炫人眼目。」即從王說化來。

有，強釋溫詞，但如果線索分明，條件俱在，卻視而不見，便不免「文盲」之譏。

　　第二項是輕使辭彙意義隨題旨而宛轉，甚至不惜展轉引申乃至扭曲其原義以成其說，這就更加嚴重了。此一事實，發生在「腸斷」一詞。《新注》旣將主題確定在「描寫破曉時的荷塘景色」上，於是想像那種景色之迷人，而「腸斷」常義，顯然無法配合，因而不得不另求新解。《新注》解釋「腸斷」二字說：

　　腸斷，這裏是魂斷的意思，形容神情入迷。

賞析中的「神情悠然」，便是從「神情入迷」而來。

　　我們試分析它是如何讓「腸斷」一語得到這個「神情悠然」的新解的：

　　一、它把「腸斷」釋爲「魂斷」，這是因爲它們的意義有一部分是重疊的，譬如它們都表示一種深沉的悲傷。這就成了《新注》的第一座橋樑，使他得以過渡到「魂斷」的另一意義上去，因爲「魂斷」一詞還有別的意思，它用來表示一種魂不守舍的傷感的迷惘的感覺，這種意思，「腸斷」是沒有的。

　　二、它把「魂斷」釋爲「神情入迷」，也是因爲二者的意義有一部分是相同的，「魂斷」確實可以用「神情入迷」的表情去形容它，它表現的是一種傷感的迷惘的感覺，是狀寫負面的情緒，這就成了《新注》的第二座橋樑，使它得以過渡到「神情入迷」的另一意義上去，因爲「神情入迷」一語，另有一種意義，它描寫正面的情緒，表示一種輕鬆的心態，陶醉的感覺，乃由此引申出「神情悠然」的意思來，這是「魂斷」所沒有的。

　　它用了一個與「腸斷」意義無關的「神情入迷」來解釋「腸斷」，已是錯誤的第一步，又用了一個與「魂斷」意義無關的「神

情悠然」來解釋「魂斷」，便是錯誤的第二步，它虛設橋樑而別
擇歧途，橋樑倒變成了僞裝的煙幕，這樣的作解方式，說得輕
鬆一點，是注者的邏輯思考能力不夠；說得嚴重一點，如果注
者有意利用這種移花接木的方式來屈就其題旨，他們的學術態
度便將受到嚴重的質疑了。這種情形，《新注》不止此例一見，
也不止《新注》才有這樣的問題，因此不嫌詞費，詳作批判。
在訓詁學上，詞彙有「層次」的問題，詞項（被釋詞）與義項
（注釋詞）可以有不同的層次，這種情形，事實上就是發生了偷
換義項而產生的錯誤，往往會造成十分荒謬的結論。

　　事實上，在《花間集》中，「腸斷」或「斷腸」的例子，除
本條外，尚有二十七見。溫庭筠便使用了十二次，⑨都與憂傷、

---

⑨ 其例如溫庭筠〈酒泉子〉之四：「斷離腸」、〈定西番〉之三：「腸斷塞門
消息」、〈楊柳枝〉之二：「何事行人最斷腸」、〈南歌子〉之六：「憶君腸
欲斷」、〈玉蝴蝶〉：「斷腸誰得知」、〈淸平樂〉之二：「南浦鶯聲斷腸」、
〈遐方怨〉之一：「未得君書，斷腸，瀟湘春雁飛」、〈思帝鄉〉：「羅袖畫
簾腸斷」、〈夢江南〉之二：「腸斷白蘋洲」、〈河傳〉之一：「腸向柳絲斷」、
之二：「鶯語空腸斷」，皆是。其他作者如韋莊的〈菩薩蠻〉之二：「還鄉
須斷腸」、〈應天長〉之一：「斷腸君信否」、〈謁金門〉之二：「斷腸芳草
碧」、〈上行盃〉：「一曲離聲腸寸斷」；薛昭蘊的〈謁金門〉：「早是相思腸
欲斷」；牛嶠的〈應天長〉之二：「賺人腸斷字」；張泌的〈思越人〉：「月
明腸斷空憶」；毛文錫的〈柳含煙〉之二：「能使離腸斷續」；牛希濟的〈酒
泉子〉：「斷離腸」；顧敻的〈訴衷情〉之一：「斷腸無處覓」、〈河傳〉之
二：「對池塘，惜韶光，斷腸」；孫光憲的〈淸平樂〉之一：「愁腸欲斷」、
〈更漏子〉之二：「斷腸西復東」；魏承班的〈生查子〉之一：「腸斷斷絃
頻」；鹿虔扆的〈思越人〉：「離腸爭不千斷」；毛熙震的〈南歌子〉之二：
「牽腸即斷腸」，皆是。連溫氏數之凡十二家，惟皇甫松、歐陽炯、和凝、
閻選、尹鶚、李珣未用此詞。或由於詞的數量少，或由於性格之不同，恐
怕都有關係。

離別、相思有關，皆極言其悲痛，沒有例外。只有顧敻〈河傳〉之二的「對池塘，惜韶光，斷腸，爲花須盡狂」一例，《新注》居然訓其中「斷腸」爲：「可愛至極的意思」，眞是匪夷所思。該例自是爲韶光不再、靑春易逝而斷腸，故末句才說「爲花須盡狂」，有行樂須及時「有花堪折直須折」的意思。略加轉折，以顯深度。《新注》扭曲常訓，是否要替此〈荷葉盃〉一例覓其友聲呢？但義有定軌，豈可胡謅？

　　《新注》所揭題旨，旣與該詞詞彙無法配合，自不能成立，所作解析也失去依傍。

三

　　要判定一首詞的題旨，必先了解該詞的內容。要了解內容，必須重視訓解。除非另有資料，這一原則，似乎無可置疑。《新注》的題旨不合乎這一原則，因爲它在訓解上造成了嚴重的錯誤。

　　對於溫詞，我們還需另有認識，那便是不能忽視詞中的「情語」。溫詞多用「景語」，少用「情語」，然「情語」往往是他詞中的主腦與靈魂。楊海明說飛卿善用化景爲情之法，[10] 是很有見地的話。這首詞中的情語，便是「腸斷」二字，它才是全詞的關鍵。《新注》膚解溫詞，不僅缺乏此類認識，忽略了「腸斷」一語的重要性，甚且強爲新解，曲就題旨，這就全然違悖了邏

---

[10] 楊海明：〈心曲的外物化和優美化──論溫庭筠詞〉，《文學評論》（一九八六年四月）。

輯與經驗。

我掌握這兩個原則：前者了解全詞內容，後者參酌作者詞風，因而判定此詞的題旨係寫「一個斷腸人眼中的荷塘景色」。這一題旨，實際上是經過提煉的過程的。

現在，我們試從這一題旨，來看這一首詞：

我們不知道這個斷腸人在池邊佇立了多久，忽爾水面風生，荷塘景色，一時變異。這首詞，表面上就是描寫荷塘此一特寫鏡頭。有幾個關鍵的詞，我們不能輕輕放過：

一個是「冷」字——「一點露珠凝冷」——，它是全句精力之所萃。這一粒荷珠，一點凝聚的「冷」，因風搖蕩（末句「水風涼」），滴落水面，泛起重重波影。凝聚的「冷」擴散了，佈滿了全池。它暗示什麼呢？它象徵什麼呢？它與「腸斷」後面的「涼」字遙爲呼應，反映了什麼呢？

另外一個是「風」字，它是全詞脈動的「能」，因爲風，所以露珠下滴，水面不再平靜；因爲風，所以綠莖紅艷兩相亂，池上一片騷然。「滿池塘」三字實前承而後應，一時浪紋層起，固是「滿池塘」。花葉搖動，光影繚亂，也是「滿池塘」。景物的變異，由風帶動。故「風」字繫乎血脈。「冷」字關合精神。至於「亂」字，則豐富姿態，其句實有如全詞的肌膚：「綠莖紅艷兩相亂」，可以象徵、暗示、或代表過去生活中的各種情事。

當然，最重要的還是「腸斷」二字。上文說過，溫詞擅用化景爲情之法，情語在詞中往往居關鍵地位。這一點，經常爲人所忽略，造成了許多誤解，這首詞便是例證之一。我將另爲文詳細討論，這裏不贅。在這首詞裏，我們決不可忽略「腸斷」二字，它才是全詞的靈魂。我們必須通過這個斷腸人的眼，去

觀看這一幅荷塘景色，才能神入這首詞的眞正意趣，才能將這幕景色，置於一個截然不同的境界中，看到它的象徵的意義。我們嘗試著進入那個斷腸人的傷心世界，荷池是否即象徵其心湖呢？荷池之上，忽爾風生，而景色變異如彼。豈不正如人之一念陡生，而百事蠭起，以致心湖波蕩，久久難安麼？也許是一件傷心的往事，也許是一段不愉快的經驗，冷冷濃縮，冰藏心底，忽爾觸發，便如荷露經風，滴落心湖，於是舊緒千端，情懷萬種，紛至沓來，不可抑止。「綠莖紅艷兩相亂」，是象徵男女的悲歡嗎？是借寓仕途的多變嗎？還是人生的甜酸苦辣呢？如此，「冷」、「涼」二字，豈非正反映彼斷腸人之身心感受麼？身外的「涼」，不就是心上的「冷」麼？這樣說來，荷池當時景色，實即斷腸人當時心境，景即是情，情即是景，滿池塘的繚亂，即是滿心湖的紛擾！

　　我們也不可輕輕放過「滿池塘」這個句子在叶韻上遙喚「水風涼」的結構。雖然〈荷葉盃〉的音韻結構是固定的，並不只這一首如此，但這一首卻特別顯示它的極不單純的意義：它隔開前後兩組不同的韻腳，造成一種錯綜複雜的音響，以與畫面亦即視覺上的零亂及感覺上亦即內心的激盪相配合，甚具強化的作用，是很值得我們注意的。拙作〈試從密處說溫詞〉，⑪曾經提到溫氏在他的一首〈酒泉子〉裏，以音韻巧妙的與內容配合的情形。這首詞裏，我們又看到同樣的現象。溫氏精於音樂，⑫這種情形，在演唱的時候，會產生什麼樣的效果呢？

---

⑪〈試從密處說溫詞〉一文，已收入本集。

⑫元辛文房《唐才子傳》：「溫庭筠……少敏悟天才，能走筆成萬言，善鼓琴

　　我們須得通過斷腸人之眼，來面對此一片景色，自然別饒意義，另有生命，滋味迥然不同：荷塘的一番糾擾，已經不只是眼前的紅翻綠亂而已了！這樣，我們才能了解何以前人盛稱其詞鍼縷之密、醞釀之深、用字之細、窈深幽約、精妙絕人。並說它字字有脈絡。⑬那些頌美，豈是虛譽？我們必須從這樣的角度，這樣的方式，來了解來欣賞這首詞，才不致委屈了作者。

<h2 style="text-align:center">四</h2>

　　與飛卿這種化景爲情的手法類似、且可以相提並論的例子，是元曲大師馬致遠的〈天淨沙‧秋思〉，該曲的全文如下：

　　枯藤老樹昏鴉，小橋流水人家。古道西風瘦馬，夕陽西下，斷腸人在天涯。

同樣以「斷腸」爲關鍵，賦予景物以新的生命，新的意義。「枯」的藤，「老」的樹，黃「昏」時的倦鴉，「古」舊的道路，寒冷的「西風」，消「瘦」的馬，將沉的「夕陽」，在「斷腸人」的眼中，豈非一片荒冷悲涼？而配合「小橋流水人家」的溫馨畫面，一個流落天涯的「斷腸人」心中又是什麼樣的滋味呢？二

　　吹笛，云：『有弦即彈，有孔即吹，何必爨桐與柯亭也。』」又《舊唐書本傳》：「溫庭筠者……能逐絃吹之音，爲側艷之詞。」鄭振鐸《插圖本中國文學史》因謂：「庭筠原是一位大音樂家。」

⑬宋張炎《詞源》：「詞之難於令曲，如詩之難於絕句，不過十數句，一句一字閒不得。當以《花間集》溫、韋爲則。」清劉熙載《藝概》：「溫飛卿詞，精妙絕人。」餘同⑦。

作相較，造景雖有不同，但佈局已頗近似，而意趣的把捉手法卻幾乎是一樣的。我們如果把〈天淨沙〉的最後一句換成「尋詩人在山崖」，前面的景物，便面目頓換，它只是一幅蕭疏的秋景，趣味便完全不同了。同樣的情形，溫詞「腸斷」二字，如果換成「休怨」，傷感的程度，就要淡化許多。我們必須從這一方向去了解，才能體認什麼是「化景為情」，才能明瞭「情語」的作用，也才能領會《栩莊漫記》所說「腸斷」二字，融景入情，是以俱化空靈。」的真正意義。

　　《栩莊》使用類似的評語凡五見，[14] 所謂「俱化空靈」，它的意思便是化實為虛，如張泌〈浣溪沙〉之二云：

　　　　馬上凝情憶舊游，照花淹竹小溪流，鈿箏羅幕玉搔頭。

　　　　　　早是出門長帶月，可堪分袂又經秋，晚風斜日不勝愁。

《栩莊》評說：

　　　　以「憶舊游」領起，全詞實處皆化空靈，章法極妙。

這是說，那些景物，看似實在，但通過「憶舊游」之後，便都是虛的，因為它們都存在於回憶之中，有今、昔之異。又如牛希濟〈臨江仙〉之二云：

　　　　峭碧參差十二峰，冷煙寒樹重重。瑤姬宮殿是仙蹤，金爐珠帳，香靄晝偏濃。　　一自楚王驚夢斷，人間無路相逢。至今雲雨帶愁容。月斜江上，征棹動晨鐘。

---

⑭除正文所述外，另二次一見於韋莊〈河傳〉之一，云：「全詞以『何處』領起，中段詞藻極其富麗，而以『古今愁』三字結之，化實為空，以盛映衰，筆極宕動空靈。」一見於李珣〈浣溪沙〉之二，云：「前五句實寫，而結句一筆提醒，遂覺全詞俱化空靈，實者亦虛矣，此之謂筆妙。」

《栩莊》評說：

> 全詞詠巫山女事，妙在結二句，使實處俱化空靈矣。

牛希濟詞最後二句回到旅客現實環境，使得上面描寫巫山神女
的事都虛托於旅客想像之中，有仙、凡之別，所以說「俱化空
靈」。從實到虛是「空」，增加了變化是「靈」，這種手法，不但
豐富了詞的姿采，而且煙動霞飛，更有隔霧看花之妙。這首〈荷
葉盃〉也是如此，根據《栩莊》的意思，眼前景也不應但作眼
前景看，當融入「腸斷」之情，藉彼傷心人之眼以觀之。《栩莊》
時有睿識，他的意見，實可助成上述「化景爲情」之說，但卻
不是任何人可以領略得到的。《新注》不也引了他這番話麼？卻
說詞中人「神情悠然」，「入迷」於眼前景色。這怎麼能附會上
「俱化空靈」的意思呢？即使他另有解釋，又怎麼會是《栩莊》
的意思呢？

五

　　上面種種剖析，不過是說明題旨的論定，除非別有資料，
一般要以其詞內容爲主。而內容的分辨，訓解實居緊要關鍵；
同時也說明，由於題旨的不同，對訓解與賞析所產生的種種影
響；更說明了「情語」在溫詞中的重要性。這首小詞，雖然只
有二十三字，⑮在小令中也屬於短小的一類，但由於「情語」

---

⑮ 侯健主編、兪長江副主編：《中國詩歌大辭典》（作家出版社，一九九○年
　　十二月）及喩朝剛、張連第、欒昌大等主編：《中國古代詩歌辭典》（四川
　　人民出版社，一九八九年九月），皆以爲此詞單調二十三字，雙調五十字，
　　然查《花間集》，單調尚有二十六字者，顧敻所作，凡九首，不當忽略。

的運用，使得它涵蘊豐富，表裏兩層，深厚緻密；而情景合一，有血肉、有靈魂，且更富生命，是溫詞的精神面目。若如《新注》的解說，但從表相作浮光掠影的賞析，恐怕就不免糟蹋作者的匠心了。但淺解此詞的又豈只《新注》一家而已？

溫庭筠兩首〈女冠子〉的訓解
與題旨的問題

一

　　〈女冠子〉原是唐教坊曲名，後用爲詞牌，有小令與長調之分。小令一般都以爲始於溫庭筠，那是就傳世的作品來說，《花間集》收其兩首，爲雙調，四十一字；長調又名〈女冠子慢〉，柳永創製，雙調，一一一字。溫氏之前，是否有人寫過〈女冠子〉詞，現在看不到別的作品，也就不便猜測了。

　　女冠子，也就是女道士，①《花間集》共收該調十九首，除去韋莊的兩首、牛嶠四首中的三首、以及毛熙震兩首中的一首外，其他十三首——包括溫庭筠兩首在內，都是詠女道士的。《花間集》中，也有非〈女冠子〉而亦描寫女道士的，如顧敻的〈虞美人〉之六，②但僅此一見，別無他例。這十三首〈女冠子〉，

---

① 唐王建〈唐昌觀玉蕊花〉詩：「女冠夜覓香來處，惟見階前碎月明。」又稱「女黃冠」，宋劉克莊〈紫澤觀〉詩：「修持盡是女黃冠，自小辭家學住山。」宋改「女冠」爲「女道」，見《宋史・徽宗紀四》。明湯顯祖《牡丹亭・道觀》：「女冠子有幾個同氣連枝，騷道士不與他工聲妍笑。」

② 顧敻〈虞美人〉之六云：「少年艷質勝瓊英，早晚別三清。蓮冠穩簪鈿篦

雖然都是詠女道士，描寫的角度卻有不同，寫女道士形象及女
道士生涯與情感的，都有。蕭繼宗先生以爲「〈女冠子〉爲調戲
女道士之詞」，③至少在《花間集》中，這種說法是不怎麼周
延的。像溫庭筠這兩首，就有值得討論的餘地。當然，題旨的
認定，只是問題之一，另外，字句的訓解，也是本文將要涉及
的問題。這裏且先將溫氏兩詞抄錄於下，再展開討論。

> 含嬌含笑，宿翠殘紅窈窕。鬢如蟬。寒玉簪秋水，輕紗
> 捲碧煙。　　雪胸鸞鏡裏，琪樹鳳樓前。寄語青娥伴：
> 早求仙。（〈女冠子〉之一）。

> 霞帔雲髮，鈿鏡仙容似雪。畫愁眉。遮語迴輕扇，含羞
> 下繡幃。　　玉樓相望久，花洞恨來遲。早晚乘鸞去，
> 莫相遺。（〈女冠子〉之二）。

二

這兩首詞，在校勘上沒有什麼大的問題。有的問題是由於
後人疏忽而產生的，譬如第一首的「雪胸」，清萬樹《詞律》引
作「雪肌」，然唐代女性裝束自有露胸一款。施肩吾〈觀美人〉
詩：「長留白雪占胸前」，方干〈贈美人〉詩：「粉胸半掩疑晴
雪」，韓偓〈席上有贈〉：「粉著蘭胸雪壓梅」，又〈余作探使以

橫，飄飄羅袖碧雲輕，畫難成。　　遲遲少轉腰身裊，翠黶眉心小。醮壇
風色杏花香，此時恨不駕鸞凰，訪劉郎。」《新注》云：「這首詩詠女道士
的情慾。」
③ 見所著《評點校注花間集》，臺灣學生書局印行，民國六十六年（1977）元
月初版。

繚綾手帛子寄賀因而有詩〉：「卻繫裙腰伴雪胸」皆是。《花間集》載歐陽炯〈南鄉子〉之五：「二八花鈿，胸前如雪臉如蓮。」又《雲謠集》：「素胸未消殘雪，透輕羅。」（〈鳳歸雲〉）。「麗質紅顏越眾希，素胸蓮臉柳眉低」（〈浣溪沙〉），「輕輕敷粉，深深長畫眉綠，雪散胸前」（〈內家嬌〉）。唐代婦女有袒胸之習尚，詩詞中多見其例，或謂可能受天竺佛教文化的影響，見傅樂成〈唐人的生活〉④，並可參正。且《花間》各本皆作「胸」，無作「肌」者，疑紅友誤改。

又如第二首的「輕」字，蕭繼宗評點校注《花間集》（以下簡稱「蕭繼宗」）誤作「靑」，這是沿襲李冰若《花間集評注》（以下簡稱「李冰若」）⑤的錯誤，《花間集》諸本沒有作「靑」的，也未聞女道士使用靑色扇，李冰若大概涉同音而誤。蕭氏多參考李書，時因仍其誤而不自覺，拙作〈溫飛卿詞舊說商榷〉及其續篇⑥曾數數論及，可以參考，此處不贅。

另外，李一氓《花間集校》（以下簡稱《李校》）「迴」字作「回」，⑦李誼《花間集注釋》（以下簡稱「李誼」），⑧沈祥源、傅生文合著之《花間集新注》（以下簡稱《新注》）⑨與同，而

---

④《食貨》復刊四卷一、二期，六十三年（1974）五月。

⑤收入《宋紹興本花間集附校注》一書內，鼎文書局印行，民國六十三（1974）年十月初版。

⑥〈溫飛卿詞舊說商榷〉，刊載於《臺大中文學報》第三期，民國七十九年（1990）出版。〈溫飛卿詞舊說商榷續〉，刊載於中央研究院《中國文哲研究集刊》創刊號，民國八十年（1991）三月出版。今合為一篇，收入本集。

⑦同注⑤。

⑧四川文藝出版社出版，一九八八年六月第一版。

⑨江西人民出版社出版，一九八七年七月第一版。

鼎文書局影印《宋紹興本花間集》⑩則作「迴」，華連圃《花間集注》（以下簡稱「華連圃」），⑪李冰若、蕭繼宗與同。古「迴」「回」字通，今則稍別。迴扇以遮唇，用「迴」字似更具曼妙風姿。

　　詞句訓解方面，問題也不大。只是華連圃有些意見很特別，比如第一首的「鬢如蟬」，華注說：

　　蟬，指蟬翼言，謂鬢之清也。

「淸」字應是「輕」之誤。溫詞〈河瀆神〉之一「蟬鬢美人愁絕」，華注說：「蟬鬢，謂鬢如蟬翼之薄也」，可證。溫詞〈菩薩蠻〉之五云：「春夢正關情，鏡中蟬鬢輕」，之七云：「明鏡照新妝，鬢輕雙臉長」，皆作「鬢輕」，並可參證。蟬鬢爲我國古代婦女髮型之一，晉崔豹《古今注・雜蟲》：

　　魏文帝宮人絕所愛者有莫瓊樹、薛夜來、田尚衣、段巧笑四人，日夕在側。瓊樹乃製蟬鬢，縹緲如蟬翼，故曰蟬鬢。

可知鬢雲以輕薄爲美。

　　又「寒玉簪秋水」句，華連圃注：

　　寒玉簪，簪之以玉爲者，取其清涼也。今俗猶有「涼簪」之名。此簪字兼用作動詞，與下文「捲」字對文，「秋水」，狀簪之涼也。

按「寒玉簪秋水」與下文「輕紗捲碧煙」相偶，「簪」字自是動詞，不得以「寒玉簪」爲讀，亦不得謂「兼用作動詞」；「秋水」

⑩同注⑤。
⑪商務印書館印行，民國二十七年（1938）五月增訂四版。

疑指寒玉之色，此詞前七句皆從視覺上落筆，似與感覺無關。

又「輕紗捲碧煙」句，華連圃注：

> 輕紗，謂窗也。捲，啓也。碧煙，狀紗之薄。

《新注》卻訓爲：「帷幕的輕紗如捲碧煙。」將窗紗換成了帷幕。按，這首詞前面七句，似乎都是針對女道士本人描寫，不應當中忽然插一句描寫環境的句子；而且道觀是否張掛如碧煙的輕紗帷簾，也值得商榷。李誼訓爲「女冠衣輕紗，縹緲若煙霧也。」謂如煙霧之卷舒，似乎妥切些。顧敻〈虞美人〉之六描寫女道士，其中寫她的衣著「飄飄羅袖碧雲輕」，可以參證。華氏解「輕紗」爲窗，故訓「捲」爲「啓」，也是隨意引申，似乎沒有什麼根據。

又第二首的「鈿鏡仙容似雪」，華連圃注：

> 鈿鏡，頭飾也。言女冠服飾之盛也。

《新注》則訓爲：

> 鑲金的鏡子裏，出現了她如雪潔淨的容貌。

按《新注》是。這句和前首的「雪胸鸞鏡裏」相近，皆言對鏡。

華氏有很多與眾不同的意見，可見詞句訓解的彈性很大。他的著作行世已久，對後來研讀《花間》詞者，頗有影響。如李誼及《新注》等，便多少採用了他的意見。因此我們不能不費詞商榷。他近年以華鍾彥之名又寫了一本《花間集注》，對舊作應有所修正，可惜我找不到那本書，無法檢覈。

又第一首「畫愁眉」句的解釋，也有不同的意見。《新注》訓爲：

> 她對鏡正畫著略帶愁意的娥眉。

以「愁」字爲狀語，形容「眉」字，且屬上句爲讀。李冰若則

訓爲名詞，他說：

《後漢書》：「梁冀妻孫壽，善爲妖態，作愁眉、啼妝。」
李誼另外補充了若干資料：

《後漢書‧五行志》：「桓帝元嘉中，京都婦女作愁眉、
啼妝、墮馬髻、折腰步、齲齒笑。」《風俗通》曰：「愁
眉者，細而曲折。」陳後主〈昭君怨〉：「啼妝寒葉下，
愁眉塞月生。」

把它解爲一種眉式。觀下文接「遮語廻輕扇，含羞下繡帷」句，
殊少愁意。即使有愁意，也是作者爲了詞意的豐腴而巧作的安
排，是另一個涉及結構層次上的問題。表面上，恐怕還是以之
顯示此女追求時尙的「妖態」，才與下二句氣氛融洽無悖，何況
在格律上，「畫愁眉」句恰當換韻，也以屬下讀音義較諧順。因
此它的訓讀，自以二李之說爲是。

又「花洞」一詞，李誼以爲是「女冠所居之處」，《新注》
卻訓爲「百花遍開的仙洞」，但他在串講的時候，卻將「玉樓相
望久，花洞恨來遲」這兩句解爲：

意思是站在玉樓上盼女伴已久，恨女伴來遲。

那麼，「花洞」仍是女道士所在之處，與李誼的注解無別，並非
另有其他的仙人的洞府了。

除上述者外，有些字句的訓解牽涉到全篇的內容，則與題
旨相關，擬併入下節討論。

三

《新注》對《花間集》五百首詞都作了題旨的說明，這種

功夫是其他研究或注解《花間集》的著作所沒有的。像這兩首詞，一般詞學者都不以它們爲溫詞的代表作，所以討論的很少，便更不易看到《新注》以外的題旨說明了。因此本文便以《新注》作爲主要的討論對象，其他間接有關的意見，也盡量併入。

關於〈女冠子〉第一首的題旨，《新注》的說明是這樣的：

> 這首詞完全只著意於女道士的容貌刻劃，結尾二句寫其心願，都無深意。

《新注》時有淺視溫詞之病，這裏也是一個例證。這首詞，事實上有些間接的意見，可以引來作爲商榷之用，譬如上文提及的蕭繼宗之說便是，他說：

> 〈女冠子〉爲調戲女道士之詞。

他的說法，是在這首詞的按語中提出的，是針對整個〈女冠子〉詞的一種概括性的意見，這首詞自然也包括在內。如果從這個角度去看，這首詞便不只是單純的描寫女道士的容貌，而是所謂「艷詞」了。女道士是出家的人，但在唐人詩詞中，常將她們作爲風月調笑的對象。如前所言，《花間集》中的〈女冠子〉十九首，有一部分確實涉及男女情事，如牛嶠的〈女冠子〉第三首：

> 星冠霞披，住在蕊珠宮裏。佩丁當，明翠搖蟬翼，纖珪理宿妝。　　醮壇春草綠，藥院杏花香。青鳥傳心事，寄劉郎。

《栩莊漫記》⑫便說：

---

⑫ 見李冰若《花間集評注》引，過去學者多不知作者爲誰，今已證明即李冰若自作。

> 唐自武后度女尼始，女冠甚衆，其中不乏艷跡，如魚玄
> 機輩，多與文士往來，故唐人詩詞詠女冠者類以情事入
> 詞，薛（以仁案：當作「牛」，指牛嶠）氏四詞，雖題〈女
> 冠子〉，亦情詞也。插入道家語，以爲點綴，蓋流風若是，
> 豈可與詠高僧同格耶？

女冠外貌，大概裝束如仙，⑬ 惹人遐想；課業不重，時多閒逸；
而道觀爲公衆涉足之地，唐代文人又有寄居宮觀的習慣，道士
又爲與公衆接觸的人物，無法迴避也不須迴避；且道家修煉，
法門不一，其中調陰理陽，驅龍走虎，或涉不經，因此易於發
生男女情事，也是可以想像得到的。如果其中再穿插些別的勢
力，比如地方上的有力豪强、不肖官府、黑道人物、風流浪子
⋯⋯之類，色字加上利字，而使成爲一種特殊的社會現象，也
不是沒有可能的。這是就一般修眞女冠而言。何況唐人好道，
女冠之盛，歷代所無。玄宗崇信道教，宮中歌舞妓、退宮嬪御、
乃至公主，多有入道爲女冠者。她們的知識水準，生活方式，
自與修眞女冠不同，其間或與文人結緣，雅會幽情，神祕而浪
漫，經文人墨客之渲染流傳，尤膾炙人口⑭，所謂上有好之者，
下又甚焉。何況上有倡之者？因而導至社會假女冠之名而爲娼
妓之實者大增，一時蔚成風氣。《花間》詞人所詠，修眞及娼妓

---

⑬ 孫光憲〈女冠子〉之二：「淡花瘦玉，依約神仙妝束。」韋莊的〈天仙子〉
　　之五係緣題而作，他描寫的天仙是：「金似衣裳玉似身，眼如秋水鬢如雲。」
　　和女冠有什麼分別？
⑭ 參李豐楙〈唐代公主入道與送宮人入道詩〉、〈唐人葵花詩與道教女冠〉，收
　　於所著《憂與遊：六朝隋唐遊仙詩論集》，臺灣學生書店印行，一九九六年
　　三月初版。

女冠皆有，溫詞則為後者。如此說來，不必出之以「調戲」筆
墨，她們的形象本來便是如此，溫詞只是照本製圖而已。從這
樣的角度來看，這首詞便是人物詞了，《新注》所說便是這樣。

　　但溫詞並不這麼單純，湯顯祖《評花間》說：

　　「宿翠殘紅窈窕」，新妝初試當更嫵媚，撩人情語，不當
　　為登徒子見也。

定要遐想詞中刻劃的微意，即使是道貌岸然的人物，也將不免
想入非非。如文學史家劉大杰，他在所著《中國文學發展史》
中，就將全部《花間集》，除去鹿虔扆的〈臨江仙〉、李珣的〈漁
歌子〉等有限的幾首感傷離亂，歌誦自然者外，都看作是淫艷
的詞。他說：

　　說來說去，總不外是一個女人。這些女人，無論她的面
　　貌衣飾寫得怎樣出色，情感寫得怎樣纏綿，但都患著一
　　種共同的病症，那便是肉的饑餓與性的滿足的強烈的要
　　求。……一切無非是在暗示著肉慾的渴慕和女人的色情
　　狂的濃烈。⑮

這首詞既然連湯顯祖都說了「撩人情語，不當為登徒子見也」
的話，試問怎能逃過劉大杰恣肆的聯想的羅織？然則，這首詞
是否真如蕭繼宗所說的出之以「調戲」的筆墨，而竟是一首艷
詞呢？

　　我以為這首詞最後的兩句很值得注意。「寄語青娥伴，早求
仙」，是什麼意思呢？《新注》說：

---

⑮ 見所著《中國文學發展史》，臺灣中華書局印行，民國四十五年（1956）五
　月臺一版。

指女方寄言給自己的伴侶，勸之早日求道成仙。

這樣的一位女主角：我們看這首詞的前七句，從該女的表情、容貌、姿態、打扮、衣飾、上身、全貌，細細描寫，尤其「窈窕」之上，更著「宿翠」「殘紅」字樣，那裏像是修行的女道士？簡直像名牌的交際花！就是這樣的一位類似交際名花的女冠，居然傳信給她的道侶，要她早早虔心尋求仙道，眞是不搭調之極！文意怎可這樣胡亂承接？飛卿怎麼會有這種莫名其妙的筆墨呢？李誼的注解卻不一樣，他說：

求仙，訪求仙人。此處指入觀爲女冠也。

照李誼的意思，是否這個女道士，過著高級的交際花生活，覺得很不錯，因此勸他從前的女伴，早來加入自己的生活圈子呢？這就有調侃的味道在。這首詞也只能歸入艷詞，而不像《新注》所說的只是對女道士容貌的刻劃之詞了。

不過，我們還可不可以作另外的設想呢？如果最後兩句是作者說的，「青娥伴」是泛指這類的女道士，語氣含告誡、勸勉或諷刺的意思，效法漢賦勸百諷一的筆法，以示暮鼓晨鐘的作用，意即諷勸這類女冠，應該早早收拾凡心，認眞學道求仙啦！這樣與前文似乎也能調協。如此，這首詞不但不能算艷詞，連男女情詞都不能算，而只能算是一首含有諷喻意味的人物詞。可知題旨的回旋空間甚大。《新注》但單純的視爲「寫其心願」，渾不顧訓解之是否恰當，文意之是否啣接無礙，豈不淺視了飛卿，馴至糟蹋了飛卿？

關於第二首〈女冠子〉的題旨，《新注》是這樣說明的：

這一首與前一首一樣，也是寫女道士的，全是鋪陳外貌妝束，無可取之處。

但他把下片首句解爲「女主人望女伴早日來到。……站在玉樓上盼女伴已久」(「玉樓相望久」)；次句解爲：「恨女伴來遲」，「花洞」爲：「百花開遍的仙洞」(「花洞恨來遲」)；末二句爲：「自己遲早要乘鸞而去，希望女友不要遺棄」(「早晚乘鸞去，莫相遺」)，這樣，怎麼會「全是鋪陳外貌妝束」呢？將如何自圓其說呢？

　　《新注》設想出另一女伴，大概得自華連圃的啓發，但與華氏的講法又大有不同之處。華氏所設想的另一女伴在上片就已出現，他以爲「畫愁眉、遮語迴輕扇，含羞下繡幃」三句，是描寫「女冠在凡時女伴，終日含羞倚愁也」。《新注》則以爲三句描寫女道士本人；華氏以爲「玉樓」句是言「玉樓中之女伴，思念女冠，望其早歸」，「花洞」句是「花洞中之女冠懷想女伴，恨其遲來」，「早晚」二句是「女伴之願詞」，將「玉樓」與「花洞」分爲兩處，前者爲女伴所居，後者爲女冠所在；《新注》則以爲二者皆女道士居處，下片整個都只是女道士一人的願望。可見兩說的差異極大。

　　照華氏的說法，上片首兩句寫女冠，次三句寫女伴。下片首句寫女伴，次句寫女冠，末二句寫女伴，詞情結構，頗錯落有致。惟上片次三句寫女伴，與前文啣接相當生硬。看不出一點徵象，恐怕華氏自己填詞，也不會作這樣突兀的安排，何況飛卿爲詞，最重層次？⑯因此，華氏頗富戲劇性的設想，恐怕不會是作者的原意。

---

⑯ 參拙作〈溫飛卿詞舊說商榷〉二之一、十四之一、十五之一諸條及〈試釋過飛卿夢江南詞一首〉，二文皆收入本集。

　　《新注》的說法，最大的問題是末兩句，他說「自己遲早要乘鸞而去，希望女友不要遺棄」，則成仙到底是值得高興的事呢還是可悲的事？若是前者，又何懼女伴遺棄？若是後者，何以又巴望女伴來呢？如果是說修道清苦，需要女伴，以遣寂寞，然《新注》語焉不詳，旣無法猜測，詞中也未透露這一方面的訊息，更不能強解。華連圃之所以將後二句作爲「女伴之願詞」，大概也是因爲那樣講比較入情合理。然則，這首詞是否還有別的解釋呢？

　　通常題旨的論定，除非別有資料，理論上是先了解全詞的內容，然後才凝煉出題旨來。像這首詞，《新注》對下片的解釋，便已動搖了自己對於題旨的說法，而對內容的串解，復有扞格難通之處，因此，他的意見，自當另議。即如他所說，題旨也應該是「寫女冠容飾及其盼望女伴之心情」。若依華連圃之說，則題旨當爲：「寫女冠容飾及其與女友相盼之心情」。不過，我們細讀該詞，不能不浮起一些別的聯想：譬如她穿的是「『霞』帔」，照的是「『鈿』鏡」，用的是「『輕』扇」，掛的是「『繡』帷」，住的是「『玉』樓」，修煉的地方是「『花』洞」，作者盡量以華美的字樣介紹她的衣飾、環境；又如她畫的是「愁眉」，表面上是追逐時髦，但用「愁」字以與「相望久」「恨來遲」「莫相違」相呼應，以隱寓她內心深處的情感，底色基調是幽暗傷感的；又如他用「遮語」「含羞」的動作、表情、態度來賣弄她的風情，她的生活奢華、姿容美艷、風情動人，而又隱隱含蘊著幽怨情愁。……都決不像對一個出家的女道士的描繪。也許飛卿所見的女道士便是如此，至少，也許他要介紹的便是如此的一位女道士。那麼，這樣一個類似交際花的女道士，她所盼

望的會不會是一個男伴一位情人呢？他們早訂舊約，而竟久候未來。她覺得自己終究是個女冠，丹卷青燈，是她最後的歸宿，因而珍惜眼前短暫的歡聚，希望對方不要遺棄她。這樣不是全詞通暢，合情入理嗎？然則，它的題旨應該是：「寫女冠之姿容與凡情」。

　　鹿虔扆〈女冠子〉之一云：

　　鳳樓琪樹，惆悵劉郎一去，正春深。洞裏愁空結，人間信莫尋。　　竹疏齋殿迥，松密醮壇陰。倚雲低首望，可知心？

這首詞是變造溫飛卿及張泌的〈女冠子〉而成，我另有〈從鹿虔扆的臨江仙談到他的一首女冠子〉一文談到這個問題，收入本集，讀者可參閱，這裏不贅。我們看第一句「鳳樓琪樹」，固然是截取飛卿〈女冠子〉首闋「琪樹鳳樓前」而成，而「洞裏愁空結，人間信莫尋」二句，上應「惆悵劉郎一去」句，也是暗用飛卿第二首的詞意。想不到五代詞人對飛卿〈女冠子〉詞的了解，正可以用來支持我對次闋的淺見呢！

後記

　　去年八月下旬，余應美國史丹福大學之邀，赴該校訪問研究半年，此稿甫成，恰值臺大同仁為慶祝叔岷師八秩大壽徵文，因獻以壽。

　　民國四十二年，余初列叔岷師門下，迄今恰滿四十年，而師猶雙鬢青青，創作、研究不斷，誠難得也，殊可頌也，尤可賀也。

　　　　　　　　　　　以仁記於臺北，時民國八十二年青年節

試釋溫飛卿〈夢江南〉詞一首

溫飛卿〈夢江南〉詞云：

千萬恨，恨極在天涯。山月不知心裡事，水風空落眼前
花，搖曳碧雲斜。

蕭繼宗先生《評點校注花間集》云：

〈夢江南〉視七絕尤短，極不易張羅，自來佳作絕少，千
不得一。大抵只有七字一聯，餘語不過襯貼，轉成贅附。

余曩昔有文略論蕭氏此說之可議也，茲迻錄其要點如下：

〈夢江南〉自有佳作，若後主之「多少恨，昨夜夢魂中」
一詞，膾炙千古，固不待言，即納蘭成德《飲水詞》所
錄諸作，幾亦字字珠璣，豈可謂「千不得一」？夫五言絕
句僅二十字，不得謂五絕尤短而佳作絕少也；詞中如〈南
歌子〉，二十三字；〈十六字令〉，十六字，並短於〈夢
江南〉，而蕭氏於溫庭筠〈南歌子〉「似帶如絲柳」闋按
云：「似結未結，亦有餘韻。」於「鬢墮低梳髻」闋云：
「如聞哽咽之音，只以『百花時』三字作結，極見深厚。
亦峰亦云：『低迴欲絕』，信然。」何蕭氏不以字少為嫌
也？（〈讀詞小識〉）①

---

① 拙文載於《臺大中文學報》創刊號，民國七十四年（1985）十一月出版。

蕭氏之評，除謂篇幅短者少佳作外，更謂飛卿此詞，但七字一聯可賞，餘皆「贅附」。愚意亦殊不以為然。飛卿詞深厚嚴密，宜細細咀嚼品味，不當囫圇吞之。今試疏此詞之脈絡，略發其神理，以貢讀者。

　　此詞主題為傷春傷別，詞中主角係一懷遠傷春之思婦，傷春實緣傷別而起。首陳懷遠之恨，所謂「千萬恨」者，謂恨有千絲萬縷也。此但就內心感受言，然理其端緒，則遠繫天涯。是知恨之所由，實因別離而起。沈祥原、傅生文《花間集新注》以為「這首詞寫思婦恨遠」，「天涯」係「指代遠在天邊的愛人」，甚是②。飛卿詩曰：「似將千萬恨，西北為卿卿」③，與此語意相類。乃此恨山月不知，猶照清景如畫。「心裡事」者，謂內心深處之事（「裡」字語氣須重，與下句「前」字對應），即此「千萬恨」也。伊人遠在天涯，關山難渡，勞人懷想。此是一層；飛卿詩〈織錦詞〉云：「星斗迢迢共千里」，對景則易懷人，此夜景色清麗，所謂良辰令夕也，乃形單影隻，倍增孤獨之感，此又一層；眼前但見風吹花落，花逐水流。所謂「空落」者，

　　此條已收入本書《花間詞舊說商榷》一文三十之一〈通論全詞〉條，有所增補。
②　唐圭璋以詠飄泊者說之，云：「此首敍飄泊之苦，開口即說出作意。『山月』以下三句，即從『天涯』兩字上，寫出天涯景色，在在堪恨。在在堪傷。而遠韻悠然，令人諷誦不厭。」（《唐宋詞簡釋》）。與拙文及《新注》之說不同，癥結繫於「在」之一字，拙文及《新注》以為「在」承「恨極」而有，「天涯」者為所思者所在。唐氏則以為是飄泊者自身所在。定位不同，解說自異。
③　見飛卿〈二月十五日櫻桃盛開自所居躡履吟玩競名王澤章洋才〉詩，載於《全唐詩》，下引飛卿詩皆同。

花開欣賞無人，花謝更無人惜之謂。以花擬人，「眼前」之「花」，豈非即此眼前之人乎？以月擬人，遙天之月，豈非即彼遠在天涯之人乎？則所謂「空落」者，實亦寓「虛度」之意。「空」義涵蓄甚豐，不宜輕輕略過。此又一層；花開花謝，已自難禁，況水面風來，搖之、曳之、摧之、虐之乎？人之青春無多，更那堪長離、遠別、魂勞、夢苦哉！霜凋夏葉，原屬無可奈何之事，雹碎春紅，豈非煞風景之尤！此又一層也。此所以綿綿而縷縷，千愁而萬恨也。《栩莊漫記》云：「搖曳一句，情景交融」，景固非人人可識，情則尤非有會於心者莫辨矣。然栩莊但識得末句為「情景交融」，不知通篇皆如是也。請再繹而陳之：

　　夫花開花謝，逐水飄流，因風款擺，是花之自然。月圓月缺，清輝照耀，是月之自然。自然之景，固不因人心感受不同而稍變。人之傷春傷別，哀怨千般，彼山月、水風、花樹豈知之哉？其「不知」，其「搖曳」，其「落」，其「斜」，固皆自然之理也。然飛卿移景就情，使「眼前」之景與「心裡」之事相結合：「山月」謂其「不知」，「落」上著一「空」字，皆化景為情之關鍵字也。於是身外景物盡化心中情境。觸緒生愁，彼山月、彼水風、彼花樹，其照耀、其吹拂、其搖曳、其流、其斜，皆化作有情之象矣。哀絕萬端而不失其嫻雅之態，正周濟介存所謂「不怒不懾」，《白雨齋》所謂「婉雅和平」者④，此飛卿之所以為高也。蕭氏但賞其七字一聯，栩莊但識得其末句「情景交融」，烏足以語飛卿哉！

---

④ 前者見清周濟《介存齋論詞雜著》，收入《詞話叢編》；後者見清陳廷焯《白雨齋詞話》，河洛圖書出版社印行，民國六十七年（1978）一月。

　　又《栩莊漫記》於皇甫松〈夢江南〉「樓上寢」闋下云：「深遠之韻，飛卿似所不及。」蕭氏則於「蘭燼落」闋下云：「〈夢江南〉至此，允稱佳作，白傅、溫尉，瞠乎其後。」夫皇甫松〈夢江南〉以沖遠灑脫之姿，飾其懷往惜舊之悃悃哀思，自具風致。讀之者莫不爲一迴腸也。然彼另是一境，其中有「我」，與韋莊近⑤，不與飛卿相扮耳。溫詞非無「我」也，第其情隱於景、物之間，其「我」更在脂粉之下，深曲委宛，讀之者宜細細探索，不難於柳暗花明之中，時窺新境，別造洞天。二者風格迥異，各擅勝場。如就一己所好以爲褒貶，則是巷議街嘲，烏足以語飛卿哉！

　　又「搖曳碧雲斜」句，歷來注者似有誤解。華連圃《花間集注》云：

　　　　搖曳，雙聲連語⑥，猶搖搖也。感碧雲之搖搖，以興離緒之悠悠也。

李誼《花間集注釋》云：

　　　　搖曳：飄蕩、搖動貌。鮑照〈代棹歌行〉：「颼戾長風振，搖曳高舉帆。」碧雲：碧天之雲。韋莊〈寄從兄遵〉：「碧雲千里雁行疏」。有感於山月、水風、落花、碧雲，恨何深也。

沈祥源、傅生文《花間集新注》云：

　　　　暮雲悠悠，更牽動了她無休無止的離恨。

---

⑤《栩莊漫記》云：「子奇詞不多見，而秀雅在骨，初日芙蓉春月柳，庶幾與韋相同工。」
⑥ 搖、曳，中古皆喻四字，故爲雙聲。

坊間通俗選注更有解「搖曳」爲「飄浮」者⑦。夫「搖曳」「搖動」，豈是雲態？又安可訓爲「飄浮」？蓋皆誤會「碧雲」之義而強解之，就腳圖樣，詞義不如是之可塑也。李誼訓「碧雲」爲「碧天之雲」，知「碧雲」費解而曲爲之說也。然「碧天之雲」豈碧天之「白雲」乎？抑「彩雲」乎？則何不逕作「白雲」「彩雲」？方祖燊、蔡義忠皆釋爲「片片碧雲」⑧，不知「片片碧雲」是何等樣之雲也？望文生義，寧悖事理乎？飛卿詞深密，然不怪奇，其詞固極講究進行層次。世人不遑深討，時晦澀其義別撰新說以附會之。〈菩薩蠻〉〈更漏子〉不乏其例⑨，不知桃源正在一溪春水經行處，無須越壑翻崖攀藤附葛也。此詞寫情景，實亦層次分明：由「恨極」與「天涯」，而「山月」與「心裡」之「事」，而「水風」與「眼前」之「花」，自遠而近。復由「花」而及「花樹」，純任脈絡之自然，不扭曲，不做作，不虛設，而寄託之意、象徵之趣固在焉，此王國維所謂「不隔」也⑩。彼

---

⑦ 國語日報社出版之《古今文選》第二二〇期載飛卿〈夢江南〉二首，選注者方祖燊述其大意云：「只見片片碧雲在天空中飄浮。」（民國四十四年十二月十二日）；又蔡義忠《中國八大詞人》則譯作：「抬起頭來看看天上一片片的碧雲，在那裡飄浮不定。」（漢威出版社，民國七十六年五月出版）。

⑧ 見注⑦。

⑨ 見本書〈溫飛卿詞舊說商榷〉一文。

⑩ 王國維《人間詞話》云：「問『隔』與『不隔』之別，曰：淵明之詩不隔，韋、柳則稍隔矣。東坡之詩不隔，山谷則稍隔矣。『池塘生春草』、『空梁落燕泥』等句，妙處唯在不隔。詞亦如是。即以一人一詞論，如歐陽公〈少年遊〉詠春草上半闋：『闌干十二獨憑春，晴碧遠連雲。二月三月，千里萬里，行色苦愁人。』語語都在目前，便是不隔；至云『謝家池上，江淹浦畔』，則隔矣。白石〈翠樓吟〉：『此地，宜有詞仙，擁素雲黃鶴，與君遊戲。玉梯望久，嘆芳草、萋萋千里』，便是不隔；至『酒祓清愁，花消英

花樹以藍天爲背景，是時山月朗照，晴空一碧，「碧雲」者，晴空之謂也。錢起〈秋夜長〉詩：

　　檐前碧雲靜如水，月弔棲烏啼烏起。

戴叔倫〈夏日登鶴巖〉詩：

　　願借老僧雙白鶴，碧雲深處共翺翔。

「碧雲」皆謂碧空也。惟江淹〈擬休上人〉詩：

　　日暮碧雲合，佳人殊未來。

淺人頗有誤解爲「碧綠之雲」者，實則謂夜色四合也。「碧雲」仍碧空之義。范文正〈蘇幕遮〉詞云：

　　碧雲天，黃葉地。秋色連波，波上寒煙翠。

又飛卿〈題西明寺僧院〉詩：

　　新雁參差雲碧處，寒鴉遼亂葉紅時。

顚倒作「雲碧」，二例皆描寫秋日晴空一碧之狀，尤彰明顯著。則「搖曳」似狀花樹因風款擺之態，「搖曳碧雲斜」，謂花樹搖曳於碧空之下也，與斯人徬徨悽愴於月色之中，是二實一：花樹、紅顏，互相映襯，情景交融，意與境渾然一體矣。飛卿〈題端正樹〉詩：

　　路傍佳樹碧雲愁，曾侍金輿幸驛樓。草木榮枯似人事，
　　綠陰寂寞漢陵秋。

氣」，則隔矣。……」(滕咸惠《人間詞話新注本》第七十七條)。可見王氏之所謂「不隔」，在其不扭曲、不矯作、不遮掩，洞達精要而又純任自然也。《人間詞話》云：「大家之作，其言情也必沁人心脾，其寫景也必豁人耳目。其辭脫口而出，無一矯揉裝束之態。以其所見者眞，其所知者深也。」(同上第七條)。滕咸惠云：「這就是『不隔』，可見『不隔』首先要做到『其言情也必沁人心脾，其寫景也必豁人耳目』，或者說『語語都在目前』。」謂『語語都在目前』，則是矣。

謂晴空之下，綠陰寂寞，猶若帶愁。以草木託喩，溫作不乏其例，二者相參，其雲連波蕩者，似又非僅僅於恨遠傷春之意耳。楊海明特賞此詞最後一句，謂其「所體現出來的特種意緒，卻是在此之前所感受不到的。」⑪，蓋亦誤會「碧雲」有「搖曳」之態而含混其言也。吾不知梣莊所謂「情景交融」者眞會得此意否邪？然談賞析若昧於詞義文理，雖差之毫釐，鮮有不謬以千里者。且此處「碧雲」與前文「山月」實相照應，「搖曳」「斜」與前文「水風」「花」更有關聯，飛卿詞鍼縷之密，無論表裡，實處處可見。此玉田所謂「一字一句閒不得」者也⑫，乃葉嘉瑩氏謂讀溫詞「不必規規於以求其文理之通順，意義之明達，」「不受任何意義所拘限，」⑬，其然乎？豈其然乎？

　　此文原載臺大《文史哲學報》第三十七期，中華民國七十八年 (1989) 十二月，略有增補。

---

⑪ 見所著〈「心曲」的外物化和優美化—論溫庭筠詞〉一文，載於《文學評論》，一九八九年四月。

⑫ 見張炎《詞源》卷下〈令曲〉。

⑬ 見〈溫庭筠詞概說〉，載於所著《迦陵論詞叢稿》一書，明文書局，民國七十年 (1981) 九月初版。

《花間》詞人皇甫松

一

　　皇甫松，字子奇，①自號檀欒子，檀欒，謂竹之美也。他個性孤直，而詞風沖遠灑脫，與其名號冥然愜合，千年之後，讀其詞，猶不免令人懷想他的動人風采。

　　他是睦州新安人（今浙江淳安），②生卒年不詳。唐康駢《劇談錄》下〈元相國謁李賀〉條說：

---

① 鄭振鐸《中國文學史》「子奇」作「九奇」，未知所據。俞平伯《唐宋詞選釋》云：「名一作嵩」。

② 睦州新安，世有三說：李誼《花間集注》（一九八六年四川文藝出版社出版）以爲屬今浙江淳安，許宗元《中國詞史》（一九九〇年黃山書社出版）同。此其一；馮沅君《中國詩史》（一九六九年明倫出版社出版）以爲「在今浙江建德附近。」陳弘治《唐五代詞研究》（一九八〇年文津出版社出版），沈祥源、傅生文合著之《花間集新注》（一九八七年江西人民出版社出版）同。此其二；鄭因百師《詞選》（一九五二年中央文物出版事業委員會出版）則以爲「今安徽歙縣」，盧元駿《詞選注》（一九七〇年正中書局出版）同。此其三。惟據《讀史方輿紀要》，浙江淳安，隋代改縣曰新安，唐初爲睦州治；歙縣，雖於晉屬新安郡，唐則不知；建德之說，未詳所據，因暫從李誼、許宗元之說。

> 自大中咸通之後，每歲試者春官千餘人，其間章句有聞，
> 疊疊不絕，如何植、李玫、皇甫松、以文章著美……皆
> 苦心文章，厄於一第。（以仁案：《唐語林》也記載了這
> 件事，與此大同小異。）

大中是唐宣宗的年號，當公元八四七年至八五九年。咸通是唐
懿宗年號，當公元八六○至八七三年。他的詞，多緣題而作，
呈早期風貌；唐昭宗光化三年，韋莊奏請追贈不第者十四人，
松列名第二，溫庭筠在第六；③康熙御製《全唐詩》，編次其詩
作於卷三六九，而溫詩在卷五七五以後。林大椿《唐五代詞》
〈凡例〉稱其編輯是書「概依時代為序」，而列松詞於溫作之前。
張璋、黃畬合編《全唐五代詞》〈凡例〉二亦稱「按照作者先後
排列。」是否諸氏皆以為他的年齡長於飛卿呢？還是參考《全
唐詩》的舊規呢？不過，韋莊奏表所列諸人似非皆以年齡為序，
如賈島（七七九——八四三）年長於李賀（七九○——八一六）
十二歲，而遠列其後可知。暫誌此疑，以待後證。至於《花間
集》把他排在溫氏之後，可能別有緣故，譬如溫氏詞名獨盛等，
也不一定由於年齡的關係。④

　　他的父親皇甫湜（公元七七七年——八三五年？），⑤是
唐代有名的古文家。⑥他又是丞相牛僧儒的表甥。⑦唐王定保

---

③ 見下文引洪邁《容齋三筆》。

④ 參拙作〈花間詞人薛昭蘊〉。

⑤ 此據《全唐詩》卷三六九。臺北盤庚出版社，民國六十八年（1979）二月
　　十五日第一版。

⑥ 皇甫湜於唐憲宗元和元年（公元八○二年）舉進士。賢良方正對策，與李
　　宗閔、牛僧儒同列第一（見《新唐書卷一七四》列傳第九十九），韓愈倡古
　　文，柳宗元、皇甫湜等和之，排逐百家，法度森嚴。其文名與李翱比肩（見

《唐摭言》說：

> 松，丞相奇章公表甥，然公不薦。

大概平日相處不善，不爲牛僧儒所喜，因此牛雖權勢傾朝，也不推薦提拔他，他對牛僧儒也不尊重。《唐摭言》下文記載了這樣一件事：

> 因襄陽大水，遂爲〈大水辨〉，極言誹謗，有「夜入眞珠室，朝遊璿瑁宮」之句，公有愛姬名眞珠也。

晚上擁姬妾作樂，白天一覺醒來，襄陽城已爲洪水所淹。堂堂一國的方面大員，是如此顢頇嗎？這種諷刺，出自親人晚輩，自然更加令牛僧儒難堪，而「眞珠」「璿瑁」，相映成趣，有如奇石之巧雕，自然也是使這個故事流傳至今的原因之一。然而華連圃《花間集・注》卻誤讀這一段資料，竟說皇甫松「有愛姬名眞珠」，不知此處「公」字，實承上文「奇章公」而來，與上文「然公不薦」所指爲同一人。如果是皇甫松的愛姬，何誹謗之有？這樣的誤解，不僅削奪了原有的諷刺意味，也替皇甫松憑添了一個愛姬，使這個故事變得曖昧混亂，眞是可笑得很。華氏後來以「華鍾彥」之名，於一九八三年，又在鄭州中州書畫社重新出版了《花間集注》一書，我多方購求不得，無法查檢，不知道像這種地方，有否刪改？《中國文學家大辭典》[8]特

《新唐書》卷二百一，列傳第一百二十六〈文藝傳〉上），有文集八卷，見《宋史》卷二百八〈藝文志〉七。

[7] 見唐王定保《唐摭言》。華連圃《花間集注》作「甥」，沈祥源、傅生文《花間集新注》同。李誼《花間集注釋》作「外甥」，小異。惟鄭振鐸《中國文學史》作「牛僧儒之婿」，不知所據。《唐摭言》謂牛僧儒「不薦」，若松爲其婿，關係不同，似不應「不薦」。

[8] 一九七八年河洛出版社出版。

別註明爲「僧儒愛妾名」,這就對了。就這項資料來說,對於皇甫松的性格與才情,似乎都可看出些端倪來。

二

《花間集》稱皇甫松爲「皇甫先輩」,所謂「先輩」,是唐人對進士的稱呼,然而馮沅君《中國詩學史》卻說:

> 《花間集》於集中諸詞人,只要是作過官的,皆稱其官爵。
> 於皇甫松則只稱爲「先輩」,可見他並未入仕。

劉大杰《中國文學發展史》也說:

> 皇甫松是皇甫湜之子,生年未詳。《花間集》所載諸詞人,俱稱其官職,獨於皇甫松只稱爲「先輩」,想必他是沒有做過官了。

他們的說法都出於臆測,相當含混。沒有做過官,一般稱爲「處士」,有如《花間集》稱閻選爲「閻處士」,飛卿詩稱郭道源爲「郭處士」,李羽爲「李處士」……。⑨可見二人的說法,都有待商榷,劉氏謂「《花間集》所載諸詞人,俱稱其官職」,也與事實不符。俞平伯《唐宋詞選釋》說:

> 唐人呼進士爲「先輩」,見《資治通鑑》卷二六七。

案《資治通鑑》卷二六七載:

> 依政(以仁案:地名)進士梁震,唐末登第,自是歸蜀。

---

⑨ 飛卿有〈郭處士擊甌歌〉,顧予咸〈溫飛卿詩集箋注・補〉云:「段安節《樂府雜錄》:『唐武宗朝,郭道源善擊甌。……』」。又有「題李處士幽居」、「李羽處士寄新釀走筆戲酬」等詩。見曾益、顧予咸、顧嗣立等《溫飛卿詩集箋注》,一九八〇年上海古籍出版社出版。

過江陵，高季昌愛其才識，留之，欲奏爲判官。震恥之，欲去，恐及禍。乃曰：「震素不慕榮官，明公不以震爲愚，必欲使之參謀議，但以白衣侍樽俎可也，何必在慕府？」季昌許之。震終身止稱前進士，不受高氏辟署。季甚重之，以爲謀主，呼曰「先輩」。

宋胡三省注：

唐人呼進士爲「先輩」，至今猶然。

溫庭筠詩有〈春莫宴罷寄宋壽先輩〉，顧予咸《補注》⑩說：

程大昌〈演繁露〉：「唐世呼舉人已第者爲『先輩』」。

「舉人已第」，則爲進士。溫氏又有詩〈春日將欲東歸寄新及第苗紳先輩〉，詩中說：

……猶喜故人先折桂，自憐覊客尚飄蓬。……知有杏園無計入，馬前惆悵滿枝紅。

顧予咸《補注》：

《秦中記》：「唐人舉進士，會杏園，謂之探花宴。」

可見苗紳是中了進士，飛卿因而稱他爲「先輩」。這樣看來，俞平伯之說是，而馮、劉之說只是一己揣測之談了。⑪不過，稽考載籍，皇甫松生前並沒有中過進士，許宗元《中國詞史》說他「進士出身」，⑫語嫌含混。前錄《劇談錄》文說他「厄於一第」，可見他生前沒有中過進士，他的進士是死後追贈的。宋洪邁《容齋三筆》卷七〈唐昭宗恤儒士〉條也說：

---

⑩ 見注⑨。

⑪ 顧炎武《日知錄》卷十七〈先輩〉條已有此說，並考索其來源甚詳，可參。

⑫ 許宗元《中國詞史》，一九九○年十二月第一版。黃山書社出版。

　　唐昭宗光化三年十二月，左補闕韋莊奏：「詞人才子，
　時有遺賢，不霑一命于聖明，沒作千年之恨骨。據臣所
　知，則有李賀、皇甫松、李群玉、陸龜蒙、趙光遠、溫
　庭筠、劉德仁、陸邅、傅錫、平曾、賈島、劉稚珪、羅
　鄴、方干，俱無顯過，皆有奇才。麗句清詞，遍在詞人
　之口。銜冤抱恨，竟爲冥路之塵。伏望追賜進士及第，
　各贈補闕拾遺。見存惟羅隱一人，亦乞特賜科名，錄升
　三署。」敕獎莊，而令中書、門下詳酌處分。⑬

和《劇談錄》可以互相印證。皇甫松既未登第於生前，死後《花
間集》尊其追贈稱之「先輩」，不用別的官稱。如果依照《花間
集》例稱作者官職衡之，難道他一生都沒有出仕過嗎？他的行
事已不可考，我們從他敢於譏訕身居顯職的長輩牛僧儒一事，
可以看出他的書生性格；從他的著作〈醉鄉日月〉（三卷，見《文
獻通考》）、〈大隱賦〉（一卷，見《新唐書・藝文志》）等名目觀
之，⑭ 可以看出他的落魄情懷、失意心境。他在〈古松感興〉

---

⑬ 夏承燾《韋莊年譜》引「聖明」作「聖朝」；「劉德仁」作「劉體仁」；「顯
　過」作「顯遇」。拙文係錄自商務印書館景印《文淵閣四庫全書本》，其中
　是非，頗可商略。私意以爲「劉體仁」或涉清人之誤，韋莊詩〈劉得仁墓〉
　作「得」可證。明高棅《唐詩品彙》及《全唐詩》皆作「劉得仁」，德、得
　同音，乃誤爲「德」。而「顯過」與下文「銜冤抱恨」相呼應，似以作「過」
　爲長。且諸人非特無「顯遇」，即普通際遇皆無，作「顯遇」，令人有文不
　對題之感，且與下文「含冤抱怨」，不相承應。又案宋尤袤《全唐詩話》卷
　四云：「得仁，貴主之子，自開成至大中三朝，昆弟皆歷貴仕，而得仁苦
　於詩，出入主場三十年，卒無成。嘗自述曰：『外家雖是帝，當路且無親』
　又云：『外族帝王是，中朝親故稀。翻令浮議者，不許九霄飛。』既終，
　詩人競爲詩弔之。」可見得仁亦「銜冤抱恨」。
⑭ 他另有《酒孝經》一卷，見《宋史》〈藝文志〉五，今人王小盾〈唐代酒令

詩中說：

　　我家世道德，旨意匡文明。家集四百卷，獨立天地經。

可見他以家學爲榮。他父親的過度嚴厲，⑮並未使他對家族產
生反感，卻鍛鍊成他一身傲骨。詩又說：

　　寄言青松姿，豈羨朱槿榮。

可見他不把朝夕的榮華富貴放在心上，以他的家世，以他的才
華，既厄於一第，又未躋身仕宦，他的生命歷程，定多坎坷。
韋莊「既無顯過」「含冤抱恨」之說，定有所指，決非虛言。那
些人，包括皇甫松在內，他們的懷才不遇，不但使人惋惜，而
且使人不平，此所以能動帝王之心也。不過，就皇甫松的詞作
看來，雖然如〈浪淘沙〉之以比興寄其憂讒畏譏之意⑯；〈夢
江南〉之默默流露其懷往傷舊之情；〈摘得新〉的「繁紅一夜
經風雨，是空枝。」「平生都得幾十度，展香茵。」語意尤顯沉
痛，但皆情深韻遠，語淡格高，所謂淒而不厲，哀而不傷。讀
者但覺其音委宛，別饒風致。尤其〈採蓮子〉二闋，寫江南兒
女嬉戲遊樂及追求愛情的活潑嬌憨情態，清新自然，直如天籟。
李冰若之所以稱其詞爲「初日芙蓉春月柳」，鄭振鐸之所以稱其

　　與詞〉一文考證，該書原有三十門，今傳世者僅存十四門。其中「使酒」
　　一門，《永樂大典》尚錄有六百字，今傳本但剩一百一十字。
⑮《新唐書卷一百七十六》〈列傳〉第一百一〈皇甫湜傳〉：「一日，命其子錄
　　詩，一字誤，詬躍呼杖，杖未至，嚙其臂血流。」
⑯《栩莊漫記》評其〈浪淘沙〉次首云：「玉茗翁謂前詞有桑滄之感，余謂此
　　首亦有憂讒畏譏之意，寄託遙深，庶幾風人之旨。」其說甚是，然尚可補
　　充。實則〈浪淘沙〉二首皆然，且以之烘托其淪落生涯，不但憂讒畏譏而
　　已。我將別撰文分析紹介之。

詞「尤具爽朗之致」，⑰其故或在此。他的〈夢江南〉詞有「夢
見秣陵惆悵事，桃花柳絮滿江城，雙髻坐吹笙」之句，他何時
有過一段「中心藏之，無或忘之」的江南戀情呢？他的〈浪淘
沙〉有「蠻歌荳蔻北人愁」句，我們這位坎坷終身的落魄詞人，
是否曾遠赴南越呢？

三

　　《花間集》錄皇甫松的詞作共六調十二首，計〈天仙子〉、
〈浪淘沙〉、〈楊柳枝〉、〈摘得新〉、〈夢江南〉、〈採蓮子〉各二
首，從表面看來，這些詞都是緣題而作，也就是說，詞意合於
調之本意，呈現早期詞作的風貌。

　　《全唐詩》卷三六九收錄他的作品十三首，它們是：

　　　　〈古松感興〉

　　　　〈怨回紇歌〉

　　　　〈江上送別〉

　　　　〈採蓮子〉二首

　　　　〈拋毬樂〉（以仁案：此爲二首，然無「二首」字樣。）

　　　　〈勸僧酒〉

　　　　〈登郭隗臺〉

　　　　〈楊柳枝詞〉二首

　　　　〈浪淘沙〉二首

另收殘詩「夜入眞珠室，朝游玳瑁宮」二句。卷八九一則錄他

---

⑰ 見李冰若《花間集評注》及鄭振鐸《中國文學史》第三十一章〈詞的起來〉。

的作品十八首，它們是：

〈竹枝〉（以仁案：共六首，以二句爲一首。）

〈摘得新〉（二首）

〈採蓮子〉（二首）

〈拋毬樂〉（二首）

〈憶江南〉（二首）

〈天仙子〉（二首）

〈怨回紇〉二首（以仁案：原注「二首」字樣。）

兩者相參，可見卷三六九以詩爲主，八九一以詞爲主。其中〈採蓮子〉二首，〈拋毬樂〉二首，是二卷互見的。然卷八九一〈採蓮子〉每句之下分別綴以「舉棹」「年少」等襯字，三六九則無；（卷八九一〈竹枝〉六首，每句下亦分別綴以「竹枝」「女兒」等襯字，與此同例。）八九一〈怨回紇〉二首，三六九但錄其「白首南朝女」一首，作〈怨回紇歌〉，把它視爲詩中的歌行體。這與和凝的〈漁父〉詞收入卷八九三，視之爲詞，又收入卷七三五，名〈漁父歌〉，視爲詩作之歌行體相同。這些差異，不知與詩詞分卷有否關係？惟三六九尚有〈楊柳枝詞〉及〈浪淘沙〉各二首，亦見於《花間集》，八九一卻未收錄。這些作品，〈採蓮子〉〈楊柳枝〉〈浪淘沙〉都是七言四句，其平仄調配與七言絕句無別；〈怨回紇〉是五言八句，其音韻對仗與五言律詩無別；〈拋毬樂〉則五言六句，詩也有六句之體，尤其歌行，句數以合樂爲主，原不限多寡。是則這種歸類，貌似混淆，實則可能由於著眼點不同所致：偏重其音樂性，則以之爲詞，偏重文字形式，則以之爲詩。故以之爲詞者則錄其襯字，合樂而入詩者，則以爲歌行，從其舊規。也有詞學者以爲和詩體相同的

都不能算詞，⑱照上述情形看來，恐怕有過於武斷之嫌。

《全唐五代詞》則錄有皇甫松詞二十二首，它們是：

〈竹枝〉六（以仁案：數字依原目錄。此以兩句爲一首，與《全唐詩》卷八九一同。）

〈摘得新〉二

〈夢江南〉二（以仁案：《全唐詩》作〈憶江南〉。）

〈採蓮子〉二

〈浪淘沙〉二

〈楊柳枝〉二

〈抛球樂〉二（以仁案：《全唐詩》作〈抛毬樂〉。）

〈天仙子〉二

〈怨回紇〉二

---

⑱ 如蕭繼宗《評點校注花間集》於溫飛卿〈楊柳枝〉之一下云：「以下〈楊柳枝〉八首，實皆七言絕句，往日譜書，以《花間》入集，故混列入詞。此八首具見溫集詩中，則前人初不視之爲詞。按其音節，既不異於詩，自不宜闌入詞中，存而不論可也。」又於皇甫松〈浪淘沙〉之一下云：「〈浪濤沙〉（以仁案：蕭書「淘」誤「濤」）二首，皆七言絕句，不當入詞。」〈楊柳枝〉之一下云：「〈楊柳枝〉不當闌入詞中，於溫詞中已及之。」〈采蓮子〉之一下云：「〈採蓮子〉二首，亦全爲七言絕句，旁注小字『舉棹』及『年少』如樂府中之『董逃』、『上留田』，則歌時之和聲也。蓋詩詞交遞之際，詞尚未脫離絕句體型而獨立。似此之作，仍不得謂之詞。」其意甚明。然蕭氏徒侷促於文字形式之間，不知詞之成因，實伴歌樂而有。其字之多寡，句之長短，概依調而增減。以文字形式言之，其與詩體同者，固可收錄入詩；然偏重其音樂性，以伴歌言之，則亦可錄爲詞作，固兩適而不悖。孫光憲〈八拍蠻〉亦七言四句，蕭氏云：「〈八拍蠻〉，亦幾於七言絕句矣，以失黏故，視爲詞可。」同屬七絕形式，由於三、四兩句平仄與標準七絕不合，則可「視爲詞」，若推其意，七絕失黏者多矣，豈非皆可視爲詞？可知其說之有待商榷也。

其中文字，與他書所錄，偶有異同。又除〈竹枝〉六首及〈拋球樂〉〈怨回紇〉各二首外，《全唐五代詞》所收，皆見於《花間集》，值得注意的是其中的六首〈竹枝〉，它的全貌是：

　　檳榔花發竹枝鷓鴣啼女兒，
　　雄飛煙瘴竹枝雌亦飛女兒。
　　木棉花盡竹枝荔枝垂女兒，
　　千花萬花竹枝待郎歸女兒。
　　芙蓉並蒂竹枝一心連女兒，
　　花侵槅子竹枝眼應穿女兒。
　　筵中蠟燭竹枝淚珠紅女兒，
　　合歡桃核竹枝兩人同女兒。
　　斜江風起竹枝動橫波女兒，
　　劈開蓮子竹枝苦心多女兒。
　　山頭桃花竹枝谷底杏女兒，
　　兩花窈窕竹枝遙相映女兒。

七言詩一般的句式是四、三，王力以爲是從五言詩的二、三句式上加二字而成。⑲如〈竹枝〉這種襯字的綴法——事實上也就是歌唱時和聲的幫襯情形——皆在四、三之下，似乎未悖於王力之說，然而這樣的形式，無疑對七字組合的變化，有所約束。是否因爲七字詩句已有的格律習慣使然，還是民歌音韻字句結構，純出自然天籟，有待進一步研究。

———————————

⑲見王力《中國詩律研究》，一九七〇年文津出版社出版。該書原名《中國詩律學》。又楊佐義〈七言詩起原與形成再探〉云：「七言詩由新興的三言詩與舊有的四言詩有機結構而成。」（《吉林師範學院學報》，一九九一年第二期）。

　　另外值得注意的是，這十二句〈竹枝〉前四句同韻，後八句皆兩句兩兩為韻，且其中「木棉花盡」在前，「山頭桃花」殿後，初看時序不貫，或因此而析為六首。孤立以觀，各首形式短小，內容貧瘠，自談不上任何章法涵蘊。但如以此十二句為一首看，則頗似兩兩倡和應答之男女情歌：試擬測開首兩句為男方起興，三、四兩句有「待郎歸」字樣，為女方應答。五句女方另起一韻，所謂來而不往非禮也。以下均同此一形式，六句男答，且叶其韻，詩歌有聯吟之戲，情形便是如此。「眼應穿」語氣頗似男方口吻。七句男方另起一韻，「淚珠紅」有哀憐之意。八句女應，「合歡桃核」，似有所指。案溫飛卿詩〈新添聲楊柳枝辭〉云：

> 一尺深紅勝麴塵，天生舊物不如新。合歡桃核終堪恨，裡許元來別有人。

「人」諧音「仁」，「桃核」即桃仁，似含有對男方另結新歡的哀怨在內。與末二句「山頭桃花谷底杏，兩花窈窕遙相映」互證，既是「桃」，又是「杏」，所謂「兩花」，豈不是舊愛新歡麼？九句女方再起一韻，似乎有怨男欲遠離之意。十句男答，「蓮子」諧音「憐子」，遙應五句的「一心連」，那個「連」，也就是「蓮」，也諧音「憐」。應為男方口吻。十一句男唱，桃杏雙妍，頗有魚與熊掌，偏擇為難的意思，十句所說的「苦心」，或者正指此事而言。末句女答，兩花遙映，是否欲其捨遠就近呢？分析的方式，不止一端。我作這樣的分析，雖未必盡合皇甫松的原意，但把十二句綜為一首，便覺得它內容豐美，章法曲折，憑添了許多纏綿的情致。皇甫松似曾遠赴南越，〈浪淘沙〉所謂「蠻歌荳蔻北人愁，蒲雨杉風野艇秋」，很像南越風情，這首〈竹枝〉

詞，是否由於蠻歌而有所感發呢？

〈拋毬樂〉二首，五字一句，每首六句。《全唐詩》卷三六九與八九一皆收，文字稍有出入。如「輕毬墜越綃」（以仁案：毬以越綃製成），八九一「毬」誤「裘」；「千度入春懷」，八九一「春」作「香」；「觥杯自亂排」，八九一作「觥盂且亂排」，「盂」疑「盃」之誤。《全唐五代詞》所收，除上述文字同八九一外，第一首「輕裘墜越綃」下多出「墜越綃」三字，次首「眞珠繡帶垂」下也重複「繡帶垂」三字，這或者是由於配樂的需要；次首「幾回衝蠟燭」，則作「幾回衝鳳蠟」，這或者是出於後人的修飾。這些都只是一己的猜測，別無佐證。

總之，〈竹枝〉十二句，如果視爲六首，如杜文瀾《詞律》所說，[20]則非但不成篇章，而且內容貧瘠；〈拋毬樂〉二首，內容淺露，文字俚樸，與皇甫松他作不稱；〈怨回紇〉二首，雖能配樂入歌，但是它的聲律對偶，顯然是五律的形式，這或者就是它們未被採入《花間集》的緣故了。

四

後人評述皇甫松的詞，頗多稱許。或言其「措詞閒雅」（陳廷焯《白雨齋詞話》）；或言其「情味深長」（王國維《人間詞話》）。或言其「獨具爽朗之致」（鄭振鐸《中國文學史》），或以

---

[20]《詞律》以爲最短的詞只有十四字，即指此而言。王力以爲加上「竹枝」「女兒」的和聲，應該不止十四字。事實上即使是二十二字，也只是兩句，兩句似乎不大能成詩。

為有「味外」之「味」（張詠川），㉑或謂其〈天仙子〉「其聲揮綽」（鄭文焯《評花間集》），或謂其〈採蓮子〉「體貼工緻」（湯顯祖《評點花間集》），或謂其〈摘得新〉二首為「有達觀之見」（黃昇《花庵詞選》），或謂其〈夢江南〉詞「白傅溫尉，瞠乎其後」（蕭繼宗《評點校注花間集》）……推許之意，褒美之辭，相去無幾。從而也可以看出他的詞風與長處來，而諸說之間，尤其以《栩莊漫記》的意見最值得重視。《漫記》說：

> 子奇詞不多見，而秀雅在骨。初日芙蓉春月柳，庶幾與韋相同工。至其詞淺意深饒有寄託處，尤非溫尉所能企及，鹿太保差近之耳。

評價更在飛卿之上。《栩莊》對飛卿詞雖有偏見，㉒卻也從而見出他對皇甫松詞的極度欣賞讚許之意。尤其說他「詞淺意深，饒有寄託」，更是獨具隻眼。當我們細品皇甫松的〈浪淘沙〉詞，除感慨滄桑之變外，豈不尤憐其淪落之悲？㉓當我們讀到他的〈摘得新〉二首，豈不於沉痛之感外尤賞其灑脫超逸的風采！

　　附記：此文蒙黃啓方教授提供意見，書此致謝。一九九二年六月
　　　　二十日。

㉑ 此條係轉引自李冰若《花間集評注》，但撮其大意，原文並非如此。
㉒ 參拙作〈溫飛卿詞舊說商榷〉，收入本集。
㉓ 見注⑯。

試釋皇甫松〈夢江南〉之一

　　皇甫松〈夢江南〉之一云：

　　　蘭燼落，屏上暗紅蕉。閒夢江南梅熟日，夜船吹笛雨瀟
　　　瀟，人語驛邊橋。

這首詞的舊解，「紅蕉」一語，前人頗有不同的訓釋。俞平伯先
生引《益都風物略記》，以爲「蜀人語染深紅者謂之焦紅」，而
把它解釋爲「深紅色」，他說：

　　　這裡「紅蕉」，蓋亦指顏色，猶言「焦紅」。殘夜燈昏，
　　　映著畫屏作深紅色。①

按：李珣〈南鄉子〉之九有「焦紅衫映綠羅裙」句，蓋俞說所
本。然《益都風物略記》是宋祁的著作，祁爲北宋人，而皇甫
松時當晚唐，且籍屬新安，即今浙江建德縣附近，他的詞中，
怎會出現北宋時蜀地的方言呢？他曾遊蜀嗎？而且根據什麼條
件或有什麼樣的證據把詞中「紅蕉」一語顛倒爲「焦紅」呢？
這些都是不能隨意解決的問題。《唐五代詞》錄皇甫松〈怨回紇〉
云：

　　　江路濕紅蕉

---

① 見俞氏《唐宋詞選釋》，臺北木鐸出版社，民國七十年(1981)五月再版。

《花間集》毛文錫〈中興樂〉詞云：

> 紅蕉葉裡猩猩語。

兩處「紅蕉」，顯然都無法把它們讀爲「焦紅」，可見俞氏的說法大有問題。

又蕭繼宗的《評點校注花間集》② 則以爲：

> 紅蕉，謂燭。

語意相當含混。如果說「紅蕉」的形狀像燭，未免奇特；如果說是燭光將滅時的顏色，以「紅蕉」來形容，也有點匪夷所思。其實「紅蕉」就是美人蕉，上述皇甫松〈怨回紇〉及毛文錫〈中興樂〉二例，都可爲證。因爲燭光將滅，屏風上所畫的美人蕉便漸漸陰暗下來。華連圃《花間集注》、李誼《花間集注釋》、沈祥源・傅生文《花間集新注》③ （以下簡稱《新注》）都是這樣解釋的，沒有什麼特殊的意義，捨本訓而求異解，未免自擾誤人。

<h1 style="text-align:center">二</h1>

語彙的說解雖明，並不表示全詞的意義已得。黃季剛《文心雕龍札記》說：

> 彥和此篇言：「句者，聯字以分疆。」……又曰：「句司數字，待相接以爲用。」其於造句之術，言之晢矣。
> 然字之所由相聯而不妄者，固宜有其共循之途轍焉，前

---

② 蕭氏《評點校注花間集》，臺北學生書局，民國六十六年(1977)元月初版。
③《花間集新注》，江西人民出版社一九八七年七月第一版。

> 人未暇言者，則以積字成句，一字之義果明，則數字之
> 義亦無不明。是以中土但有訓詁之書，初無文法之作。
> 所謂振本知末，通一畢萬，非有闕略也。

他以爲漢語語法單純，大抵積字成句，一字之義苟明，則數字
之義無不明。一般學者注解詩詞，多半只訓釋字義，罕作串講，
大概也是基於這樣的觀念。不知這種道理只是就漢語一般情況
來說，詩詞並不如此簡單；它的字義、句式、篇章之法，由於
加入藝術的營造，都非常富有彈性。即如此篇，湯若士和厲樊
榭的領略便很是不同，卻並非由於語詞訓解的差異。湯若士評
《花間》說：

> 好景多在閒時，風雨瀟瀟何害？④

厲樊榭〈論詞絕句〉則說：

> 美人香草本離騷，俎豆青蓮尚未遙。頗愛花間腸斷句：
> 夜船吹笛雨瀟瀟。

樊榭詩後二句便是針對皇甫松此詞而言。是湯氏以爲閒樂，厲
氏則以爲腸斷，二者迥不相同。而張詠川更發揮樊榭之說云：

> 厲孝廉樊榭〈論詞絕句〉：「頗愛花間腸斷句，夜船吹笛
> 雨瀟瀟」，知味外味者乃可語此，豈笨伯所能解乎？⑤

張氏此語，是否針對湯若士而發？不得而知。但他以一己的感
覺，與詞情默契，而偏於樊榭，肆詆異說如此，狂態可掬。不
過後人也不輕易附會此說，如唐圭璋便以爲：

---

④ 轉引自李冰若《花間集評注》。李注收於《宋紹興本花間集附校注》一書中，
　臺北鼎文書局民國六十三（1974）年十月初版。
⑤ 轉引自李冰若《花間集評注》。參注④。

「閒夢」二字，直貫到底，夢江南梅熟（以仁案：「梅熟
日」，似指梅雨季節，非直斥梅熟），夢夜雨吹笛，夢驛
邊人語（以仁案：三者一事，非別爲三夢），情景逼眞，
歡情不減。⑥

是唐氏也以爲夜雨聞笛是江南樂事，與湯若士同。不過唐氏又
說：

然今日空夢當年之樂事，則今日之淒苦，自在言外矣。

則以「腸斷」屬之傷感於歡樂舊夢時的這位詞人，分作兩層，
似有調停舊說的意思在。但與樊榭的說法還有距離。楊海明也
有類似的說法：「作者其時身在異鄉，當他回憶江南舊家時，
印象最深的還是它的雨夜情景。綿綿的梅雨，加上那驛橋畔的
軟語，給人的回憶猶是那樣的溫馨甜蜜而又迷惘惆悵」⑦「溫馨
甜蜜」是當日的感覺，「迷惘惆悵」是此時身在異鄉回憶往事所
帶來的苦澀況味。楊氏的說法，取向是與唐氏一致的。這樣看
來，張詠川所譏誚的「笨伯」，恐怕就不只是湯若士一人了。是
以《新注》賞析此詞時，便含混其辭，說：

主人公進入了夢鄉：江南梅熟，夜船吹笛，風雨瀟瀟，

橋邊人語。夢境逼眞，風情如繪，皆由對江南留戀所至。

歡樂悲傷，都不明說，讓讀者自己去感受去體會，彈性加大，
頗有兩說皆可之意。詞人去我已遠，讀者的心境各殊；而且讀
詞時，也未必字斟句酌稽今考古而後吟誦之，是以仁智之見，

---

⑥ 見所著《唐宋詞簡釋》，臺北木鐸出版社，民國七十一年（1982）三月初版。
⑦ 楊海明〈論唐宋詞中的南國情味〉，《文學遺產》一九八七年第一期，二月
　五日出版。

不免時有。張氏矜己之是，固不必侈張聲勢如此。然而，厲樊榭之說，畢竟有他可取的地方，他似乎並非僅僅依賴一己主觀的感受，而自有其客觀的憑藉在，今試為分析於下：

　　詞人所夢見的是當日驛橋舊事，「驛」為換馬之所，旅宿之處，也是傷離話別之地，當時送別者或至驛而止。溫飛卿〈菩薩蠻〉之十說：

　　　　楊柳又如絲，驛橋春雨時。

《新注》說：

　　　　楊柳如絲，驛橋隱隱，細雨紛紛，是一幅充滿了離恨的畫面。這楊柳如絲，春雨朦朧的景象，正如她往年與情人在驛橋邊離別的情景一樣。

又張泌〈浣溪沙〉之一說：

　　　　花滿驛亭香露細。

《新注》也說：

　　　　這首詞寫驅車送別。

這些例子，都可佐證。我們設想，詞人所記，便是當日的一段離情。則風雨瀟瀟之造境襯托別離之情，遠較歡樂之感更為相稱。這是一。

　　皇甫松的詞作特點之一，皆二詞一調，兩兩自成其組：如〈天仙子〉，都是詠劉郎天台別仙的事，首闋寫隻影孤飛，女仙淚落。次闋寫天人相隔，惱恨全同。二首實是情牽而意續；《楊柳枝》的首闋是詠柳以寄託對玄宗行樂的幽諷。次闋則是藉柳以寓對西施深切的同情。都是同一的弔古情懷；〈摘得新〉一言世事皆空幻，一言行樂須及時，它所表現的哲思是關合粘連的；〈采蓮子〉首闋勾畫出少女嬉遊的憨態，次闋暗喻了少女

初戀的情懷，二者意趣活潑韻致天然；〈浪淘沙〉兩闋，皆以禽喻人，寫風濤之惡，實喻宦海之險。首闋舖陳景物，次闋突顯人情，既寫同一恨事，復寄同一傷感；他的兩首〈夢江南〉詞自不例外，這首寫江南雨夜，另外一首寫的則是當日金陵相聚的舊情，也是以夢境的方式為之，與這首一聚一分，相互呼應。當時的悲歡離合，都成為此刻的縈思惆悵了。二詞都寫追往懷舊，此首夢醒而燈滅，另闋夢醒而月殘，布局何其相似！此詞在黃梅時節而寫別離，雨中著一吹笛之人。另首在桃花開時而寫相聚，花下有位吹笙之女。時序筍接，人物映照，環連璧合，何其相類！這是二。

這些地方，有線索可以把捉，有理由可以說明，似乎比全憑直覺得來的感受要有根據一點，但即使是確鑿不二的證據，也無法杜塞讀者的異想。「意」與「言」之間，取徑多方，不齊原是常態。《莊子‧外物篇》說：「言者所以在意，得意而忘言」，但我們怎敢妄言區區一己之所得即為不易的真理呢？

三

若從章法上來看，這首詞，無論上述何家之說，都可趨於一致。但事實上卻有不同的意見，請論述於下：

這首詞，布置了兩個場景：一在目前，一在夢中。目前的場景，便是室內。夢中的場景，便是驛邊。小令著字不多，猶能豐盈腴美者，在於能凝煉其詞彙，深密其結構，濃縮其事物之故。濃縮其事物，用典是一法，然典不可僻；而擴展其時空，也是常見的手法，這首詞便是。這首詞，眼前之景在臥室，起

首二句：「蘭燼落，屏上暗紅蕉」，是言夢醒時所見。時賢有以為二句是寫入夢之前的，如唐圭璋即說：⑧

> 此首寫夢境，情味深長。「蘭燼」兩句，寫閨中深夜景象：燭花已落，屏畫已暗，人亦漸入夢境。

《新注》也說：

> 起筆寫燭燼夜深，室內昏暗，就是美麗的畫屏也模糊不清了。在這樣的環境中，主人公進入了夢鄉。

《新注》的說法，可能本於唐氏，但唐氏以主角為閨中人，《新注》未從，這是對的。不過，二說都以首二句為寫入夢之前，這一點很可商榷。我在上文說過，皇甫松的詞，例皆兩兩成組而為聯章，因此，討論此詞，參考他的另一首〈夢江南〉，無寧是不可省略的步驟。另首〈夢江南〉說：

> 樓上寢，殘月下簾旌。夢見秣陵惆悵事，桃花柳絮滿江城，雙髻坐吹笙。

結構與這首完全一樣，俞平伯說：

> 下邊所寫夢境本是美滿的，醒後因舊歡不能再遇，就變為惆悵了。⑨

　既是醒後始感惆悵，則該詞首二句自非寫入夢之先，那麼，「惆悵」也不是夢中原有的情緒了。俞氏的說法，精析字句，深體詞情，甚可信從。若二詞手法一致，以彼類此，那麼，這首詞的頭兩句也該是醒後所見，便較唐氏等平舖直敍的結構增添許多姿態：作者夢醒，但見蘭燭將殘，紅蕉漸暗，乃悟身在異

---

⑧同注⑥。
⑨同注①。

鄉，⑩一時孤單寂寞，逼人而來。是別離之外，復添無限羈愁，詞情更具宛轉迴環之深致。實境如此，夢境又如何呢？夢境則在江南，正是黃梅天氣，梅雨瀟瀟，遮天蔽地而來。驛站傍橋臨水，水面有暫泊客舟，橋邊有迷離人影，這是眼睛所看到的；舟中笛聲，是將別者的傾訴嗎？橋邊人語，是送行者的叮嚀嗎？這些聲音，夾雜在風聲雨聲之中，搖曳、斷續以出，這是耳朵所聽到的。畫面為動態，與實境的靜謐迥然不同。是這兩種場景，一實一虛，一靜一動，互為映襯調協，這種布局的藝術手段是相當高明的。

作者夢中所見，只是記舊遊勝景嗎？果然如此，那便是湯若士所說的「好景多在閒時，風雨瀟瀟何害」了。如果照屬樊樹的說法，難道他懷疑在風雨交加的驛橋之夜吹奏起淒涼笛聲的那位腸斷的離人，就是作者皇甫松自己嗎？那位天涯浪客是傷感於分袂在即而離魂欲斷嗎？若〈夢江南〉二首為聯章，橋邊人語，難道就是那個在桃花柳絮紛飛下吹笙的少女嗎？這就是我所說的仁智之見了。若士喜從達觀處說詞，自樂而怡人，予人溫馨之想。但對於這首詞，我是比較偏愛屬樊樹的說法的。他的說法，帶動讀者一種無可奈何的傷感之情，覺得舊夢新愁，纏綿宛轉，竟是無法擺脫又無法改變的事實，似乎可以從詞情的盪漾直探作者心靈深處的悸動呢！皇甫松終身布衣，天涯淪落，卻是書生習性，詩客情懷，這首詞，在萬般無奈的悵惘之中，豈非也有一種灑脫高逸的風致麼？

---

⑩ 皇甫松〈浪淘沙〉之二云：「蠻歌豆蔻北人愁，蒲雨松風野艇秋」，是作者曾客南越。前引毛文錫詞，亦可證「紅蕉」為炎方植物。

　　王國維《人間詞話》說：「皇甫松詞，黃叔暘稱其〈摘得新〉二首爲達觀之見，余謂不若〈憶江南〉二闋情味深長，在樂天，夢得上也。」皇甫松〈摘得新〉詞，強調及時行樂之意，語意沉痛，復饒灑脫超逸之姿，與此二詞之懷往傷舊，各擅情致，讀者自取所嗜，實不必強分優劣。然海寧自是多情人哉！

《花間》詞人薛昭蘊

一、前言

　　《花間集》中詞人薛昭蘊，年里不詳。王國維初以爲他與《全唐詩》中那位曾任唐禮部侍郎的「薛昭緯」是兄弟行，後又以二者爲同一人。俞平伯則不以其說爲然，舉證反駁。世之學者，或從王說，如饒宗頤教授的《詞籍考》，但比較晚出的意見，仍有以俞說爲是者，如吳熊和教授的《唐宋詞通論》。可異的是俞說實有可議，而世不見商榷之文。因不揣譾陋，略貢一得，以就正於同道。

二、王國維的意見及其後續之説

　　王國維（一八七七——一九二七）在《唐五代二十一家詞輯・薛侍郎詞》末有題記云：

　　　　案昭蘊字里均無可考，《花間集》止稱「薛侍郎」而已，
　　　　唯《全唐詩》載：「薛昭緯，河東人，乾寧中爲禮部侍
　　　　郎。天復中，累貶礫州司馬。」昭蘊當即其兄弟行。又

《北夢瑣言》稱昭緯恃才傲物，每入朝省，弄笏而行，旁若無人。好唱〈浣溪沙〉。今昭蘊詞中亦以〈浣溪沙〉詞爲最多，殆一門有同好歟？其詞《花間集》有十九首，《全唐詩》同。今錄爲一卷。光緒戊申季夏海寧王國維記。①

他以爲薛昭蘊是薛昭緯的兄弟行，由於孫光憲（《花間》詞人之一）的《北夢瑣言》載有薛昭緯「好唱〈浣溪沙〉」的話，而《花間集》所收薛昭蘊的詞以〈浣溪沙〉最多。至於薛昭緯曾任禮部侍郎，何以薛昭蘊也稱爲侍郎？便略去不談。這樣的論證未免稍嫌薄弱。光緒戊申年是西元一九〇八年，當時王國維三十二歲。

　　過了三年，他三十五歲，也就是一九一一年，他在〈明正德覆晁本花間集題記〉中②說：

集中詞十八家，溫助教、皇甫先輩、韋相之次，有薛侍郎昭蘊。按《唐書·薛廷老傳》：「廷老子保遜，保遜子昭緯，乾寧初至禮部侍郎。性輕率，坐事貶硤州刺史。」《舊書》略同。《北夢瑣言》（十）：「唐薛澄州昭緯，即保遜之子，恃才傲物，亦有父風。每入朝省，弄笏而行，旁若無人；愛唱〈浣溪沙〉詞。」今此集載昭蘊詞十九首，其八首爲〈浣溪沙〉，又稱爲「薛侍郎」，恐與昭緯爲一人。「緯」「蘊」二字俱從「糸」，必有一誤也。

----

① 見《海寧王忠愨公遺書四集》。
② 見《庚辛之間讀書記》，轉錄自李一氓《花間集校》〈附錄〉，源流文化事業有限公司出版，一九八二年八月。

此一說，視前說顯然有所修正。他已認定《花間》的薛昭蘊即
《唐傳》的薛昭緯，二者一人，不再以爲他們是「兄弟行」。所
提證據有二：一是《花間集》稱薛昭蘊爲「薛侍郎」，而兩《唐
書》載薛昭緯作過禮部侍郎。這就去掉了前說略而不論的瑕疵；
二是薛昭緯愛唱〈浣溪沙〉詞。而《花間》收薛昭蘊〈浣溪沙〉
詞八首，幾乎佔了他全部詞作十九首的一半。將這樣的巧合解
釋成二者爲同一人，實遠較「兄弟行」爲合理。不過，問題的
關鍵在：何以薛昭緯會誤爲薛昭蘊呢？王國維的答案是：「緯」
「蘊」二字都從「糸」。校讎學言字誤的原因，有所謂起筆相同
致誤之例。王氏雖然沒有明言，但字誤的暗示是很強烈的。可
惜的是，二字起筆並不相同，使他的意見大爲減色。俞平伯後
來反駁之論，不知何以沒有提到這一點？但這一缺失饒宗頤教
授卻另有補充，他在《詞籍考》中說：

> 以其時「同平章事崔昭緯字蘊曜」例之，則薛昭緯與《花
> 間集》之薛侍郎昭蘊殆同爲一人。王國維則以昭緯昭蘊
> 爲兄弟行③。

饒氏當時似乎沒有見到王國維後一修正之說，但他從名與字的
相應關係上找到證據，使得薛昭蘊即薛昭緯的可能性大爲增
加，可以算是王說的大功臣。

　　不過這一說的影響似乎相當曖昧，《花間集》的全注本如李
冰若的《花間集評注》對於薛昭蘊的介紹只有九個字：「薛昭
蘊，河東人，蜀侍郎」，根本沒有涉及王氏的新意見，雖然其中
屢引王氏的另一著作《人間詞話》。李冰若生於一八九九年，小

---

③見《詞籍考》卷一，一九六三年二月香港大學出版社初版。

王國維二十二歲，一九三九年病逝於重慶。他的書，出版於一
九三五年，但在一九三一年已經完稿④，其時王國維已去世八
年。《唐五代二十一家詞輯》已於民國十七年（1928）發表⑤。
雖然它不如《人間詞話》流行，但李氏專治《花間》，何以會疏
忽此一資料呢？

　　李書之外，比它稍遲的全注本是華連圃的《花間集注》，該
書〈自序〉落款係民國二十三年十二月二十日。前有顧遂序言
則標「民國二十四年仲春之月」，則該書出版最早亦當在一九三
五年，與李冰若書同時。我手頭的一本則係民國二十六年（1937）
三月出版的增訂本，商務印書館發行。這樣看來，華氏的書，
李冰若撰寫《花間集評注》時是沒有看到的。華書對薛昭蘊其
人的看法便大異於李氏，他除了引述〈唐書薛廷老傳〉及《北
夢瑣言》的資料外，尚有如下的意見：

　　　今《花間集》載薛詞十九首，其中八首爲〈浣溪沙〉。則
　　　昭蘊即昭緯乎？果爾，昭蘊由唐入蜀，實與端己相類也。
　　　（「薛侍郎」下注文）。

他的說法，似乎是採用了王說之半，但也很可能純屬一己的創
發。相同的資料導至相同的結論，這在從事研究工作的人是常
有的經驗。事實上王氏「侍郎」一證，其說服力絕不下於「好

───────────────

④ 見《花間集評注》李慶蘇所撰《影印出版後記》，人民文學出版社一九九三
　年六月北京新一版。李慶蘇爲李冰若之子，該記撰於一九八九年四月。
⑤ 王國維《唐五代二十一家詞輯》收入羅振玉及王氏門人趙萬里等所編之《海
　寧王忠愨公遺書》，民國十七年天津羅氏怡安堂印行（此說見洪國樑教授
　《王國維著述編年題要・自序》。大安出版社一九八九年八月初版），遠在李
　氏卒前十一年。李書校語所稱〈王本〉係指清王鵬運《四印齋本》，非王國
　維輯本。

唱浣溪沙」，華氏如採王說，應不會捨而不取。但華氏既多採《人間詞話》，且明著於參考書目之列，何以也未見過王氏的《唐五代二十一家詞輯》及《明正德覆晁本花間集題記》等相關資料呢？

　　再往後便是蕭繼宗教授的評點校注《花間集》。蕭書出版於民國六十六年 (1977)，臺灣學生書局印行。其書多採李冰若《花間集評注》。關於此一問題，除照錄《評注》九字外，更無一字增減。

　　蕭書之後，《花間集》全注本尚有李誼的《花間集注釋》，一九八六年四川文藝出版社出版，及沈祥源、傅生文的《花間集新注》，一九八七年七月江西新華書店發行。他們對薛昭蘊有如下的介紹：李誼：

> 薛昭蘊，號澄州，河東人，生卒年均不詳。他是唐直臣薛存誠的後裔，仕蜀，官至侍郎，工詞。現存詞十九首。

沈祥源、傅生文：

> 薛昭蘊（原注：生年不詳），字澄州，唐直臣薛存誠的後裔，保遜之子，河東（原注：今山西永濟附近）人。仕蜀官至侍郎。孫光憲的《北夢瑣言》記他的性格「恃才傲物」，「每入朝省」，「旁若無人」。他的詞風格渾樸，〈浣溪沙〉爲其代表作。李冰若《栩莊漫記》中說其詞「雅近韋相，清綺精切，亦足出人頭地。」

薛存誠是薛昭緯的曾祖父，《舊唐書》薛昭緯事跡附於薛存誠傳。我們可以看出，《花間集注釋》與《花間集新注》二書已不著痕跡的合昭蘊與昭緯爲一人，而《新注》居然很輕易的以一個「他」字掩飾了《北夢瑣言》原作「薛昭緯」而非「薛昭蘊」

的名字。他們都沒有提到王國維，他們不知有王氏之說嗎？那麼他們的根據何在呢？他們仍以王說爲靠山嗎？那麼何以不明白向讀者交代？而含混籠統以出之呢？選本中類似這樣的情形，更是所在多有，不煩一一列舉。事實上這種說法，已經載入詞典。像河洛圖書出版社的《中國文學家大辭典》（民國六十五年五月），其中「薛昭蘊」條就是這樣刊載的：

> （約公元九三二年前後在世）

> 薛昭蘊字不詳，號澄州，河東人。生卒年均不詳，約後唐明宗長興中前後在世。工詞。他是唐直臣薛存誠的後裔。仕蜀官至侍郎。昭蘊的詞，今存於《花間集》者凡十九首（《唐五代詞》同）。

這一類的詞典甚多，它們抄來抄去，像民國七十一年（1982）木鐸出版社出版的《中國古典文學詞典》很可能即抄襲上述《中國文學家大辭典》，它這樣記載：

> （約公元九三二年前後在世）。

> 字不詳，號澄州，河東人。約後唐明宗長興中前後在世。工詞。爲唐直臣薛存誠之後裔。仕蜀官至侍郎。昭蘊所作詞，今存於「花間集」者凡十九首。

略事刪乙，文章顯得更緊湊一點。這樣看來，恐怕有些書、文意見是抄自詞典也不一定。可見王說實際已產生了他的影響力。

選本另有一種比較特殊的情況，也似乎可以一提：像龍沐勛的《唐宋名家詞選》⑥於薛昭蘊詞末附〈作者小傳〉云：

---

⑥《唐宋名家詞選》，民國四十三年（1954）四月臺一版。臺灣開明書店。按民國二十三年（1934）十一月，龍沐勛有重校〈自序〉，云：「頃應開明書

薛昭蘊字里無考。仕蜀至侍郎。(《詞林紀事》卷二)。《北
夢瑣言》云：「薛澄州昭蘊，即保遜之子也。恃才傲物，
亦有父風。每入朝省，弄笏而行，旁若無人。好唱〈浣
溪沙〉詞。……。」……。

逕改《北夢瑣言》的「薛昭緯」爲「薛昭蘊」，一字之差，眞相
便完全淹沒，使人無法逕從所述資料上發現問題。這種情形，
居然不限龍氏一人，像盧元駿的《詞選注》，汪志勇的《唐五代
詞詳析》，都是如此。他們的書成於龍著之後⑦，很可能是輾轉
襲取的結果。

三、俞平伯之說的介紹及商榷

上文說過，王國維的意見，有他潛在的影響。但並非人人
同意。俞平伯先生就不以爲然。他在《唐宋詞選釋》中說：

薛昭蘊，《花間集》稱爲「薛侍郎」，字里無考。《新·舊
唐書》有〈薛昭緯傳〉，言其乾寧中爲禮部侍郎。《北夢
瑣言》謂昭緯好唱〈浣溪沙〉詞，後世乃有以「昭緯」
「昭蘊」爲一人者(原注：如王國維《庚辛之間讀書記·
跋覆宋本花間集》)，疑非是。蓋史載昭緯卒於唐末，而
《花間集》列昭蘊於韋莊、牛嶠之間，當爲前蜀時人。

　店之約，重理印行」，則其書初梓更在二十年前。
⑦盧元駿《詞選注》，正中書局印行。民國五十九年九月臺初版。書無序跋，
　不知初撰於何時。汪志勇《唐五代詞詳析》，華正書局出版。書首有洪惟助
　序，作於民國六十八年國慶。我所看到的則爲民國七十九年八月印行的第
　六版。

俞氏反對的主要理由是從《花間集》排名先後來說的：《花間集》將薛昭蘊排名韋莊之後，而韋莊作過前蜀的宰相，卒於公元九一○年，已是後梁太祖開平四年，則薛昭蘊也應該是五代時人，自然不會是卒於唐末的薛昭緯了。俞氏之說，也曾獲得響應，像吳熊和教授，便在所著《唐宋詞通論》一書中說：

> 第三組韋莊、薛昭蘊、牛嶠……李珣，皆西蜀詞人。內薛昭蘊，王國維〈跋覆宋本花間集〉以爲即唐乾寧中禮部侍郎薛昭緯，俞平伯《唐宋詞選釋》卷上疑非是，「蓋史載昭緯卒于唐末而《花間集》列昭蘊于韋莊、牛嶠之間，當爲前蜀人。」⑧

像徐育民的《唐五代詞評析》也有類似之說⑨，不贅錄。但俞氏的說法，實在有值得商榷的地方。得到他那樣的結論，必須有下列兩個先決條件：一是薛昭緯必然是卒於唐末，二是《花間集》作者排名的先後必須是依年齡長幼爲序，且年齡的大小必須是以卒年爲主。我以爲這兩個條件都有問題。先就第一點來說，謂薛昭緯卒於唐末，是據《舊唐書》的說法，《舊唐書·薛存誠傳》說：

> 保遜子昭緯，乾寧中爲禮部侍郎，貢舉得人，文章秀麗，爲崔胤所惡。出爲磎州刺史，卒。

但《新唐書·薛廷老傳》卻是這樣記載的：

> 保遜子昭緯，乾寧中至禮部侍郎，性輕率，坐事貶磎州

---

⑧《唐宋詞通論》，浙江古籍出版社一九八九年第二版。此錄自該書第四章第三節〈齊梁詩風下的花間集〉。

⑨《唐五代詞評析》，山西人民出版社一九八七年二月第一版。

　　刺史。

從語氣上來看，兩《唐書》對昭緯褒貶之不同，一望而知，不必細表。但最關緊要的卻是《新唐書》刪去了「卒」字。根據《舊傳》，好像他任禮部侍郎之後，就下放礠州刺史，旋即卒於任上，而時間就在「乾寧中」。乾寧是唐昭宗的年號，從公元八九四至八九七年。兪平伯說：「史載昭緯卒於唐末」，大概就是根據〈舊傳〉。但他旣說過：「新、舊《唐書》有〈薛昭緯傳〉」，當然看到〈新傳〉，何以竟用一個「史」字將二〈傳〉「卒」字有無之異輕輕帶過呢？事實上，我們根據其他資料，即可發現薛昭緯在乾寧之後尙有活動，就拿《舊唐書》來說，在〈本紀〉卷二十上，便這樣記載著：

　　（光化）二年……六月，……戶部侍郎薛昭緯爲兵部侍
　　郎。

「光化」也是昭宗的年號，卻在「乾寧」之後。光化二年，當公元九〇〇年。同是《舊唐書》，〈本紀〉與〈傳〉文竟發生這樣的差異，《新唐書》刪去「卒」字，是大有道理的。另外，五代王定保《唐摭言》十一謂：「唐侍郎薛公銜命梁國，時梁已兼四鎭」。根據饒宗頤敎授《詞籍考》的說法：「考朱全忠於天復元年兼四鎭」，天復，也是昭宗的年號，共三年，當公元九〇一至九〇三年，當時昭緯還是侍郎。《唐摭言》十二又載昭緯於「天復中，自臺丞累貶澄州司馬」，後世稱他爲「薛澄州」，恐怕是這樣來的。就像溫庭筠貶爲方城尉後世稱他爲「溫方城」一樣。《全唐詩》卷六八八也說昭緯於「天復中，貶爲礠州司馬」，二者雖有澄州、礠州之異，但貶爲司馬是在天復中則同，可見在公元九〇一年以後，他還活著。〈舊傳〉之不足爲據固不必說，

唐祚之亡，在九〇六年，這樣看來，他卒於唐末之說，便大可斟酌了。

再就第二點來說，任何以年齡長幼排名的方式，都不可能根據卒年計算，這是邏輯上的不能。何況《花間》成集在公元九四〇年，當時其中若干作者都還活在世上，稱為「和學士」的和凝，該年剛任後晉的宰相，為《花間》作〈序〉的歐陽炯也當然是活著的。這是一；如果以生年為序，生年早者居先，那麼薛昭緯即使卒於韋莊之前，也可能晚出於莊而排次其後。我們並不能據此證明由於他排名韋莊之後，就決非卒於唐末的薛昭緯。這是二；何況《花間集》的編次方式是否但據年齡長幼，也不無疑議。《花間》作家之一的李珣，生於公元八五五年，卒於九三〇年，比孫光憲（九〇〇——九六八）、和凝（八九八——九五五）、歐陽炯（八九六——九七一）都早，卻排在最末。如果依劉尊明考證⑩，孫光憲生於八九五年，但排名卻遠在歐陽炯、和凝之後。又皇甫松排名次於溫庭筠，但韋莊於唐昭宗光化三年十二月，奏請追贈已卒文學之士十四人為進士，置皇甫松於李賀後，排名第二，溫庭筠則在第六。事載洪邁《容齋三筆》〈唐昭宗恤儒士〉條。又《全唐詩》《唐五代詞》也錄其作品在溫氏之前，不知彭定求、林大椿等別有根據否？使人懷疑皇甫松的生年不一定晚於飛卿。《花間集》以飛卿居首，也許是因為他的詞名最盛，影響最大，有推崇他的意思；孫光憲雖然與西蜀頗有淵源，但終身出仕荊南，不算純粹的西蜀本土作

---

⑩ 見劉尊明〈花間詞人孫光憲生平事迹考證〉，《文學遺產》（1989 年 6 月）；並參見拙文〈試論孫光憲的四首楊柳枝〉，收入本集。

家；李珣叨陪末座，也許因爲他是波斯人。當時尹鶚就曾爲詩
以嘲，說是「異域從來不亂常，李波斯強學文章。假饒折得東
堂桂，胡臭薰來也不香」，頗有貶抑外國人的意思，雖然他是一
位傑出的外國人。這樣看來，年輩的長幼只是《花間集》編次
的考慮重點之一，而決非唯一條件。〈花間集序〉云：

> 今衞尉少卿字弘基，以拾翠洲邊，自得羽毛之異；織綃
> 泉底，獨殊機杼之功。

這是說《花間》諸詞，是經過審愼的挑選與精妙的編輯。如果
它的編輯只是按年齡長幼排次，歐陽炯怎麼會這樣說呢？

就上述諸理據看，兪平伯之說之不可能成立，是相當明顯
的了。

四、薛昭蘊其人

根據前面的討論，薛昭蘊很可能便是薛昭緯，昭蘊是昭緯
的字，蘊蓄與經緯有其相應的關係。二人的職稱旣相同，愛好
也一樣，諸多巧合，只有解釋爲同一人最爲合理。另外，我還
可以補充一個消極的證據：《北夢瑣言》只載昭緯事而無昭蘊，
如果不是一人，應該不會如此；而《十國春秋》記兩蜀事，也
從未提到昭蘊，如果昭蘊曾爲蜀侍郎，何以非特沒有他的傳，
甚至一字未及？我以爲昭緯即使入蜀，「侍郎」仍是唐的舊職
稱，並非在蜀又官爲侍郎。他的詞被選入《花間》，恐怕純是因
爲他以喜唱〈浣溪沙〉名世之故。在他傳世的八首〈浣溪沙〉
中，確實有幾首是深婉精艷之作。

把昭蘊、昭緯合爲一人，便有若干資料可以補充。世人多

知《新、舊唐書》有他的〈傳〉，《新唐書》附於他的祖父〈薛廷老傳〉，《舊唐書》附於他的曾祖父〈薛存誠傳〉，從兩〈傳〉，可知他的身世籍里，以及他先人的若干事蹟。他是河東人⑪，曾祖父薛存誠爲御史中丞，是有名的直言敢諫之臣，《新傳》說他「性和易，於人無所不容，及當官，毅然不可奪。」其他事蹟頗多，不贅述。死後憲宗深惜，追贈刑部侍郎；他的祖父薛廷老，曾爲右拾遺，以切直敢諫著稱，後爲刑部郎中，遷給事中。《舊唐書》說他：「性放逸，嗜酒，不持檢操，終日酣醉。」使得文宗「不悅」。《新唐書》也有類似的記載。昭緯的「每入朝省，弄笏而行，旁若無人」的輕率態度，似乎大有祖風。但是《新唐書》說廷老「在公卿間侃侃不干虛譽，推爲正人」，《舊唐書》除這點外，更說他「謹正有父風」，「性通脫」。他死後也追贈刑部侍郎，父子同榮，也可算是佳話了；昭緯的父親薛保遜，兩〈傳〉但說他進士及第，累官至給事中。寥寥十餘字，簡略已極。兩〈傳〉關於昭緯的記載，也不豐富，上文第三節所引，〈舊傳〉不過三十三字，〈新傳〉只有二十三字。〈舊傳〉頗有褒美之意，〈新傳〉但言「性輕率」，更無半句好評。本傳之外，《舊唐書》尚有下面幾條資料很少爲人注意，今分別錄其要點，以助了解。

《舊唐書・禮儀志五》：

> 僖宗自興元還京，夏四月，將行禘祭。……禮部員外薛
> 昭緯奏議曰：「伏以禮貴從宜，過猶不及。祀有常典，

---

⑪《花間集新注》謂「河東」當「今山西永濟附近」。此就唐所置河東道爲說，參《讀史方輿紀要・歷代州域形式》。

理當據經。（下歷數各代以徵，約三百字，從略。）」奉
敕敬依典禮，付所司。

《舊唐書·本紀》卷二十上：

（昭宗乾寧）三年十月戊申朔，以中書舍人權知禮部貢舉
薛昭緯爲禮部侍郎。

又：

（光化）二年，……六月，……户部侍郎薛昭緯爲兵部侍
郎。

參考〈禮儀志〉前文，僖宗自興元還京，是在光啓三年二月，
即公元八八七年。那時候昭緯的官職是禮部員外。他出任禮部
侍郎是在昭宗乾寧三年十月戊申，即公元八九六年，也就是新
舊二〈傳〉所說的「乾寧中」。在這一段將近十年的過程裡，他
曾任中書舍人，並權知禮部貢舉，職兼兩省，頗受重視。到了
昭宗光化二年，公元九〇〇年，他由户部侍郎改任兵部侍郎，
五年之中，職務三變，皆同級轉任，或者旨在栽培，當無褒貶
之義。如果加上前文所引《全唐詩》及《唐摭言》等資料，更
知道他在昭宗天復元年，也就是公元九〇一年，還官居侍郎，
並曾奉命往見朱全忠。至於貶爲澄州或磯州司馬自是更後的
事。他是否可能像韋莊一樣，晚年到了蜀國呢？也許就在唐亡
之後。《十國春秋》卷三十五前蜀〈高祖本紀〉云：「是時唐衣
冠之族，多避亂在蜀，帝禮而用焉，使修舉政事，故典章文物，
有唐之遺風。」那已是前蜀高祖開平元年，公元九〇七年。他
是否在蜀國又再度官爲侍郎呢？很難憑虛猜想，《十國春秋》既
隻字未提，多半《花間集》的「侍郎」官稱，仍是指唐的舊職。
他的詞被選入《花間》，恐怕是因爲他是喜唱〈浣溪沙〉的詞作

名家之故。在他今存十九首詞作中，尤其是〈浣溪沙〉詞，像
「紅蓼渡頭秋正雨」一闋，的確深婉精麗；「傾國傾城恨有餘」
一闋，則是深厚渾樸。

　　他在蜀國，也許以字行，一般都稱他爲「薛昭蘊」，《花間
集》也便如此。

　　這個薛昭蘊，也就是薛昭緯，孫光憲的《北夢瑣言》卷四
〈薛澄州弄笏〉條頗載其軼事，王國維所錄，並非全部，該條下
文是這樣的：

> 　（昭緯）知舉後，有一門生辭歸鄉里，臨岐獻規曰：「侍
> 郎重德，某乃受恩。爾後請不弄笏與唱〈浣溪沙〉，即某
> 幸也。」時人謂之至言。

他的輕率態度連門生都看不慣，《新唐書》史筆鏗鏘，但作「性
輕率」三字考語，雖未免過苛，卻並非完全沒有道理。

　　《北夢瑣言》又言：

> 有小吏，常學其行步揖遜。公知之，乃召謂曰：「試於
> 庭前，學得似，則恕爾罪。」於是下簾擁姬妾而觀之。
> 小吏安詳傲然，舉動酷似，笑而舍之。

可見他頗有幽默感，並不倚仗權勢，擺弄上司的威風，即使他
的屬下並不怎麼禮貌。這一點頗有他先人寬容通脫的遺風，殊
爲難得。

　　《全唐詩》卷六八八錄昭緯詩二首，詩云：

> 時君過聽委平衡，粉署華燈到曉明。開卷固難窺浩瀚，
> 執衡空欲慕公平。機雲筆舌臨文健，沈宋章篇發詠清。
> 自笑觀光（原注：「下闕」）（以仁案：下脫十字，詩題
> 名〈華州牓寄諸門生〉）

> 一楪虀根數十籤，盤中猶更有紅鱗。早知文字多辛苦，
> 悔不當初學冶銀。（詩題名〈謝銀工〉）

第一首應是他知貢舉時作。次首類似打油，或者是他的遊戲之筆，頗符合他的輕率的性格，並錄於此，以資考證。

五、餘論──兩條未決的資料

上文，我比較切實地介紹了王國維與俞平伯以及他們的後續者對這個問題的意見，對王國維之說，我作了補充。對俞平伯之說，我作了辨駁。其中有些資料和見解是前人未曾發現或未曾提及的。我更特別提到若干詞選集及工具書，由於他們揉合了不當的資料，使得他們的說法相當曖昧，極可能對讀者造成誤導。本文把它揭示出來，讀者如能舉一反三，相信會有其極積的正面的意義。

對本文的主要論點來說，我之所以贊成王國維的意見，是由於對已有資料逐步解析的結果。因而，我甚至在第四節儘可能披陳薛昭緯的資料，提供了他的一幅比較明晰的畫像。但我仍然只能說：「薛昭蘊很可能是薛昭緯」，而不能給予更斷然的判定。原因是新近得到兩條資料，單獨來看，都好解釋，湊合一處，便與上項結論相抵觸。但我也不認為它們有足夠推翻上項結論的力量，因此放在這一節說明，餘波蕩漾，以視將來。

第一條資料是黃進德所提到的，見於所著《唐五代詞》一書⑫，他說：

---

⑫《唐五代詞》，上海古籍出版社一九八七年十月第一版。

薛昭蘊另有《幻影集》(原注：見王文浩輯《唐代叢書》)，
其中收有前蜀高祖義子王宗信於乾德元年（原注：西元
九一九年）將兵伐岐，止白石鎮遇妖僧的故事。這故事
並見於五代王仁裕《聞見集》（原注：《太平廣記》卷三
六六引）。可見薛昭蘊當是五代前蜀時人。王國維《庚辛
之間讀書記・跋覆宋花間集》疑爲即唐末薛昭緯，似未
確。

薛昭蘊的《幻影集》既已載有乾德元年王宗信遇妖僧的故事，
那表示他在公元九一九年還在世。這樣，當然不會是卒於唐末
的蘊昭緯了。但如前文所述，薛昭緯是否卒於唐末，根本找不
到確證，《舊唐書》本傳雖有卒於乾寧中之說，卻又爲同書別的
資料所否定，這便讓我們很自然地循由黃進德的資料，假設薛
昭緯可能逃亡到西蜀，且活到公元九一九年以後。

另外一條資料見於徐鉉《稽神錄》卷三所載：

南平王鍾傳在江西，有衙門吏孔知讓新治第，晝有一星
隕于庭中，知讓方甚惡之，求典外戎，以空其第。歲餘，
御史中丞薛昭緯貶官至豫章，傳取此第以居之，後遂卒
於是。

這一資料，又見於《太平廣記》卷一四五。按鍾傳擄洪州在中
和二年（八八二），僖宗擢爲江西團練使，旋拜鎮南節度使、檢
校太保、中書令，爵穎川郡王，又封南平王。昭宗天祐三年（九
〇六）卒，唐祚亦亡。事詳《新・舊五代史》本傳、《新唐書》
僖宗本紀、昭宗本紀及本傳。單獨來看《稽神錄》這條資料，
覺得所說薛昭緯因貶官而外放這一母題，與《新・舊唐書》本
傳相同，但說他卒於豫章鍾傳賜第，則大異於二《傳》。這樣的

資料，既無年月可稽，原不能證明什麼。不過，與黃進德所舉《幻影集》一事配合來看，好像轉可推翻我前述的假設；因爲即使無確切年歲，但大體上說，卒於豫章鍾傳賜第的薛昭緯，總應該不會是遠在西蜀寫《幻影集》活到公元九一九年以後的薛昭蘊，除非我們能證明徐鉉《稽神錄》記載錯誤。

　　徐鉉《稽神錄》記載是否可能發生錯誤？自可加以討論。我們細讀那條資料，覺得有下面幾點可以商榷：

　　㈠兩《唐書》說他貶爲磎州刺史，不是貶至豫章。

　　㈡他貶至豫章，擔任何種官職？《稽神錄》未作交代。

　　㈢無論貶爲何官，何以未配官舍，竟須借屋而居？

　　㈣薛氏貶官之前，兩《唐書》說他任禮部侍郎，而非「御史中丞」。

　　㈤他到底卒於何年？亦語焉不詳，未作交代。

大抵《稽神錄》旨在誌異，這種地方，只是陪襯的背景，含混帶過，原非重點所在；而神怪奇異的事，如非杜撰，便是源於傳說，甚或來自街談巷議，自不能與信史相比。即如「御史中丞」官職的問題，《唐摭言》十二雖亦有「自臺丞累貶澄州司馬」之說與之相應，但兩《唐書》從未記載他擔任過這一職務。反是他的曾祖父薛存誠卻因此職，以直言敢諫得享盛名；而且「澄州」在廣西，「豫章」在江西，二地相去懸遠，其中是否有傳聞之訛因襲之誤呢？我們看該條末句但作「後遂卒於是」，更無確切年歲，似是隨文敷衍，信筆而成。這種籠統的寫法，主要是由於沒有任何依據。就像《舊唐書》本傳把他的卒年附述於乾寧中諸事之後一樣。皇皇正史，尚且如此！

　　不過，我之所以懷疑《稽神錄》的可信度，並非僅因爲它

是誌異小說家言之故，主要是關於薛昭緯貶官而卒一事，諸多
資料，參差已甚，就像一個謎團，大家傳來傳去，更無一致的
說法，使我們不能不持謹慎態度。他是否眞的卒於豫章呢？我
們試查《新唐書》鍾傳本傳，天祐三年，鍾傳卒後三月，洪州
（即豫章）城陷，淮軍大掠三日。薛昭緯是否死於亂軍呢？或者
因亂而逃避西蜀？《唐摭言》說他「累貶」，或者在此亂事之前，
他已貶去澄州作司馬呢？似乎都有可能，並非沒有可供想像的
空間，不一定非「卒於是」不可，而後二者都不會與我的假設
發生衝突。

　　總而言之，對薛昭蘊與薛昭緯是否爲同一人的問題，我的
意見似乎多從消極方面立論，而且似乎理多於據，故只敢用「可
能」二字。但所陳理據，也能自圓其說，所以我仍維持我的假
設。好在這篇小文所涉論的方面不只這一點，其中若干意見是
頗具建設性的。即使就這一點而言，也蒐集了比較豐富的資料，
開闢了再思考的空間，這是我要鄭重向讀者致意的。

試釋薛昭蘊〈浣溪沙〉詞一首

一、前言

　　王國維以爲《花間》詞人薛昭蘊即兩《唐書》與《北夢瑣言》所載的禮部侍郎薛昭緯，我曾同意他的說法並加以考論，詳見拙作〈花間詞人薛昭蘊〉，此處不贅。史謂薛昭緯愛唱〈浣溪沙〉詞，而薛昭蘊也以〈浣溪沙〉詞見長，《花間集》收錄了八首之多，幾佔他全部詞作十九首之半。歷來評論者對他的〈浣溪沙〉詞，或許爲「清綺精艷」①，或以爲「好處在深婉」②，或美其「風格渾樸」③，都有見地。我在〈花間詞人薛昭蘊〉一文中提到他的「紅蓼渡頭秋正雨」那首詞，也正是〈浣溪沙〉的第一首，說它「的確深婉精麗」。本文因特別選取這一首，試

---

① 李冰若《栩莊漫記》：「薛昭蘊詞雅近韋相，清綺精艷，亦足出人頭地。」
② 馮沅君《中國詩史》：「薛昭蘊的詞，以……〈浣溪沙〉最優。……〈浣溪沙〉的好處在深婉。」
③ 沈祥源、傅生文合著《花間集新注》〈作者小傳〉：「他的風格渾樸」。〈浣溪沙〉爲其代表作。

作詮釋，以助賞鑑。

二、形式和題旨的問題

先將該詞迻錄如下：

> 紅蓼渡頭秋正雨，印沙鷗跡自成行。整鬟飄袖野風香。
>
> 　　不語含嚬深浦裡，幾回愁煞棹船郎。燕歸帆盡水茫
> 茫。

這首詞有兩個問題，需要首先討論，一是「形式」的問題，二
是「題旨」的問題。這裡先談前者。蕭繼宗先生《評點校注花
間集》以為此詞：

> 首句失韻，致令後片全同，大損調風。

這便涉及「形式」的問題。蕭氏是以後世的〈浣溪沙〉詞為衡
量尺度來說的，不知當時並沒有這樣的規矩。薛氏作品中尚可
找到同例，似乎不能以一時的失韻來解釋。他的〈浣溪沙〉之
八首句云：「越女淘金春水上」，「上」字也是仄聲，與下句「步
搖雲鬢珮鳴璫」不叶。薛氏以愛唱〈浣溪沙〉名世，我們不能
說他不曉音律，可見當時首句末字或平或仄或韻或否，並無定
格，也無礙於歌唱。這就如同後世〈浣溪沙〉，四、五兩句例皆
對仗，而《花間集》卻時見不對仗的情形一樣。例如韋莊五首，
幾乎都不對仗，只有第三首「一枝春雪凍梅花，滿身香霧簇朝
霞」二句對仗，卻在五、六兩句。昭蘊八詞，也只有第四首「意
滿便同春水滿，情深還似酒杯深。」第六首「正是斷魂迷楚雨，
不堪離恨咽湘弦。」第七首「吳主山河空落日，越王宮殿半平
蕪。」第八首「不為遠山凝翠黛，只應含恨向斜陽。」四首是

對仗的④。又《花間》如〈楊柳枝〉有二十八字體及四十字體兩種；溫庭筠的〈南歌子〉五句共二十三字，它們的句構是五五五五三，張泌的也是五句，卻有二十六字，句構爲五五五七六三；溫庭筠的〈河傳〉爲五十五字，上下片皆七句，句構爲二二三六七二五，七三五三三二五。韋莊則只五十三字，上片七句，下片六句，句構爲二二四四四六三，七三五四六三。張泌有〈河傳〉兩首，雖然都是五十一字，但一首上片六句，二十五字：四四四四四五。下片五句，二十六字：七三五六五。另一首則上片六句，二十二字：二四四七二三。下片也六句，二十九字：七三五七二五。同出一人的作品，也不一樣。是否歌曲音節上有如此彈性，雖不得而知，但以之證明當時若干調式尙未固定，則是很顯然的。是則蕭氏以「失韻」說之，不免有以今律古之蔽。

　　又蕭氏認爲上下片音響相同，致令「大損調風」，也只是個人的習慣所造成的錯覺，並無樂理上的根據。詞調中上下片平仄全同者不乏其例，如〈長相思〉、〈采桑子〉、〈臨江仙〉等都是，何以蕭氏不以爲有損調風呢？

　　其次談到「題旨」的問題。

　　題旨關係作品的說解甚巨，以《詩經》〈關雎〉爲例，〈毛序〉說它是「后妃之德也」，屈翼鵬師《詩經詮釋》以爲是「祝賀新婚之詩」，裴溥言敎授《詩經的欣賞與研究》則謂「一位公

---

④ 到了顧夐，八首中有七首是對仗的；孫光憲，九首中有八首；毛熙震，七首中有五首；李珣，四首中有三首，可以看出此調的發展，四、五兩句對仗漸漸成爲它的常態了。

子哥兒追求一位美女」……題旨不同，解說必異，這是不爭的
事實。《花間》作品，皆有調無題，題旨例皆由讀者研索而得，
讀者若誤解內容，題旨便大有差異，拙作〈試論溫庭筠的一首
荷葉盃詞〉，〈試論孫光憲的四首楊柳枝〉，〈溫庭筠兩首女冠子
的訓解與題旨的問題〉等篇都涉及這一論點，可參看。我所見
過的《花間集》全注本五家，除《新注》外，更無一家對此詞
有題旨的說明，華連圃《花間集注》略有涉及，但不夠明確。
因此本文即以《新注》為對象，展開討論。

　　《新注》以為這首詞是「描寫水鄉秋色風情」，他解析說：

> 詞分三層：第一層是開頭二句，勾畫了渡頭秋雨，紅蓼
> 一片，水邊沙上，鷗跡成行的水鄉秋景。第二層是「整
> 鬟」二句，是秋景中的一個特寫鏡頭：少女停舟于深浦
> 之中，不語含顰，清風拂袖，整鬟飄香。著墨不多，而
> 人物明晰可愛。第三層是最後兩句。寫棹船郎對少女的
> 懷想，並用「燕歸帆盡水茫茫」這一饒有餘味的畫面結
> 尾，既合水鄉秋景，又關棹船郎的依戀與茫然心情，景
> 情俱佳。

他將這首詞分為三層，二句一層：㈠、首二句寫水鄉秋景；㈡、
三、四兩句特寫秋景中一位雇舟出遊的美女；㈢、五、六兩句
寫船郎對該女的慕戀心情。此一構想，似乎與華連圃《花間集
注》有關，華氏說：

> 蓋以秋思之深，無聊賴，無意緒，思欲泛舟自遣，惟臨
> 流往返，不知所之，故愁煞舟子也。

《新注》思考的方向與華氏如出一轍，很可能即師取華說而稍加
變動，但此說似乎有下列諸問題：

㈠、單身美女雇舟出遊，在當時恐怕相當罕見，作者以爲題材，似乎很少可能。

㈡、雇舟出遊，何以「不語含嚬」？《新注》未採華氏「無聊賴無意緒」的解釋，使該女成爲水鄉一景，變作配角。

㈢、他用「懷想」與「依戀」字樣，顯然把最後二句歸入另一時段，表示此一遭遇事後對船郎的影響；而將下片首句與上片末句結合，乃使船郎成爲詞中的主角。姑不論這樣的結構在詞的形式上是否甚不尋常，即就內容言，以當時階級差別之深植人心，作者是否有此想法而描寫這樣的情事，深可懷疑。至於以「依戀」二字來形容一個船郎對「少女」的愛慕心情，是否妥當，則其餘事了。

根據我的看法，這首詞只是在描寫一個盼望歸人的女子。這樣的題材是《花間》作者人人愛寫的，可以說是開卷即是，俯拾可得，不煩舉證。但在同樣的題材中，這首詞卻也有它的特點：那便是以秋雨渡頭爲背景。因此，說得眞切一點，它的題旨應爲：「寫一位獨立渡頭秋雨中盼郎歸來的少女」。我後來看到徐育民的《唐五代詞評析》，他說：「這首詞描寫一位少女在渡頭盼郎歸來而終於失望的惆悵情景」，和我的看法不謀而合。下面，我將簡介他的說法，並以此一題旨爲基礎，作進一步的討論。

三、評介徐育民之說

題旨旣經設定，總方向就不會有太大的偏差。譬如徐育民，他對這首詞作過賞析。我雖然不能完全同意他的意見，但大部

分還是給予肯定的。他的意見載於前述所著《唐五代詞評析》一書，現在抄錄於下：

這首詞描寫一位少婦在渡頭盼郎歸來而終於失望的惆悵情景。

一二句是寫景，瀟瀟秋雨灑在長滿紅蓼花的渡口，一片迷茫，除了幾行沙鷗的足跡，這裡是那麼寂寞空曠。兩句景語為全詞烘托出抑鬱不舒的氣氛。「蓼」，生長在水邊的草花。

第三句是寫人，在這秋雨綿綿，野無人煙的渡口，卻出現一位梳妝整齊，衣袖隨風飄舞的美麗女子。在這惡劣的氣候裡，她為什麼不守在深閨，而要佇立在這風雨侵襲的渡頭邊呢？這像戲劇中留給觀眾的懸念，促你思考，催你往下閱讀。

下片頭兩句，緊承上片末尾，繼續寫人。「不語含嚬深浦裡」，寫女子形象。她不說話，皺著眉頭，在水邊走了很遠很遠。一個「深」字，下得妙。形容她情深思遠，因此終日走向「深浦」張望。這專誠的行動，不知多少次感動了「棹船郎」。「幾回愁煞棹船郎」，連划船的都似為她惆悵，這句是襯語，是點染主意的餘文。愁字意思很輕。這裡以「棹船郎」的愁來烘托那位思婦的顰蹙，便比單寫思婦更濃摯，這是加倍寫。「棹船郎」與思婦是無關的，卻「幾回愁煞」，這更反襯思婦的痛苦之深。在這首詞裡，寫「不語」句是本意，是主；寫「幾回」句是餘文，是賓。一般寫論文，主意當然重於餘文；但在文學作品裡，有時餘文卻比主意寫得出色。如北宋柳永的

名詞〈雨霖鈴〉中：「多情自古空離別，更那堪冷落清秋節」，這句是主意。接著寫「今宵酒醒何處，楊柳岸曉風殘月」，是點染主意的餘文，這餘文卻成了勝於主意的名句。可見文學作品裡，餘文的地位有時重於主意，要放在主意之後，這樣安排會更增強全詞的唱歎聲情。如這首詞，「幾回愁煞棹船郎」一句就很耐人咀嚼。

末尾以「燕歸帆盡水茫茫」景語作結，十分生動形象，語盡意不盡，留給讀者無限的想像天地。〈浣溪沙〉詞調上下片都只三句，是個奇數。第三句結句還拖了一個獨立無偶的尾巴，它的地位和作用卻等於絕句的第三、四兩句。這一句還要起兩句的作用。一般絕句的作法，第三句要轉，第四句要收；〈浣溪沙〉末句七字要抵得絕句的第三第四兩句。因此，這七個字要能作到即轉即收，才算稱職。如這首詞的「燕歸帆盡水茫茫」，實際就是溫庭筠〈夢江南〉中「過盡千帆皆不是，斜暉脈脈水悠悠，腸斷白蘋洲」的意思。但薛昭蘊用七字景語，通過「燕歸去」、「帆過盡」，留下白茫茫一片江水，烘托出思婦失意、悵惘，無窮的愁苦，使這不易表達的抽象感情，形象化地出現於讀者想像之中，好像是在耳目之前。

薛昭蘊此詞選注者雖不乏人，但都只作字句的零碎解釋，像徐氏這樣完整的串講全詞的內容，更逐句闡明它們的重點，是非常罕見的。尤其謂末句暗用飛卿詞意，更具眼力。我多年在臺大講授《花間》詞，覺得此句不僅暗用飛卿〈夢江南〉，甚至「燕歸」一語，也涵孕飛卿詞意，這一點下文再說。但本文把徐說全部迻錄，並不只是因為它有上述的長處，更因為它關係下文

的討論。由於題旨的不同，他對「棹船郎」的認知乃截然異於
《新注》；他對「深浦」的解釋也因而與《新注》不同；對全詞
結構的了解也比較合乎〈浣溪沙〉一般的格局，而不像《新注》
扭曲。至於他以絕句的作法來說明〈浣溪沙〉的作法，似乎只
是個人的隨興意見。因爲六句的〈浣溪沙〉與四句的七絕是否
有同源的關係，還沒有聽說過；而且絕句的佈局，本身便變化
多端，不拘一格；〈浣溪沙〉亦然。起、承、轉、合的作詩之
法，用於初學者指南，使了解在有限的文字中如何謀求變化的
意義，自有它引導訓練上的功能，但把它視爲經營絕句的不二
法則，便須斟酌，只憑印象說話，不免皮附之譏。

　　就徐文整體來看，他的解析，並非通過討論的方式，只是
一種直線的陳述，有如導遊的說明，雖然這也是非常重要的。
他沒有作深層的分析，因此也就不能多角度體現作者的匠心。
史稱薛昭蘊愛唱〈浣溪沙〉，該詞的腔調旋律如何，不敢妄猜，
但薛氏由於一己之匠心，營造出精麗婉約的作品，而使自己陶
醉其中，寶愛不已，從而喜好〈浣溪沙〉成癖，而留下一段佳
話⑤，我們對他的作品的研析，怎能不著意爲之！

四、賞析的幾個取向

　　在展開賞析的討論之先，條列幾項要點，作爲指標，庶幾
水源木本，不離其宗：
　　㈠此詞旨在寫渡頭秋雨中一位盼望歸人的女子。

---

⑤詳拙作〈花間詞人薛昭蘊〉一文，收入本集。

㈡此詞以該女爲主角，景物與船郎都是陪襯，而場景只是一個，時段也只是一個。

㈢該女之姿態、容色、表情實爲全詞之靈魂，掌握全詞之脈動。

下面，擬從三方面來討論這首詞的優點：

㈠佈局嚴密結構周詳

從佈局與結構上說，是營篇的問題，不涉及一般形式方面。這首詞，是以什麼樣的方式展開？是如何體現作者繽紛的思緒？我們且從不同的角度切入，加以探索。今以運鏡爲喻，來看它的進行的方式。上片第一句「紅蓼渡頭秋正雨」，寫整個大環境；第二句「印沙鷗跡自成行」，鏡頭拉近，移向沙灘，沙灘上的一行鷗跡；第三句鏡頭再拉近，從一行鷗跡移向一位美人的身影：「整鬟飄袖野風香」，做成一個特寫鏡頭。這是從遠而近，從面而線而點，整個寫景；下片第一句「不語含嚬深浦裡」，描寫女子的表情。第二句「幾回愁煞棹船郎」，敍述旁觀者的感受；第三句又回到整個大環境：「燕歸帆盡水茫茫」，燕子回巢了，客帆過盡了，仍然候不到歸人，只見流水茫茫一片。這是由近而遠，從點而線而面，大體寫情。與上片相反相成，開展自如，回旋有致。這是賦體的寫法。賦的寫法，在於平舖直敍，要點則須運鏡靈活，否則極易流於平板庸易，淺率無味。歷來學者盛稱周美成詞最爲範作，譬如他的〈阮郎歸〉：

> 菖蒲葉老水平沙，臨流蘇小家。畫欄曲徑宛秋蛇，金英垂露華。　　燒蜜炬，引蓮娃，酒香薰臉霞。再來重約日西斜，倚門聽暮鴉。

前四句寫景，便是用的賦法，由遠景、而中景、而近景，從面、而線、而點，迤邐而來，閒閒以出，讀者但覺其靈動而從容，手法與此類似。然時間已晚於薛詞二百多年了！而薛氏此詞的迴環運鏡，則又為周詞所未及。

　　另外，我們又可發現此詞純從視覺與嗅覺上著色，更不涉及聽覺。尤其是上片：紅者蓼花，綿綿細細者秋雨，一行尚未為風雨沖刷的鷗跡，一位髮衫飄舉的孤單少女，這都是眼中所見；而風中傳來香氣，則是屬於嗅覺的範圍了。他如不語含顰、船郎愁煞、燕歸帆盡，也都是目所見。可見作者有意營造這一片岑寂，十分孤涼，突顯一個以靜為主的畫面，而這種靜，又不是死寂的呆板的靜：秋雨一望迷濛，廣大的畫面是靜，但秋雨細細，飄飛無已，則是動，是靜中有動；沙跡一行，是局部的靜，而旅鷗何處？是想像中的動，則又靜中寓動；伊人痴立，是一個靜的特寫鏡頭，而髮衫飄舉，則又是靜中有動。從面到線到點，主體都是靜，但都不是呆板的靜，而是一種生動的靜。這就難怪湯顯祖要說：「天空鳥飛，水落石出，凡景皆然⑥。」他指出此詞要點之一在動靜的描寫上，對比上。

㈡筆力雄渾手法細膩

　　《新注》以為薛昭蘊的詞「風格渾樸」，與一般學者的看法不同⑦，不知他根據何在？我這裡所說的「雄渾」，意指此詞造

---

⑥ 語見湯評《花間集》，轉引自李冰若《花間集評注》。
⑦ 李冰若《栩莊漫記》說昭蘊詞「清綺精艷」，鄭振鐸《中國文學史》說它「綺靡」，馮沅君《中國詩史》說它「深婉」。

辭遣句含孕的豐富蓄力的厚重而言，但我們必須配合他細膩的手法來看，始可發現二者之間的相輔相成的關係。它們可以是影響詞風重要的因素之一，但這裡所談卻與風格無關。

何以見出此詞的筆力雄渾？以首句為例，「紅蓼渡頭秋正雨」，區區七字，說明了時間、地點、景色：秋天的渡口，紅紅的蓼花盛開者，天上濛濛地飛著細雨。介紹了作為背景的大環境，字面精簡而內容豐富。

又如第三句「整鬟飄袖野風香」，是寫該女的外貌，七字不但寫了風，而且寫了人；風香也就是人的髮香衣香脂香粉香，因此不但寫了人，也勾勒出人的姿態，使讀者想像到她的容色。彷彿看見在濛濛秋雨中、岑寂沙灘上，一個髮衫飄舉的孤獨倩影。這種烘托的手法，不但添加了姿態，豐富了內容，而且絲連下片的首句，使二者在寫貌與寫情之間得到了和諧的調適。也就是說，下片首句正面描寫了她的情，她既是一位孤單、失望、悲傷的少女，若從正面寫她的眉眼肌膚之美容色服飾之麗，不但難以落筆，兼且格格不入。這樣的側寫旁敲，便消融了二者的衝突，而使她的美麗與傷悲諧和的結合，得到動人的效果，這是何等的筆力！而其思維又是何等深婉！

又如末句「燕歸帆盡水茫茫」，使人很可能會聯想到溫庭筠的詞。飛卿名作〈菩薩蠻〉經常藉歸燕以喻盼望歸人之情，如第七首：「音信不歸來，社前雙燕回」，第九首「楊柳色依依，燕歸君不歸」。光是歸燕，我們還不能強為攀附，加上前文引錄徐育民所說的，他有名的〈夢江南〉：「過盡千帆皆不是，斜暉脈脈水悠悠」，便很明顯的看出二者的關係：此詞的「帆盡」豈非「過盡千帆皆不是」麼？此詞的「水茫茫」，豈非有如溫詞的

「水悠悠」麼？一狀其浩瀚無垠，一狀其綿延不絕。這七個字暗合而又含孕飛卿的豐富詞情且純任自然，毫無斧鑿痕跡，在在可以看出他筆力的圓融渾厚。我不敢說他有意襲用飛卿，但《花間》詞人，韋莊以次，恐怕多少都受溫詞的影響。說他不只是才華過人，而且學養豐厚，應會引起多識的讀者會心一笑。

　　這個例子，事實上還有值得分析的地方，因為它實際上是全詞的關鍵，它一方面留下了蕩漾的餘情，一方面又為第四句「不語含顰深浦裡」作了最佳的詮釋；一方面寫了實際的景色，一方面又暗示了時間的長度。其中「燕歸」二字，不但與「帆盡」相對成義，也與第二句的「鷗跡」遙相呼應，顯示其間的「去」「留」的關係，以及「動」「靜」的畫面，都有助於題旨的發揮。其中「帆盡」一詞，復與第五句的「幾回愁煞棹船郎」的「幾回」相呼應，正因為船經常在往來，從而使人猜想懷著憐惜之意的舟子也許不只一人。華連圃與《新注》之虛擬一段雇舟出遊情節，也許正是未能了解此一線索之故；而《新注》逕將義當為「港灣深處」的「深浦」⑧訓為深水，解析為「停舟於深浦之中」，都可看出其彌縫補隙的支絀窘態。彼女雨中痴立，弱質臨風，若有所待；含顰不語，若有所失。此情此景，自足感人。若謂人在舟中，避雨艙內，恐怕就很難惹動旁人憐惜之情了，而且也無法與鷗跡風香互為呼應。薛詞的線索具在，卻須讀者慧目辨識，細加梳理。清周濟《介存齋論詞雜著》說：

　　　鍼縷之密，南宋人始露痕跡，《花間》極有渾厚氣象。如
　　飛卿則神理超越，不復可以跡象求矣！然細繹之，正字

---

⑧「浦」義為「水濱」。

字有脈絡。

宋張炎的《詞源》說：

> 詞之難於令曲，如詩之難於絕句，不過十數句，一句一
> 字閒不得，當以《花間》溫、韋為則。

薛氏此詞手法的細膩與用字的講究，方之溫、韋，正是不遑多
讓。

(三)涵蘊豐富餘韻無窮

這首詞，描寫一位盼望歸人的女子，從她的企盼到失望，
充滿了落寞與孤凄之感。環境的蕭疏與旁人的憐惜，都發揮了
陪襯的效果，加強了這一份感受。除了這些，它所涵蘊的，似
乎還不止如此。湯顯祖之說，似乎可以給我們一些啟示，使我
們聯想到一些事情。湯氏說：

> 天空鳥飛，水落石出，凡景皆然。

他的意思，固然是指出此詞描寫的方式是在動靜的對比上，但
似乎還不止此，當薛氏此詞作如此深婉豐富的呈現時，湯氏寥
寥數語，正如神鑰之一觸，為我們開啟另一思考之門。

我們不妨嘗試著這樣去理解：所謂「天空鳥飛，水落石出」
正是形相的說明背景之有靜有動，而個體也是一樣。凡景莫不
出乎動靜之配合，所以他說：「凡景皆然」。這一層意蘊，已超
越了前文的指涉。然而天空鳥飛，過後無跡；水落石出，原本
有象。景物或由顯而隱，或由隱而顯。我們今日這樣說：「此
時此處，有某人某物某事。」但時間一過，便都沒有了。薛詞
〈浣溪沙〉之七所謂「吳主山河空落照，越王宮殿半平蕪」，正
是這個意思。從哲理探索：分秒之差，物象皆變。即依凡人耳

目，也許十年，也許百年，事物沒有不變的。我們今日說此處
盡爲叢林沼澤，蔓草荒煙。也許十年之後，變成了連雲大廈，
車喧人烘。本來有的變爲沒有，本來沒有的卻有了。如此看來，
所謂無跡有象，實又難言。凡景物之變動有無，莫不如此。故
湯氏曰：「凡景皆然」。這是較深入的思考。

　　現在回到這首詞上，我們即以這一觀點來分析這首詞：就
物象來說，今鷗蹤無定，而沙跡空留，豈非正像人事上的情痕
深鐫，而遊屐無方麼？正是行雲雖杳，舊夢依然。是則所謂無
跡，豈是眞的無跡呢？這一女子，來此渡口，懷遠而盼歸，她
是想從沙印追逐飛鴻嗎？鷗跡成行，難道不正是往事歷歷？
（「自」有尚自之意，謂經雨猶存。）她在風中雨中痴立苦候，
髮飛衫舉，又營造了一個新象。令旁觀者「幾回愁煞」，意動情
牽，不免又留下了新跡。我們問：「野風暗送幽香，是有象嗎」？
但不能說它無跡。茫茫流水，征帆遠去，跡已消失，但該象原
來是存於此處的，它曾拘牽魂夢，縈鎖心懷，留下多少次探索
的目光，期待的心悸，失望的歎息。我們想：如果風刮得狂一
點，幽香就聞不到了。雨下得猛一點，鷗跡就看不見了。我們
又要問：「哀怨更多一點，情愛會不會減少呢？」「時間再長一
點，心境會不會變更呢？」劉晨阮肇辭別天台，再想重續舊情，
連仙家都辦不到。景物莫不如此，人事亦莫不如此。寫到這裡，
我不禁想在湯氏評語之下添加「凡情亦莫不如此」七字，把讀
者引向新開發的薛氏此詞的又一勝境。

　　　此文發表於《臺大中文學報》第五期，中華民國八十一年 (1992)
六月。今全部改寫。

試論孫光憲的四首〈楊柳枝〉

一

　　《花間集》收有孫光憲〈楊柳枝〉四首，素來不受詞學家重視。四首詞是這樣的：

　　　　閶門風暖落花乾，飛遍江城雪不寒。獨有晚來臨水驛，
　　　　閒人多憑赤闌干。（其一）

　　　　有池有榭即濛濛，浸潤翻成長養功。恰似有人長點檢，
　　　　著行排立向春風。（其二）

　　　　根柢雖然傍濁河，無妨終日近笙歌。毵毵金帶誰堪比，
　　　　還共黃鶯不較多。（其三）

　　　　萬株枯槁怨亡隋，似弔吳宮各自垂。好是淮陰明月夜，
　　　　酒樓橫笛不勝吹。（其四）

很少看見選注者或賞析者討論過這四首詞，似乎只有作《花間》全集的評注時，才不能不涉及它，但好評卻不多。像湯顯祖的《評花間》，竟說第二首的「浸潤翻成長養功」句為：「拙且蠢」。湯氏評《花間》詞，很少下這麼重的貶語。對於孫光憲的詞，他也有相當不錯的批評，譬如評〈浣溪沙〉之三的「花漸凋疏

不耐風」，之四的「一庭疏雨濕春愁」，便說：「『不耐風』」、『濕春愁』，皆集中創語。」又如評〈漁歌子〉二詞更說：「竟奪了張志和、張季鷹坐席，忒覺狠些。」後者尤有過譽之嫌。《栩莊漫記》便不同意他的意見而說：「二詞亦疏曠，特未能與『西塞山前』原唱爭勝耳」。①可見湯氏對孫光憲的詞並無任何成見。

湯氏之外，蕭繼宗的評語更值得注意，他說：

〈楊柳枝〉四首，不以詞論，即以詩衡之，亦是惡札，眞不當闌入也。②

蕭氏從四詞整體作評議，自與挑剔字句者不同，而竟譏爲「惡札」，認爲選詞者不應該把這樣惡劣的詞收入《花間》，這樣的批評是更嚴重了。至於蕭氏以〈楊柳枝〉爲七絕詩，不能算是詞，則是他個人對「詞」體的看法，其說不從音樂立論，但依形式區分，頗可商議。詳見所著《評點校注花間集》溫庭筠〈楊柳枝〉之一的按語，拙文〈花間詞人皇甫松〉注⑱對他的意見有所討論，可參閱。這裡不贅。

當然，好的批評也不是沒有，《栩莊漫記》就以爲第一首的「飛遍江城雪不寒」句爲「得詠絮之妙」。對四詞每一首都給予好評的是沈祥源、傅生文合著的《花間集新注》（以下簡稱《新

①上述諸說，皆見李冰若《花間集評注》，楊家駱編：《宋紹興本花間集附校注》（臺北：鼎文書局，一九七四年初版），頁一九九。楊書內收《宋紹興本花間集》十卷；李一氓校：《花間集校》十卷，附錄二卷；李冰若《花間集評注》十卷等三書。《栩莊漫記》李冰若自作，見一九九三年六月人民文學出版社出版《花間集評注》李慶蘇所撰〈影印出版後記〉。慶蘇，冰若子，該記撰於一九八九年四月。

②見蕭氏所著：《評點校注花間集》（臺北：臺灣學生書局，一九七七年初版）。

《注》)，③他們以爲：

> 這首詞詠柳。頭二句寫暮春風暖，江城柳絮紛飛如雪，
> 寫景。後二句寫臨水驛邊，人們憑欄賞柳之閑情，寫人。
> 全是一幅春柳圖。碧柳紅欄，分外好看。（第一首）
> 這首詞也是詠柳。頭二句寫柳絮濛濛，而柳樹要靠池水
> 滋養才能生成。後二句寫柳樹排立成行，如有人修剪，
> 迎風婀娜，情意依依。（第二首）
> 這首詞也是詠柳。頭二句寫柳雖生長在濁河之畔，但成
> 長後，也常常接近富豪家的笙歌。後二句寫柳枝美如金
> 帶，無與倫比，但與黃鸝相配而存，一靜一動，還是很
> 和諧的春色。柳從「傍濁河」而後「近笙歌」，似有寓意，
> 作者家世業農，獨好學而成材，步入帷幄，與柳頗有相
> 似之處。（第三首）
> 這首詞仍是詠柳。頭兩句寫萬株柳樹枯槁，彷彿在責怨
> 已經滅亡了的隋朝。柳枝下垂，又彷彿在憑弔吳王古臺。
> 後二句是說人們喜愛楊柳，常在明月夜裡，吹奏起以楊
> 柳爲題的樂曲，情意不盡。（第四首）

文字不多，因此全部引來。我們可以看出，除第三首外，《新注》
幾乎全從柳樹本身著眼：頭一首是春柳圖，覺得「碧柳紅欄，
分外好看」。其他或寫柳的姿態，或寫柳的容色，或寫柳的情意，
讚賞它迎風婀娜，美如金帶，情意依依不盡，而著眼點都在「詠
柳」，只有第三首，始懷疑「傍濁河」「近笙歌」二句可能有寓
意而涉及作者身世。這種樸素的評論雖有它的意義：它至少追

---

③江西人民出版社，一九八七年。

隨讀者的一般性的眼光，介紹了這四首詞表面呈現的若干優點，或者說，它至少從一個較爲平實的角度，導引了讀者作一種一般性的欣賞。不過，這是否即作者的原意呢？即就《新注》的文字看，第三首不必說，何以第二首要夾雜議論呢？「要靠池水滋養才能生成」，是講植物學嗎？這就難怪若士要說它「拙且蠢」了。「排立成行，如有人修剪」，風流的張緒，豈不成了出操的軍人武士了？這樣的描寫柳樹，即非「惡札」，但豈能辭「笨拙」之譏？而第四首言柳之枯榮，呼應時代的盛衰，賦柳以這樣的意義，顯然已溢出純粹詠柳的樸素筆法了。

　　舊說對四詞的意見既然不齊，其中論析復多疑義，本文因此願意別提新說，以就正於高明。

二

　　《花間》收錄〈楊柳枝〉詞十五首，計：

　　　溫庭筠八首。

　　　皇甫松二首。

　　　顧敻一首。

　　　孫光憲四首。

　另〈柳枝〉詞九首，計：

　　　牛嶠五首。

　　　張泌一首。

　　　和凝三首。

二者音律體式不殊，當是異名同實。《花間集》中，有二十八字及四十字兩式。前者七言四句，有如七絕詩。後者七字句後，

綴以三字短句,顧敻的〈楊柳枝〉,張泌的〈柳枝〉,都屬此體。湯顯祖以爲是「變體」,④是否係就原有泛聲而加以補實,有如樂府詩之有泛聲「上留田」,詞調中〈采蓮子〉之有「舉棹」「年少」,〈竹枝〉之有「女兒」「竹枝」之類?則不得而知。但其七字句平仄已與七絕迥不相同,且分爲上下兩片,乃成雙調,則又不似泛聲補實。⑤蕭繼宗以爲這種補實的〈柳枝〉詞才是「正體」,而斥若士之「變體」說爲謬,⑥似乎結論下得過於倉卒,很多現象無法解釋。顧、張二詞,體式既不同於他家,內容也不一樣;顧詞寫秋夜閨思,張詞寫美人春睡,絲毫不與楊柳相關,與他家〈楊柳枝〉(除和凝的第三首外)很是不同,那種二十八字的〈楊柳枝〉(或〈柳枝〉),他們共同的特點是:柳以擬人,藉柳興感,很少有不涉及柳樹的。和凝的第三首,雖然只寫自己冶遊之樂,但還有暗示「章臺柳」的意思在;也很少有純粹寫柳樹的,所以湯顯祖評溫庭筠〈楊柳枝〉說:

> 〈楊柳枝〉,唐自劉禹錫、白樂天而下,凡數十首。然惟詠史詠物,比諷隱含,方能各極其妙。如「飛入宮牆不見人」、「隨風好去落誰家」、「萬樹千條各自垂」等什,皆感物寫哀,言不盡意,眞託詠之名匠也。此中三、五、卒章,直堪方駕劉、白。

又評牛嶠〈柳枝〉說:

> 〈楊枝〉、〈柳枝〉、〈楊柳枝〉,總以物託興。前人無甚分

---

④ 見張泌〈柳枝〉下《湯評》,轉引自李冰若:《花間集評注》,參注①。
⑤ 張夢機:《詞律探源》(臺北:文史哲出版社,一九八一年初版),以爲是「和聲填實」,非。見該書,頁二〇八〜二〇九。
⑥ 見蕭書張泌〈柳枝〉下按語,參注②。

　　析。但極詠物之致，而能抒作者懷，能下讀者淚，斯其
　　至矣。「舞送行人」句，正是使人悲惋。
此所以詠柳每詠史，正是因爲有比興寄託之意存在之故。此項
說明，正顯示〈楊柳枝〉創作的傳統有其普泛性以及傳承性。
（也間接有助於此調正變二體之辨別）。這種認知，正可以作爲
我們討論孫氏四詞的基礎。也就是說，我們可以根據此一基礎，
建立我們的假設，我們可以嘗試從寄託擬人的方向去瞭解這四
首詞，而不光是從柳的本身上去探索。有如《新注》，雖然已獲
得若干訊息，卻始終沒有調整航向，殊覺可惜。

                                三

　　孫氏四詞，第一首表面是詠暮春柳色，它臨水驛而伴落花，
飛絮如雪，滿城輕颺，它飄泊無方嗎？它追逐什麼呢？卻只能
入暮與閑人爲伴，笙歌不再，盡褪繁華；第二首寫柳的適應能
力甚強，池邊榭畔，莫不青青而濛濛，浸潤的磨練反能使它茁
長茂發，成列成行，迎向春風；第三首謂其根柢雖鄰穢濁，然
成長則日近高華，它柔絲氄氄，閃耀著黃金一般的顏色，與黃
鶯相配，毫不遜色；第四首則言柳各有其遭遇：隋滅而堤柳亦
枯；姑蘇臺畔，荒柳低垂，似弔吳之亡國；只有淮陰一隅，猶
歌舞繁華，楊柳新聲，時時在美妙音樂中傳佈開來。他作這樣
的描寫，到底想說些什麼呢？
　　我們如果試著把四詞的意思凝鍊起來，第一首的主旨應該
是暮春柳色，繁華散後；第二首則是詠柳能適應茁壯；第三首
詠柳能自成高貴；第四首詠柳之與世枯榮。從這些要點上看，

已略可窺見四詞擬人與興感的影子，但它不類《花間》其他的
〈楊柳枝〉，它不像風流的張緒，也不伴浣紗的西施；既不寄情
閨閣，也不託怨青樓，不寫輕盈的舞腰，旖旎的風神，纏綿的
情致。他所寫的竟是柳的寂寞的感受，柳的適應的能力，以及
自強的精神、枯榮的命運！從一種前所未有的角度與觀點，展
現出嶄新的面目。和前人詞中習見的柔姿媚態迴不相同，「蠢
拙」「惡札」等譏評之來，大概這也是原因之一吧？然則這四首
詞到底何所寄寓呢？我以為第三詞便是關鍵，其中已經透露了
端倪。

　　《新注》說得不錯，第三詞很像是陳述孫光憲自己的身世，
《十國春秋》卷一百二十對他的生平有比較詳細的記載，今節錄
若干要點於下：

> 孫光憲，字孟文，貴平人（今四川省仁壽縣附近），家世
> 業農。至光獨讀書好學。唐時為陵州刺史，有聲。天成
> 初，⑦避地江陵，武信王⑧奄有荊土，招致四方之士，
> 用梁震薦，入掌書記。王方大治戰艦，欲與楚角。光憲
> 諫曰，荊南亂離之後，賴公休息，士民始有生意，若又
> 交惡於楚，一旦他國乘吾弊，良足憂也，王乃止。文獻
> 王⑨立，會梁震乞休，悉以政事委光憲。王居恆羨馬氏⑩
> 豪靡，謂僚佐曰：「如馬王，可謂大丈夫矣。」光憲曰：
> 「天子諸侯，禮有等差，彼乳臭子，徒驕侈僭汰，取快一

---

⑦「天成」為後唐明宗年號，初年當公元九二六年。
⑧武信王即荊南始祖高季興，原名高季昌。
⑨文獻王，高季興子高從誨。
⑩馬氏，指楚王馬希範。

時，危亡無日矣，又何足慕乎？」王忽悟曰：「公言是
也。」爲悔謝久之。光憲事南平三世，皆處幕中。累官
荆南節度副使，朝議郎，檢校秘書少監，試御史中丞，
賜紫金魚袋。繼冲時，⑪ 宋使慕容延釗等征湖南，假道
於荆，約以兵過城外。大將李景威勸繼冲嚴兵備之，光
憲叱之……因教繼冲去斥候、封府庫以待，悉獻三州之
地。宋太祖嘉其功，授光憲黃州刺史，賜賚加等，在郡
亦稱治。乾德末⑫ 卒。光憲博物稽古，……性嗜經籍，
聚書凡數千卷，咸自鈔寫，孜孜校讎，老而不廢。自號
葆光子。所著有《荆臺集》、《橘齋集》、《筆傭集》、《鞏
湖集》、《北夢瑣言》、《蠶書》若干卷。又撰《續通曆》，
紀事頗失實，太平興國初詔毀之。光憲素以文學自負，
處荆南頗怏怏不得志。嘗慕史氏之作，頗恨居諸幕下，
不足以展其才力。每謂知交曰：「寧知獲麟之筆，反爲
倚馬之用。」光憲又雅善小詞，蜀人輯《花間集》。采其
詞至六十餘篇。

孫光憲是怎樣的一個人呢？根據這一段資料，我們可以看到下
面幾點：

第一，他是農家子弟，出身寒微，因勤奮好學而進入仕宦
階層。

第二，他生於戰亂頻仍的時代，目睹艱危，飽經憂患，多
歷磨練。

---

⑪ 繼冲，高季興曾孫，荆南末代主，已去王號。
⑫ 乾德，宋太祖年號，末年當西元九六七年。

　　第三，他博學多識，善詞章，嗜經史，勤著作，才情過人。⑬

　　第四，他曾親民勤政，著有政績；他曾勸止武信王攻楚，愛國恤民；他曾勸阻文獻王高從誨及其子侍中保勖奢淫之念，勸儉戒貪；他曾叱李景威抗宋之舉，勸侍中繼冲納地降宋，量力知勢。凡此，在在都可看出他有經濟的才能，有通達的見識，有立身的原則。他也瞭解歷史的軌跡，知道天下大勢的趨向，勤儉自持，知微達變。

　　第五，他有經國之志，但久居幕府，職在閑散，頗不甘心

---

⑬ 孫光憲著作豐富，所著除《荊臺》、《鞏湖》、《筆傭》、《橘齋》、《紀過》諸書為詩文集外，其他如《蠶書》為農書，《續通曆》為編年史，《北夢瑣言》為雜史筆記。李冰若《花間集評注》引《十國春秋》謂《容齋三筆》載有《貽子錄》，疑亦其所著。今只《北夢瑣言》一書傳世，其他據《四庫全書總目》考證：「自宋代已散失」。《北夢瑣言‧序》中說到他的著作旨趣，說他有鑒於晚唐秘籍亡佚，他為了保存一代遺文佚事，以勉勵後人，「欲因事垂戒」「俾希仰前事」，而成其書；他的詞作收入《花間集》共六十一首，數量上僅次於溫飛卿，而運用詞調之多（共二十五調），《花間》為第一。所吟詠者，除男女情事、綺怨閨愁以及歡悅之情外，尚及於非男女情詞的別情、詠史、弔古、風土、寫景、人物、邊塞、詠物等方面，其範圍之廣，《花間》他家無出其右（其詳可參考拙作：〈花間集中的非情詞〉，將完成。另蔡中民〈孫光憲及其詞〉一文亦可參考。惟蔡文尚未提到他的寫景、人物、邊塞等詞）。其中若干首，如〈河傳〉之二，〈楊柳枝〉之四，〈後庭花〉之二，更寓興亡之戒，這在《花間》是少有的。他的詞，時有別出機杼處，睿思逸想，隨處可見。即使如〈女冠子〉這種易流於陳腔濫調的詞，他也有與眾不同的寫法，譬如他的〈女冠子〉之一：「品流巫峽外，名籍紫微中」，便是從女冠的知名度以及修道的目的上落筆，從一種新的角度描寫，避免因襲成說之病，這在《花間》是罕見的。蔡中民更提到他的另一首〈女冠子〉「勿以吹簫伴，不同群」，說他「自詡清高，幾乎不食人間煙火，詞氣之冷峭，與溫庭筠、薛昭蘊、鹿虔扆、毛熙震的賦題同調大異其趣。」這種看法是不錯的。從這些資料來看，他不止有倚馬之才，而且博學多能，勇於創新變俗，實在不凡。

年華虛度，有負平生。

　　《十國春秋》記載了他勸保勗降宋的一段話：

> 光憲諫保勗曰：「宋有天下，詔書皆合仁義，湯武之君
> 也。公宜克勤克儉，勿奢勿僭，上以奉朝廷，中以嗣祖
> 宗，下以安百姓。」

十國各據一方，擁兵自重，雖然改變名號，但仍然是唐末藩鎮
的局面。中原逐鹿者，梁、唐、晉、漢、周，經宋統一，大勢
所在，情態明顯。他的勸降，一則基於儒家君臣之義，二則也
是深有自知之明呢！

　　這就是孫光憲，自號「葆光子」的孫孟文！「葆光」一語，
出自《莊子・齊物論》，其辭云：「注焉而不滿，酌焉而不竭，
而不知其所由來，此之謂葆光。」狀智德之圓融，從而亦可略
窺他的自負自許的內心世界。

　　另外，根據近人的研究，我們還可以補充一些資料：

　　一是關於他的生年：

　　他的生年，正史未載。今人所著表譜辭典之類，多定其生
年為西元九〇〇年。然據湖北大學講師劉尊明考證，⑭認為他
當生於西元八九五年（唐昭宗乾寧二年），卒於九六八年（宋太
祖乾德六年），享年七十三歲。另外，蔡中民以為他的生年在唐
中和五年，西元八八五年，這是他弄錯了，如果他的計算沒有
錯誤，應該是西元八九五年，⑮與劉尊明同。

---

⑭ 見劉尊明：〈花間詞人孫光憲生平事迹考證〉，《文學遺產》（1989 年 6
　月）。

⑮ 見蔡中民：〈孫光憲及其詞〉，《成都師專學報》（一九八六年一月）。按蔡氏
　根據《三楚新錄》所載：孫光憲與梁延嗣「年甲相並」，而梁氏於「開寶九年

　　二是關於他的籍貫：

　　《十國春秋》說他是貴平人。貴平，在唐代屬劍南道陵州，宋代屬成都府仙井監，今爲四川省仁壽縣。可是《北夢瑣言》孫氏自署名「富春孫光憲」，富春即今浙江省富春縣，近人姜方鋑《蜀詞人評傳》云：「按衛卿有孫林文（仁案：「文」乃「父」之誤，《左傳》凡十八見）。凡孫氏皆望富春，蓋始於魏晉。光憲本爲陵州貴平人，而其著書自署曰：『富春孫光憲』，蓋郡望族望，宋人皆重之。」⑯則富春是他的郡望。他的籍貫還是貴平，即今四川仁壽縣，所以他在《北夢瑣言・自序》中說：「僕生自岷峨。」

　　三是關於他的經歷：

　　《十國春秋》說他「唐時，爲陵州判官，有聲。」按唐亡於西元九〇六年，如果他生於八九五年，唐亡時年僅十二歲，如果他生於九〇〇年，則僅七歲，都不可能爲陵州判官。劉尊明因此說他爲陵州判官是在前蜀時。陵州當時屬劍南道，是蜀地，前蜀有國，當公元九〇七至九二五年，即後梁（907-922）至後唐莊宗三年（923-925），如果《十國春秋》的「唐」指的是後唐，那麼，他作前蜀的陵州判官，便在九二三至九二五這三年，那時候他是二十八至三十歲。《十國春秋》例稱「後唐」爲「唐」，如卷四十四謂牛希濟入洛，「唐明宗……試蜀主降唐詩五十六字」，「唐明宗」便是李克用的養子李嗣源；又卷三十

─────────────

　　（九七六年）卒」，乃推定孫氏生年「約在唐中和五年，即公元八八五年左右」。不知由九七六年上推八十一年，實爲公元八九五年，乃唐昭宗乾寧二年，他多算了十年。

⑯ 成都古籍書店，一九八四年影印本。此轉引自劉尊明前述文，參注⑭。

七：「乾德（仁案：前蜀後主年號）六年……唐遣客省使李嚴來聘。……嚴與後主語，盛稱唐德」，「唐」皆指後唐，其時已是後唐莊宗二年。這種情形，《五代史》也如此，只有《宋史》才稱「後唐」。可知他是在後唐莊宗的時候，作過前蜀的陵州判官；到西元九二六年，後唐滅了前蜀，光憲避地江陵，也就是高季興統治的荊南，《資治通鑑》後唐天成元年（926）載：「梁震薦前陵州判官貴平孫光憲於季興，使掌書記。」《十國春秋》與同。那時候他三十一歲。他歷事武信王高季興，文獻王高從誨，貞懿王高保融，侍中高保勗，侍中高繼冲，累官荊南節度副使、朝議郎、檢校秘書少監、試御史中丞，久處幕府。直到九六三年勸繼冲降宋，他在荊南已長達三十七年。降宋後，太祖授黃州刺史，九六八年卒，享年七十三。他一生經歷唐、後梁、後唐、後晉、後漢、後周、宋七個朝代，做過前蜀、荊南、宋三朝的官。

四是關於他的交遊，特別是與《花間》詞人的關係：

根據劉尊明的考證，他早年在成都遊歷期間，結識了翰林學士牛希濟。他還可能認識司徒毛文錫。《花間集》不收南唐馮正中詞，而收荊南孫光憲詞，是因南唐地緣遠隔呢？還是孫光憲與蜀關係不同呢？或許兩者都有。而孫光憲的詞選入《花間》的達六十一首之多，數量僅次於溫飛卿，可見對他的重視。

這就是孫光憲。

四

現在，我們再回到他的四首〈楊柳枝〉上，將他的身世、

才情、懷抱、心境、哲識，投影其間：

　　他出身農家子弟，豈非第三詞所說「根柢雖然傍濁河」麼？而獨讀書好學，不正是「無妨終日近笙歌」麼？「無妨」二字，傲然地顯示了他的力爭上游的成就，他終於儕身仕宦，成就功業，所謂「毿毿金帶誰堪比？還共黃鸎不較多」，不就是他的寫照麼？《新注》看出其中部分跡象，卻不能進一步統觀四詞，分析它們的整體關係。而蔡中民也但以爲這首詞「立意也與眾不同，氣足理深」，都未作深一層的探求，殊爲可惜。

　　孟文於唐亡之後遊宦江南，屢誡奢淫，尤忌僭汰，最後勸主降宋。可見他深具遠見，久有權衡，且頗能俯仰自如，順應潮流，調適環境。他處於戰亂頻仍的時代，目睹艱危，多經歷練。第二詞首句「有池有榭即濛濛」，柳得水即長，濛濛繁茂，寫柳適應環境的能力也正是寫他自己的能力。第二句「浸潤翻成長養功」，也不是一句空話，更不限於他發奮讀書的年輕往事。按《論語・顏淵篇》孔子答子張曰：「浸潤之譖，膚受之愬，不聞焉，可謂明也已矣。」鄭玄注云：「譖人之言，如水之浸潤，漸以成之也。」孫詞「浸潤」似暗用《論語》，有憂讒畏譏之意。⑰故以「翻成」二字強調其不屈不撓的奮鬥精神，實已包涵了他多所歷練的艱辛生命歷程。加上他佩蘭扈芷，脩身建德，潔己匡人（第三句），⑱終能「著行排立向春風」（第

---

⑰ 此意係政大教授伏嘉謨鄉前輩所示，採入本文，加此注以明其出處，示不敢掠美，並表謝忱。

⑱《新注》：「（點檢），如有人修剪。」仁案：「點檢」二字，以人擬柳，在人爲整飭，在柳訓「修剪」亦未爲不可。

四句）。⑲他的名成業就，置身朝列，參贊樞要，是經過長期浸潤、長養、點檢的過程的。在這首詞裡，我們更不當忽略「點檢」與「著行排立」這種語彙的擬人意蘊。

他性嗜經籍，著作等身，識見高遠，博古通今。第一詞首句寫風暖花乾，正是暮春時節，似已隱隱透露他珍惜年華之意。難道是恐老冉冉其將至，欲有所作爲麼？起首「閶門」一詞，也值得注意，《新注》但用一般的解釋，以爲是「蘇州西北的城門」，而李誼則以爲是「吳王闔閭所建」，他說：

> 《吳越春秋・闔閭內傳》：「閶門者，以象天門，通閶闔風也；立蛇門者，以象地戶也。闔閭欲西破楚，楚在西北，故立閶門以通天氣，因復名之破楚門。」⑳

這樣看來，「閶門」一詞，似乎不僅暗寓己身接近君側之意，㉑更遙與第四首之「吳宮」相呼應。是否與楚國馬王之爭競有關，不得而知，但它暗含寄託諷喻的意思，是不當忽略的。

次句寫柳之風姿，飛絮廣被，妝點春容，所謂「飛遍江城雪不寒」，恐怕多少也暗寓他學養豐腴，有自矜自許之意；而臨水款擺，入「暮」但與「閒人」爲伴，晚境暇逸固是矣，寂寞恐怕也不免。日忽忽其將暮，他能望崦嵫而勿迫麼？是則「不

---

⑲《新注》：「著行，排成行列。」李誼：《花間集注釋》：「著行，猶成行。杜甫〈鄭城西原送人赴成都府〉：『野花隨處發，宮柳著行新。』」以仁案：牛嶠〈紅薔薇〉詩：「繡簇羅襦不著行」（見《全唐詩》，卷六六七），「不著行」，謂不成行列。蘇東坡〈病中聞子由得告不赴商州〉詩：「旅雁何時更著行」，宋人猶用此語也。

⑳ 見所著：《花間集注釋》（四川文藝出版社，一九八六年第1版）。

㉑ 王師叔岷先生曾提示：「『閶門』不僅西門之意，恐有宮門之意。」本文循此線索，得以衍成此說，叔岷師啓示之功不敢忘。

甘虛老」的心情尤其可以想見。這種情形，多少與他久居幕府，
但事參贊之閒職不無關係。這樣看來，他於深自矜許之外，似
乎又含有自憐自惜之意。第三句的「獨有」二字，語頗沈痛，
與第四句的「閒人」二字照應關連，不可輕輕放過。他有一首
〈浣溪沙〉，似乎可以與此詞參讀，詞云：

> 落絮飛花滿帝城，看看春盡又傷神，歲華頻度想堪驚。
> 風月豈惟今日恨，煙霄終待此身榮，未甘虛老負平
> 生。(見《尊前集》。《全唐詩》卷八九七亦收。《花間集》
> 未選)。

當春盡花殘絮舞之時，暮臨水驛，他這個憑欄的「閒人」，尙未
能甘心虛老有負平生呢！

他看多了興亡盛衰，中原的更代，十國的消長。當時江淮
一帶，楚王馬希範生活豪靡，荊南文獻王高從誨幾乎要邯鄲學
步，盡情享受一番，卻爲孫氏勸阻。可見該地猶是繁華偏安的
局面。然老練明達如孟文，當然早已看出大局的趨向，他的第
四詞託柳以興感：柳之枯榮，固亦與國運攸關：隋亡吳滅，柳
亦枯敗。今淮陰之柳，金帶毿毿，猶自弄姿於明月之夜，伴繁
華歌舞不絕，在如此動亂的時局之中，而寫如此之景象，恐怕
不只是憂傷，應該也兼具諷刺之意。《花間》結集。在西元九四
○年，⑳這四詞應該作於此年之前，荊南正是文獻王時代 (928
-947)，也許與他諫王奢淫僭汰之事有關呢。

這便是四詞託興的內涵了！他吟詠的竟是他自己！

---

⑳ 歐陽炯〈花間集序〉云：「時大蜀廣政三年夏四月日序」，後蜀廣政三年，
　即公元九四○年。

如果從這個角度看，則第二詞的「浸潤翻成長養功」一語，一則言柳得水之浸潤以生發茁長，二則喻己受環境之磨練以成長堅強。他物遭水之浸潤或腐爛，柳則不然；他人遇惡劣環境或消沈，孟文則不然。然柳之於水，生態如此，稟賦所然，不足為異。人之於環境，則非盡然如此，是「翻成」二字，不但有強調之功，更且具暗示之效。這樣去領會，不知這個句子，是否還如湯顯祖所說的「拙且蠢」麼？蕭繼宗論詞，每嫌輕率，拙作〈溫飛卿詞舊說商榷〉曾數數論及，此不贅述。這四詞，既連湯顯祖都看左，則蕭氏急遽間領會不到，也是很自然的事。《花間》選詞嚴格，歐陽炯〈花間集序〉曾有說明，㉓孟文詞入選六十一首，數量之多，僅次於溫庭筠，如果是「惡札」，恐怕就不會有這樣的情形了。

後記

一九九二年八月，應史丹福大學之邀，赴該校訪問半年，此文綱要即草於其時，一九九三年六月於中央研究院歷史語言研究所學術討論會中提出初稿，王師叔岷先生作講評，語多獎掖，並提卓見，啓我良多。修正稿完成則已在其年之冬矣。此文又承學弟楊晉龍校稿，陳銘煌影寄資料，併此致謝。

㉓〈花間集序〉云：「今衛尉少卿字弘基，以拾翠洲邊，自得羽毛之異；織綃泉底，獨殊機杼之功。廣會眾賓，時延佳論。因集近來詩客曲子詞五百首，分為十卷。」說明選詞之精，編輯之慎，以及接受批評的廣泛。

從鹿虔扆的〈臨江仙〉談到
他的一首〈女冠子〉

一

《樂府紀聞》說：

> 鹿虔扆初讀書古祠，見畫壁有周公輔成王圖，期以此見
> 志。國亡不仕，詞多感慨之音。

《樂府紀聞》，何時何人所撰，今已不得而知。惟據清初沈雄編
《古今詞話》所引《紀聞》，有論及明瞿宗吉、楊慎、鄭婉娥、
林章等人詞事，①則《紀聞》成書，或在明末。李冰若《花間
集評注》引此書凡兩次，一見於溫庭筠〈菩薩蠻〉首闋之前，
另一便是此詞。該書所說的「國亡」，指的是前蜀之亡還是後
蜀？一時不易明白。但前蜀亡後，他入仕後蜀，可見應該是指
後蜀之亡，所以才說「不仕」。而所謂「詞多感慨之音」，又何
所指呢？那應該是指他的〈臨江仙〉第一首了。這種意見，也

---

① 瞿宗吉之說，見增訂本《詞話叢編》頁八〇一；楊慎，頁八〇二；鄭婉娥，
頁八〇七；林章，頁八〇八。

不只《樂府紀聞》才有，早在元代，倪瓚②即有類似之說：

> 鹿公抗志高節，偶爾寄情倚聲，而曲折盡變，有無限感
> 慨。

這一意見，已隱隱透出若干端倪，《樂府紀聞》之說，更以「國亡不仕」實化之，其意更趨明顯。明代的楊慎，特別讚賞鹿氏〈臨江仙〉一詞，他說：

> 故宮禾黍之思，令人黯然。此詞比李後主〈浪淘沙〉詞
> 更勝。③

　　湯顯祖《評花間》也說：

> 「曲終人不見，江上數峰青」，似有神助。以此方之，可
> 謂勁敵。

那是說詞末「藕花相向野塘中，暗傷亡國，清露泣香紅」三句，可以媲美錢起〈湘靈鼓瑟〉一詩的名句了。

　　這些意見溝通渠合，到了況蕙風便說得更明確了。他在《餐櫻廡詞話》中說：

> 鹿太保孟蜀遺臣，堅持雅操。其〈臨江仙〉含思悽惋，
> 不減李重光「晚涼天淨月華開，想得玉樓瑤殿影，空照
> 秦淮」之句。

第一，他明言「孟蜀遺臣」，那便是指後蜀亡後；第二，他說鹿氏「堅持雅操」，那顯然指「國亡不仕」而言；第三，他又牽連〈臨江仙〉與上述二者的關係，更與後主詞相提並論，不但說明

---

② 倪瓚，自號雲林居士，工詩，善畫山水。著有《清祕閣集》。此項資料，轉
　引自李冰若：《花間集評注》。
③ 此亦轉引自李冰若前述書。

了該詞的題旨，也評第了它的藝術價值。等於替《樂府紀聞》
作了詳細的詮釋。

到了《栩莊漫記》，他的說法似乎又進了一層，他說：

> 鹿太保詞不多見，其在《花間集》中者，約有二種風格，
> 一爲沈痛蒼涼之詞，一爲秀美疏朗之詞，不惟人品之高，
> 其詞格亦高。由此可知雖處變亂之世，人格高尚者終有
> 以自立。詞雖小道，亦可表現之也。

又說：

> 太白詩「只今惟有西江月，曾照吳王宮裡人」，已開鹿詞
> 先路。此闋之妙，妙在以「暗傷亡國」託之藕花，無知
> 之物，尚且泣露啼紅，與上句「煙月」「還照深宮」相襯
> 而愈覺其悲惋。其全詞布置之密，感喟之深，實出後主
> 「晚涼天淨」一詞之上，知音當不河漢斯言。

楊愼雖有說在先，但《栩莊》對鹿氏〈臨江仙〉一詞的激賞之情實
遠出升庵之上，對鹿氏的「人品」「詞格」，更是極頌美之能事。

我們可以看出這一意見之流程，似乎淵源於倪雲林，而楊
升庵助其流，《樂府紀聞》成其浪，況蕙風揚其波，至《栩莊》
則恣矣肆矣，成爲巨浸橫瀾了。

我詳述這一段過程，旨在說明「成見」甚能欺人，也可以
自欺。這些學者隨聲吠影，推波助瀾，那裡知道這裡面會關係
著一件使人啼笑皆非的事呢？

二

現在，先讓我們來看一看鹿虔扆那首廣受讚美的〈臨江

仙〉：

> 金鎖重門荒苑靜，綺窗愁對秋空。翠華一去寂無蹤。玉
> 樓歌吹，聲斷已隨風。　　　煙月不知人事改，夜闌還照
> 深宮。藕花相向野塘中。暗傷亡國，清露泣香紅。

這是一首弔古詞。按鹿虔扆的詞，《花間集》只收六首，《全唐
詩》所收者也只是這六首。而六詞之中，〈思越人〉、〈虞美人〉
及另一首〈臨江仙〉是思婦之詞，另兩首寫女道士的便是〈女
冠子〉，它們都不能算是「感慨之音」，《樂府紀聞》所言，應該
就是指這首〈臨江仙〉而言了。僅只一首這樣的詞，竟說「多
感慨之音」，用一個「多」字，《栩莊》更把它分作一類，根據
它大做其文章，不是稍嫌誇張了嗎？蕭繼宗先生評此詞說：

> 詞意諸家言之盡矣；惟執此以與唐人詩及他家詞比較，
> 似屬多餘，且不免過譽。如此首「翠華一去」及「人事
> 改」，已明言「亡國」；「荒苑」「綺窗」，「玉樓歌吹」又
> 暗示「亡國」，似已過多，則後結「暗傷亡國」四字，不
> 獨明直，亦嫌冗贅。李重光〈浪淘沙〉「空照秦淮」，只
> 一「空」字，其沈痛已溢於辭外，不必再說許多「興亡」
> 字。江南國主實視孟蜀太保技高一籌，而楊升庵所見，
> 適得其反，亦可怪已！④

蕭氏的意見，反是持平之論。不過，他純從技巧上論二者的高
下，卻是捨其本而逐其末。感情的濃淡，自是二者渭分涇別的
重點。後主以國君的身分，親身體驗亡國的滋味，國家是他的，
亡後的遭遇又復淒涼悲慘，所謂切膚之痛，感受自然不同。鹿

---

④ 見所著：《評點校注花間集》(臺北：臺灣學生書局，一九七七年初版)。下同。

虔扆只不過是前蜀一臣工，位既不顯，寵亦不著，他對前蜀的感情自難比擬後主之於南唐。故後主詞不假粉飾，自哀怨動人，蓋所蓄者厚所感者深有以致之。而鹿氏禾黍之悲，似起於一時之傷感，情或不假，感則不深，便只有重複話題堆砌辭藻了。至於他的藝術技巧，本來就不高，也不只這首詞，其他五詞，更無一首思新語暢韻美境佳之作，其中如〈臨江仙〉次首的「一自玉郎遊冶去，蓮凋月慘儀形」二句，蕭繼宗評說：

　　「一自」句率，「蓮凋」句拙。

「蓮凋」句生硬僵直，便是毛文錫飽受譏評的〈贊成功〉，也沒有這麼差勁的句子。另外像〈思越人〉的「玉纖慵整雲散」，〈虞美人〉的「不堪相望病將成」，都可看出它的拼湊與淺率來，而《栩莊》居然把它們說成「秀美疏朗之詞」(見本文第一節所引)，卻在逐首討論時除〈女冠子〉之一外更提不出一句讚美的話，然則，他的「詞格」在那裡？而《栩莊》的評論的尺度又在那裡呢？〈女冠子〉之一，正是下文要討論的鹿氏的問題詞，而《栩莊》卻有不當的頌美之語，何成見之矇人如此！該詞下節細論，這裡暫置一旁。

　　其實，〈臨江仙〉一詞的主要的問題並不在以上所述，它的問題，王國維先生早已提出，他說：

　　《花間集》輯于蜀廣政三年，首載此詞，此時後蜀未亡，若云傷前蜀，則虔扆固仕于昶矣。⑤

鄭振鐸先生也說：

　　此作當爲前蜀亡時之作，評者或牽涉到孟昶事，卻忘了

_____

⑤ 見〈唐五代二十一家詞跋〉。

> 時代決不相及：此詞被選入公元九四〇年所編輯的《花
> 間集》裡，而孟蜀之亡，則在公元九六五年，虔扆當然
> 不會是預先作此亡國之吟的。⑥

這不是個天大的笑話嗎？大家原以爲這首詞是鹿虔扆作來哀悼
孟蜀的亡國的，結果卻根本不是那回事，它早在孟蜀滅亡之前
的二十五年（或許更早些）就已經作成了！令人不解的是，目
前爲《花間集》注釋的諸書，如華連圃的《花間集注》、蕭繼宗
評點校注的《花間集》、李誼的《花間集注釋》、沈祥源與傅生
文合著的《花間集新注》，竟然沒有一家注意到這個問題。李誼
的《花間集注釋》與沈、傅合著的《花間集新注》二書晚出，
他們不會連鄭氏的《插圖本中國文學史》都不曾看過，怎麼都
沒有注意到這問題，而翻來覆去攀附著《樂府紀聞》《栩莊漫記》
等不實之說呢？

　　王、鄭二氏的發現，自是鐵一般的事實，所以鄭氏認爲是
「前蜀亡時之作」。果然如此，意義便大有不同。鹿虔扆在前蜀
作了什麼樣的官，做了些什麼事，史難稽考，但他的進士卻是
在後蜀考上的，⑦可以想見他在前蜀時地位決不顯赫。後來他
在孟昶爲臣，成爲孟昶的寵信之一，與歐陽炯、韓琮、閻選、
毛文錫等，號稱「五鬼」。「五鬼」不是一個好的稱謂，鄭振鐸
因此說他們「頗不爲時人所崇戴」。《十國春秋》說是「時人忌
之者」所爲，但既存之於史冊，他們在言行上多少有些遭人非

---

⑥見鄭氏所著：《插圖本中國文學史》（北京：作家出版社，一九五七年北京
　第一版，一九五八年北京第二次印刷）。
⑦見《十國春秋》，卷五十六。

議的地方。鹿氏在後蜀，累官學士、永泰軍節度使、檢校太尉加太保，《花間集》稱他爲「鹿太保」，榮寵已極，這首詞如果是哀悼後蜀之亡，知遇之感轉爲忠義之懷，其高節雅操，意義自是不同。今旣是憑弔前蜀，而身爲後蜀寵重之臣，自然不是「國亡不仕」，給人的感覺便很不一樣。上述諸人，忽於考證，輕附史實，或妄談賞析，或侈言節操，豈不可笑？淸吳任臣作《十國春秋》，但稱其〈思越人〉一詞中「雙帶繡窠盤錦薦，淚侵花暗香銷」二句，「詞家推爲絕唱」，而不舉〈臨江仙〉，他別有所據嗎？還是自有卓識，不爲前人所矇呢？

三

現在，讓我們更換話題，轉入前文所說的鹿詞的另一問題〈女冠子〉上面。他那首〈女冠子〉是這樣的：

> 鳳樓琪樹，惆悵劉郎一去，正春深。洞裡愁空結，人間信莫尋。　　竹疏齋殿迴，松密醮壇陰。倚雲低首望，可知心。

〈女冠子〉詞，《花間集》共收十九首。它們是：溫庭筠二首、韋莊二首、薛昭蘊二首、牛嶠四首、張泌一首、孫光憲二首、鹿虔扆二首、毛熙震二首、李珣二首，作者九人。其中除韋莊的兩首、牛嶠四首中的三首、及毛熙震一首外，其他十三首都可以確定是描寫女道士的，⑧它們的主題，不外描寫女道士的

---

⑧ 蕭繼宗以爲韋莊二詞的女主角可能就是女道士，故韋莊特擇此調以詠之，此說見蕭氏：《評點校注花間集》。參註③。沈祥源、傅生文合著：《花間

修道情形、求仙思想、容貌妝束,以及愛情的憧憬,而取意構思,幾乎大同小異。這可能是因爲題材過窄,描寫的只是一個共相。沒有特點,何來新意?大家敷衍成篇,便只能說些類似的話,用些人人都用的典故。譬如寫女道士的感情,劉郎的典故幾乎成爲必然的,如薛昭蘊〈女冠子〉之二:

> 正遇劉郎使,啓瑤箋。

牛嶠〈女冠子〉之三:

> 青鳥傳心事,寄劉郎。

張泌〈女冠子〉:

> 何事劉郎去,信沉沉。

鹿虔扆〈女冠子〉之一:

> 惆悵劉郎一去,正春深。

李珣〈女冠子〉之二:

> 劉、阮今何處?絕來書。

五家不只是用同樣的典故,連說法都幾乎是一樣的。只有毛熙震〈女冠子〉之一的「應共吹簫侶,暗相尋」,用的是蕭史與弄玉之典。又如寫她們的衣著,類似這樣的話:

> 輕紗捲碧煙 (溫庭筠)
>
> 霞帔雲髮 (溫庭筠)
>
> 霧捲黃羅帔,雲雕白玉冠 (薛昭蘊)
>
> 雲羅玉縠 (薛昭蘊)
>
> 星冠霞帔 (牛嶠)

集新注》以爲毛熙震兩詞都是寫女道士,似與論牛嶠四詞標準不一,因此,皆不採用,以求其純。

　　黃藕冠濃雲　（孫光憲）

　　風緊羽衣偏　（鹿虔扆）

　　翠鬟冠玉葉，霓袖捧瑤琴　（毛熙震）

　　輕煙曳翠裙　（李珣）

總不外是玉冠、霞帔、羅衣，如雲、如霧、如煙。女冠的穿著，
應有定制，實在也無法推陳出新。於是有些才情傑出見識特異
之士，如孫光憲，便嘗試著加強修道的環境、知名度，以及目
的等方面的描寫；如李珣，便多從修煉生活，求仙意願上落
筆，⑨但大範圍既無法有所突破，這種努力，也不過如籠鳥奮
翅，徒見其窘迫之態而已。便是在這樣的一種背景下，大家千
篇一律說些陳腔濫調，其中原也有它的高低之分，譬如句子是
否老練，對仗是否工穩，揣摩是否傳神等等，但鹿虔扆的〈女
冠子〉卻出人意外的採取了另一種方式，說得含蓄一點，是融
合貫通的手法。說得露骨一點，那便難脫今人所說的「變造」
乃至「剽竊」之嫌了！

　　《花間》詞中是否還另有類似的作品，一時難以檢查。我
多年講授此集，最近在史丹福大學專門從事這方面的研究；史
大環境良好，加以雜務盡摒，時間未遭切割，得能全神貫注，
而新近所撰〈溫庭筠兩首女冠子的訓解與題旨問題〉一文，更
與此有關。〈女冠子〉詞既不多，題材又復特殊，在分類卡片中
很容易看出一些平常疏忽的問題，乃發現鹿氏此詞，實是揉合
了溫庭筠與張泌二家之詞而成的集錦之作！現在分別將溫、張
三詞介紹於後，以便比較：

---

⑨可參孫光憲及李珣〈女冠子〉首闋。

含嬌含笑，宿翠殘紅窈窕。鬢如蟬。寒玉簪秋水，輕紗
捲碧煙。　　　雪胸鸞鏡裡，琪樹鳳樓前。寄語青娥伴：
早求仙。（溫庭筠〈女冠子〉之一）

霞帔雲髮，鈿鏡仙容似雪。畫愁眉。遮語迴輕扇，含羞
下繡帷。　　　玉樓相望久，花洞恨來遲。早晚乘鸞去，
莫相違。（溫庭筠〈女冠子〉之二）

露花煙草，寂寞五雲三島，正春深。貌減潛消玉，香殘
尚惹襟。　　　竹疏虛檻靜，松密醮壇陰。何事劉郎去，
信沉沉。（張泌〈女冠子〉）

把它們標列出來，就可以看到以下這些現象：

㈠鹿詞的「鳳樓琪樹」，便是飛卿首闋的「琪樹鳳樓前」，
摘去一個「前」字，將「鳳樓」與「琪樹」二詞顛倒配置，意
思則完全一樣。鹿詞的意思是：她像鳳樓前的一株玉樹。溫詞
是：她像一株玉樹立於鳳樓之前。

㈡鹿詞的「洞裡愁空結，人間信莫尋」，則是暗用飛卿次闋
詞意。該詞下片云：「玉樓相望久，花洞恨來遲。」是所盼者
不來，故鹿詞云：「洞裡愁空結」；溫詞云：「早晚乘鸞去，莫
相違。」，謂己終將仙去，不在人間，故鹿詞云「人間信莫尋」。
今人注解《花間》飛卿此詞，如華連圃的《花間集注》，⑩沈
祥源、傅生文合著的《花間集新注》，空設許多情節，終講不清
楚這四句。如從鹿氏詞看，該女冠所稱對象應為男子，而非二
注所說的女性，則全詞暢然可通。拙作〈溫庭筠兩首女冠子的

---

⑩ 華氏書，民國二十六年（1937）三月增訂，商務印書館發行。

訓解與題旨的問題〉⑪曾細繹之，可參。

　　㈢鹿詞的「惆悵劉郎一去，正春深」，謂春深情好之時，劉郎離之而去；「倚雲低首望，可知心」，上應「人間信莫尋」句，謂劉郎身在人間，無法再歸仙境，然己之眷愛之心與相思寂寞之情（上有「愁空結」的話），不知劉郎知否？這就很像是就張詞重加修飾：張詞言劉郎一去無信息，鹿詞也言與劉郎人天相隔，無法知情；張詞言劉郎去後，山居寂寞，而時正春深。鹿詞亦言劉郎一去，時正春深，而洞中愁結。「正春深」三字，更是全同。

　　㈣鹿詞描寫其修道環境為「竹疏齋殿迥，松密醮壇陰」，與張詞的「竹疏虛檻靜，松密醮壇陰」相較，後面五字，竟完全一樣！可笑《栩莊漫記》竟對這兩句讚美有加，他說：

　　「竹疏」「松密」二句，寫道院風光宛然。

他評遍《花間》，不識變造，蓋不以尋行數墨為能，情尚可諒。但以人品為評詞之先決條件，則理不可通。同樣是「松密醮壇陰」，他何以不讚美張氏之詞？他的眼光何在？他的公平又何在？

　　像鹿詞這樣移舊繡之曲折的情形，《花間》更無他例，但決不是「巧合」二字可以解釋的。我前文已有說明：這是〈女冠子〉這種狹隘的題意的僵化背景所造成的一種可能有的結果。現在，我們竟看到了這樣的結果。那麼，該項說明也就是我的解釋。不幸的是這位變造者竟是為歷來文人所推重仰慕的鹿虔扆鹿太保！將這個例子與前〈臨江仙〉一例併合起來看，他的

───────────

⑪ 收入本集。

「人品」與「詞格」在那裡呢？他的「雅操」與才情又在那裡呢？這正是一個由誤會而生成見的典型的例子。這樣主觀的、情緒化的、漫無標準的、乃至隨聲吠影彙成一種集體的衡文論事方式，它的影響，又豈止是誤導學術而已？

後記

　　去年（1992）八月，應史丹福大學之邀，赴該校訪問研究半年。其間多與該校中華語言文化中心主任王靖宇教授及亞洲語言系多位先生接觸，頗收切磋之效。該校藏書豐富，環境幽靜，甚利於研讀寫作，此文即爲其時所撰一系列論文中之一篇。特書以誌其緣。

　　又稿成蒙文哲所同仁劉少雄弟提供資料，使本文得以減少錯誤，而楊晉龍弟復撥冗相助校閱，皆所感謝。

《花間》詞舊說商榷

　　余曩昔讀溫飛卿詞，頗商榷舊解之說，① 以訓詁之學爲基礎，從題旨論定，篇章推究、結構分析、句法討論、詞彙疏解、名物探索，乃至作者生平之考證，以抉作品之意蘊，頗能發人之所未發。今試擴及《花間》其他諸家，詳研細索，不敢標新立異，但求辭妥意貼，沿詞情之委宛，以窺作者心靈之曲折；從雕琢之工細，以體現鑽石之精美，庶不至委曲古人，誤導後學，幸方家有以正之。

一、韋莊〈浣溪沙〉之一

　　清曉妝成寒食天，柳毬斜裊間花鈿，捲簾直出畫堂前。
　　　指點牡丹初綻朵，日高猶自凭朱欄，含嚬不語恨春殘。

一之一　總論全篇

---

① 參拙著〈溫飛卿詞舊說商榷〉，《臺大中文學報》第三期（一九八九年十二月）；〈溫飛卿詞舊說榷商續〉，中央研究院《中國文哲研究集刊》創刊號（一九九一年三月）。今合爲一篇，收入本集。

△蕭繼宗《評點校注花間集》，②（下文簡稱「蕭繼宗」）：「捲簾直出」，憨態有餘；而「含嚬不語」，則已饒心事，前後微不類。

△《花間集新注》，③（以下簡稱《新注》）：這首詞寫女子懷春。上片開始，用「清曉妝成」點明了時間和人物的身份。「柳毿」句，明爲寫物，實則寫人，女子的婀娜情態隱約可見。緊接著直到下片，用了一連串的動作：「卷簾」、「直出」、「指點」、「憑朱欄」、「含顰」等，顯示她對春天的熱愛與珍惜。「卷帘」句見其愛春心切；「指點」句見其賞春的喜悅；「日高」句見其愛春之情深，由此結出「含顰」句，「恨春殘」全由惜春，眞切感人。「春殘」照應首句「寒食天」，收攏全章。

　　以仁謹案：此詞寫少女因賞花而傷春。《新注》謂「寫女子懷春」者，但就其大處言之，雖不誤，卻嫌空泛。首句「清曉」指時間，示惜春而起早也；「妝成」謂動作，無女兒調脂弄粉之態，而暗透急切企盼之情，與次句斜插柳毿意態相通，互爲映襯；「寒食天」則言季節也，時當暮春三月，即下文所謂「春殘」。區區七字，粗作勾描，非特時間、節令、動作皆已交代，且具見該女情切憐花之意，更隱隱暗蓄傷春之旨。尤難得者，此語雖含蘊多端，絲連網結，然信筆寫來，純任自然，若不經意。況蕙風所以盛讚端己詞「尤能運密入疏」也。④

─────────

② 蕭繼宗著，《評點校注花間集》（臺北：學生書局，一九七七）。
③ 沈祥文、傅生文合著，《花間集新注》（江西人民出版社，一九八七）。
④ 況周頤《蕙風詞話》云：「韋文靖詞與溫方城齊名，熏香掬艷，眩目憐心。尤能運密入疏，寓濃于淡，《花間》群賢，殆鮮其匹。」

次句即寫晨妝，由首句「妝成」化出。「柳毵」而「斜裊」，更間以「花鈿」，襯出女兒活潑容態。《新注》謂寫其「婀娜情態」，似從「斜裊」二字體味得來，如飛卿〈菩薩蠻〉「玉釵頭上風」之藉物以爲烘托然。不知下句「捲簾直出畫堂前」，更無婀娜之姿。此但寫少女不羈之爽朗個性，與李珣〈浣溪沙〉之二「小釵橫戴一枝芳」之陪襯上文「風流學得內家妝」之筆法，有異曲同工之妙。

三句以下皆寫動作，《新注》云：「顯示她對春天的熱愛與珍惜」是也。三句云：「捲簾直出」，可見其急切之意，蓋清曉即已妝成，隔夜已盼今日花將綻放也。而英姿爽颯，更無弱女嬌柔做作之態。四句「指點牡丹初綻朵」，指點，謂指指點點也，似一一計數然，其愛花之熱情伴少女嬌憨之態以飛揚矣。

五句寫其流連盤桓不捨離去，故日高猶自憑欄以賞。「日高」與首句「清曉」遙呼互應，著一「猶」字，依依之意態盡出，此所以有末句之「含嚬不語恨春殘」也。「不語」正與第四句「指點」相對，「指點」可見其飛揚欣悅之態，「不語」則反之；因牡丹之開謝，光景之推移，而感韶華之易逝。由花及人，無限傷春之意不知何自起矣！吾人試細細體會其間心情變化過程，對端己細膩之筆墨，或不致有蕭氏「前後不類」之疑也。

二、韋莊〈浣溪沙〉之二

　　欲上鞦韆四體慵，擬交人送又心忪，畫堂簾幕月明風。

　　　　此夜有情誰不極，隔牆梨雪又玲瓏，玉容憔悴惹微紅。

二之一　擬交人送又心忪

△李誼《韋莊集校注》(以下簡稱「李誼」)：⑤「擬敎」,一作
「擬交」。

　　以仁謹案：鼎文書局影印《宋紹興晁謙之跋本花間集》作
「交」,邵武《徐氏叢書本》、吳氏《雙照樓本》同,二者皆源於
明正德辛己《陸元大覆刻本》,皆晁系本；而《四部備要本》、
《世界書局排印本》、香港《上海印書館排印本》亦皆作「交」,
三者出自《四印齋本》,則南宋淳熙《鄂州冊子紙印本》系統；
而《四庫全書本》亦作「交」,《四庫本》出自《汲古閣毛晉刊
本》,則南宋開禧《陸游跋本》系統,是三系本皆作「交」。然
《四部叢刊本》則作「敎」,該本據明萬曆《玄覽齋巾箱本》景
印,《玄本》出自明萬曆《茅一楨刊本》,該本源出《陸元大覆
刻本》,亦晁系本,而作「敎」,與上述晁系他本不同。又王國
維輯《五代二十一家詞》亦作「敎」,《王輯本》大半根據《全
唐詩》以校其同異,然《全唐詩》作「交」,與《王輯本》不同。
試觀上述情形,三系本既多作「交」,獨晁系《四部叢刊本》作
「敎」,疑始誤於《茅一楨本》。蓋《徐氏叢書本》、《雙照樓本》
與《茅本》同出於《陸元大本》而皆作「交」也。復證以《鼎
文本》,益可知《晁本》原作「交」無疑。《茅本》據《陸本》
而另補李白等十四家詞凡七十一首,爲《花間集補》,學者以爲
草率,或者茅氏以「交」、「敎」義通而擅改之。按李一氓《花

---

⑤ 李誼,《韋莊集校注》(成都：四川省社會科學院出版社,一九八六)。

間集校本》作「教」，而無校語。諸注本「交」、「教」異出，除李誼外，亦皆無校語。李誼亦但陳異字而不加解說，豈因「交」、「教」二字皆有「使令」之義，於此可通，遂不煩贅述邪？然其疑固存而未釋也。

△華連圃《花間集注》，⑥（以下簡稱「華連圃」）：忪，心動不定貌。

△蕭繼宗：忪，怯也。

△劉金城《韋莊詞校注》：⑦忪，害怕。

△李誼：心忪，驚恐，惶遽。

△《新注》，「擬教」句，打算教人來推又心中害怕。擬，打算。忪，驚懼。

　　以仁謹按：「驚恐」「惶遽」「驚懼」「害怕」「怯」，諸義皆近，然情態有強弱之分，此處以「怯」義最能傳神，白話則為「害怕」，以狀女兒嬌怯之態也。詞彙意義，頗有彈性，用作注解，得隨句意作適度之調適。

二之二　畫堂簾幕月明風

△《新注》：畫堂句點明這時的地點：「畫堂」前；環境：「月明風」。

　　以仁謹案：謂在簾幕低垂之畫堂前，月明微風吹拂之夜，

---

⑥ 華連圃，《花間集注》（長沙：商務印書館，一九八八，四版）。

⑦ 劉金城，《韋莊詞校注》（北京：中國社會科學出版社，一九八五）。

則不僅地點、環境也，時間亦在矣。

二之三　此夜有情誰不極

△華連圃：好天良夜，有情者誰不極其情耶。

△劉金城：極，心切。

△李誼：不極，猶不盡。

△《新注》：誰不極，誰不心切。極：心迫急。

　　　以仁謹案：李誼與華氏同，《新注》則同於劉金城。竊謂下文「玉容憔悴惹微紅」句，與此脈絡相通，蓋盡情嬉樂有以致之也。訓「心切」則失其前後呼應之妙。

二之四　玉容憔悴惹微紅

△華連圃：玉人感傷憔悴，故紅潮上面也。

△李誼：指憔悴之面容因情動而泛起紅暈。微紅：淡淡的紅暈。

△《新注》：憔悴，形容人面瘦弱，精神不振。

　　　以仁謹案：華注含混，因感傷而憔悴，何以「紅潮上面」邪？李誼似據之有所補正。《新注》但以「憔悴」之通義訓之，於訓解則是，於賞析則不足。且對「惹微紅」三字亦無交代，雖於下文解析為「女子的憔悴微紅面容」，亦殊牽強，且「惹」字亦無著落。此「玉容憔悴」與前文「四體慵」、「心忪」，皆著意狀寫此女之體弱也。「憔悴」與「微紅」，似皆與蕩鞦韆有關，蓋運動後血液流速加強，以致紅潮上面而體益疲弱。故出以「惹」

字。然亦不限於此。試綜觀全詞，似係描寫該女之柔弱嬌怯之態以及傷春之情者，《新注》論其題旨，以為：「這首詞寫一蕩鞦韆女子的殘春傷感」，只得一半。好天良夜，此女以蕩鞦韆為樂。前二句狀其嬌弱：「欲上」，未上之前也，而四體已軟；「擬交」，尚未交也，而心意已怯。「欲」字「擬」字，皆緊要語，不可輕輕放過；第三句寫出時間、地點、環境；第四句則有及時行樂莫負良宵之心意，故盡情嬉樂；第五句實暗示鞦韆蕩向高處，乃得見隔牆之景色，《新注》不知，但覺此句與前文脫節，乃云：

> 「隔牆梨雪又玲瓏」，看似與上句脫節，其實意脈不斷。以梨花開得潔白透亮，顯示花繁春殘，加強了「此夜有情」的分量。

然「梨雪玲瓏」，謂「花繁春盛」則可，謂「春殘」則臆說也。且欲盡情享受（「此夜有情誰不極」），與傷春亦無必然之關係。《新注》砌辭強行牽合，蓋不知寫「隔牆梨雪」，實亦兼寫鞦韆，其意脈不斷固在此也。黃昇《唐宋諸賢絕妙詞選》謂：「溫韋艷而促」，陳廷焯《白雨齋詞話》謂「飛卿短古」，所謂「促」、「短」，蓋由於飛卿詞體式短，境界轉換多之故，明其層次，則不致誤會而讞說也。韋相此詞亦然。此處「又」字最為關鍵：豈去年亦曾有此經驗耶？「傷春」之意，實繫於此一「又」字，乃與「憔悴」意交通矣！則「憔悴」之態非但運動之故，傷春之感亦有以致之。毛熙震〈小重山〉云：「四肢無力上鞦韆，群花謝，愁對艷陽天。」雖背景有晝夜之殊，其嬌怯之態，傷春之感，固相似也。

三、張泌〈浣溪沙〉之七

花月香寒悄夜塵，綺筵幽會暗傷神，嬋娟依約畫屏人。
　　人不見時還暫語，令纏拋後愛微顰，越羅巴錦不勝
春。

三之一　通論全詞

△《新注》：這首詞寫男女的一次幽會。上片寫月夜靜靜，花香
　襲人，在宴會上他倆有心，卻不能互通情愫，各自暗暗傷神。
　待到他們幽會了，反復端詳，疑是畫屏中人。三句寫出了環
　境、會前的焦急，會時的驚喜心情。下片「人不見」二句，
　寫盡女子幽會時的歡快活潑及對歡會的留念之情。最後一句
　總結下片，說女子的嬌羞輕盈不知蘊藏多少春意柔情。

　　以仁謹案：《新注》之說：大可商榷，此全首皆寫目成心
許，男女初見動情之狀。首句寫夜色，次句言心事，三句狀人
物。下片寫暗通款曲之女兒情態。蕭繼宗云：「後起兩句，寫
目成心許，極得神理，亦未經人道，惜讀者不察耳。」極是，
《新注》蓋未察耳。末句再寫人物，與上片之末句遙為呼應：上
篇之末句但寫其貌美，猶是畫上美人。下片之末句則不特貌美
也，且姿態撩人；不特姿態撩人也，且情意深濃，活色生香矣。
重復著色以渲染，正是作者鍾情處，亦即作者匠心處，讀者不
宜輕輕放過。

三之二　花月香寒悄夜塵

△李誼：悄夜，猶靜夜。

△《新注》：悄夜塵，夜色靜悄悄。

　　以仁謹案：李氏「悄夜」為讀，以「悄」為形容詞，與「夜」構成名詞組。然「香」謂「花」，「寒」謂「月」，則「塵」字獨出費解，不若《新注》以「夜塵」連讀之為得也。「悄」狀靜寂，謂花芬芳，月清涼，而夜塵息也。

三之三　人不見時還暫語，令纏拋後愛微顰

△蕭繼宗：後起兩句，寫目成心許，極得神理，亦未經人道，惜讀者不察耳。特為拈出。

△華連圃：令，使令也。

△《新注》：令，即詞曲中之令、引、慢、近之類，古時宴會常以歌舞助興。又解：酒令。

　　以仁謹案：二句大意如蕭氏之說是也。魏承班〈菩薩蠻〉云：「相見綺筵時，深情暗共知。」可以比觀。《新注》謂此二句「寫盡女子幽會時的歡快活潑及對歡會的留念之情」（參前條），蓋體察未切而有所誤解。此首句謂趁他人未遑注意時，乃私通款曲。次句則謂拋令之後微顰作態。「令」，《新注》解為「詞曲」，謂「宴會時以歌舞助興」。又解「令」為「酒令」，則是謂以歌舞行酒令也。又解是矣。古人飲宴，每行酒令以助興，拋令接令之間，則有問答或其他表演方式。朱熹《言行錄》云：

「丁晉公與楊大年拋令，大年云：『有酒如線，遇鍼則見。』晉公云：『有餅如月，遇食則缺。』」，⑧若斯之類是也。唐代酒令，尤豐富多彩，大別可歸爲律令、骰盤、拋打三類，其中「拋打」一類，乃歌舞令，以杯盞香毯巡傳及舞擲決定飲次，例由飲客與歌舞妓合作爲戲，唐人詩句，頗有描寫，如李宣古〈詠崔雲娘〉詩云：「瘦拳拋急令，長嘯出歌遲」，又〈杜司空席上賦〉詩云：「爭奈夜深拋嫋令，舞來接去使人勞」，可見一斑。他如《唐語林》，敦煌歌辭，敦煌變文，皆曾語及，參見王小盾〈唐代酒令與詞〉一文。⑨此詞云「令纏拋後」，疑即上述拋打令。蓋拋令接令之時，不免雜有調笑取樂場面出現，故歌舞者作態以取媚焉，以示意焉，所謂「愛微矉」是也。《新注》初訓「令」爲歌詞，則「拋」字費解矣。若華氏訓爲「使令」，則尤非也。

四、牛希濟〈臨江仙〉之二

　　謝家仙觀寄雲岑，巖蘿拂地成陰，洞房不閉白雲深，當時丹竈，一粒化黃金。　　　石壁霞衣猶半挂，松風長似鳴琴。時聞唳鶴起前林。十洲高會，何處許相尋。

四之一　通論全詞

---

⑧「鍼」「線」義愜，又「鍼」音諧「斟」，以承應「酒」字。「食」則通「蝕」，於「餅」曰「食」，於「月」曰「蝕」也。

⑨見《文史》，一九八八。

△李冰若《栩莊漫記》：⑩詞作道家語，而妙在「石壁霞衣猶
　半挂，松風長似鳴琴」，用一「猶」字，一「似」字，便覺虛
　無縹渺，不落板滯矣。

△《新注》：這首詞咏謝眞人之事。在芊綿溫麗之中，略帶失意
　悵惘之情。全詞造語工細，「石壁霞衣猶半挂，松風長似鳴
　琴」，一「猶」一「似」，比喻雙出，頓覺虛無縹渺，不落板
　滯。

　　　以仁謹案：《新注》襲取《栩莊》爲說也。然《栩莊》亦
未全得。謝自然成仙故事，見《集仙錄》，⑪其過程雖曲折，

----

⑩ 李若冰，《栩莊漫記》，引見於李氏所撰《花間集評注》一書中。該書收入
　臺北鼎文書局出版之《宋紹興本花間集附校注》一書，一九七四。
⑪《太平廣記》卷六十六引《集仙錄》云：「謝自然者，其先兗州人。父寰，
　居果州南充，舉孝廉，鄉里器重。……自然性穎異，不食葷血。年七歲，
　母令隨尼越惠，經年，以疾歸。又令隨尼日朗，十月求還。常所言多道家
　事，詞氣高異。其家在大方山下，頂有古像老君，自然因拜禮，不願卻下。
　母從之，乃徙居山頂。自此常誦道德經、黃庭內篇。……貞元三年三月，
　於開元觀詣絕粒道士程太虛，受五千文紫霞寶籙。……貞元九年，刺史李
　堅至。自然告云：「居城郭非便，願依泉石。」堅即築室於金泉山，移自
　然居之。……貞元十年三月三日，移入金泉道場。其日雲物明媚，異於常
　景。自然云：「此日天眞群仙皆會。」…九月一日，群仙又至。……十月
　十一日，入靜室之際，有仙人來召：即乘麒麟昇天，將天衣來迎。自然所
　著衣留在繩床上，卻回，著舊衣，置天衣於鶴背，將去，云：「去時乘麟，
　回時乘鶴也。」……每天使降時，鸞鶴千萬。……二十六日二十七日，東
　嶽夫人併來，勸令沐浴，兼用香湯。……自然絕粒凡一十三年。……十一
　月九日，詣州與李堅別，云：「中旬的去矣。」亦不更入靜室。二十日辰
　時，於金泉道場白日昇天。士女數千人，咸共瞻仰。祖母周氏、母胥氏、
　妹自柔、弟子李生，聞其訣別之語曰：「勸修至道」。須臾，五色雲遮亘一
　川，天樂異香，散漫彌久。所著衣冠簪帔一十事，脫留小繩床上，結繫如

然詞意固不在此。此詞所以趣味盎然者，要在從仙跡、環境上落筆，不正面抒寫，以避其事實之繁蕪糾纏也。上片極寫其修煉處所之幽深隱祕：觀在雲表，岩蘿拂地，白雲封洞，從環境上陪襯氣氛。續述謝女當時道成仙去，更不正面舖敍，但側面寫其丹成功滿：「當時丹竈，一粒化黃金」句；既形象，又瑰異，具體呈顯其成道時之圓融境界，令讀者想像謝女仙去時之無盡光明極樂，而遐思無限。

下片仍在仙跡及環境上著墨：霞衣、鳴琴、唳鶴，皆仙跡也。石壁、松風、前林，皆環境也。煙飛霧動，石壁斑斕，有若仙衣之披拂，而仙容不見；松風似鳴琴，前林有鶴唳，則融仙跡與環境爲一矣。是增環境之幽祕，賦仙跡以生命，使讀者於疑幻疑眞之際，生「虛無渺縹」之感，得迷離彷彿之趣。作者雖刻意點染「虛無縹渺」之意趣，其旨固不限於此也。

又末句但述凡夫對仙人之嚮往，仙人霞舉飛升，遨遊八表，凡夫不能也，似無「失意悵惘之情」，《新注》馳騁想像，不免憑虛失據。

四之二　石壁霞衣猶半挂

△華連圃：霞衣，仙子所服，仙子既去，而衣尙在也。

舊。……」其文甚長，擇與此詞相關可供參考者錄之，李冰若《花間集評注》引《韓昌黎集注》云：「果州謝眞人自然，上昇在金泉山。貞元十年十一月十二日辰時，白晝輕舉。郡守李堅以聞；有詔褒諭。其詔今尙有石刻在焉。」與《集仙錄》同記一事，有詳略之別。仙去爲「十一月十二日」，與「中旬的去矣，亦不更入靜室」之說距離較近。蕭繼宗則逕引《集仙錄》以爲說，惟所引亦嫌簡略。華連圃、李誼、《新注》則皆未引。

△《新注》：石壁斑駁陸離，如仙女之霞衣掛于山側。

　　以仁謹案：：華氏蓋以石壁爲洞壁。謝女仙去，其舊時衣著尙懸壁上也。說嫌庸淺，趣味盡失。且「半」字無著落。《集仙錄》謂其「衣留在繩床」（參注⑪），即強爲牽湊亦不與故事合，宜從《新注》爲是。

五、歐陽炯〈南鄉子〉之三

　　岸遠沙平，日斜歸路晚霞明。孔雀自憐金翠尾，臨水，認得行人驚不起。

五之一　認得行人驚不起

△李冰若《花間集評注》⑫引《詞辨》：未起意先改，直下語似頓挫。「認得行人驚不起」，頓挫語似直下，「驚」字倒裝。

△俞平伯《唐宋詞選釋》：⑬孔雀臨水看見有人來，嚇了一跳，又似乎認得他，依然不動，還在那裡照影自憐。讀「驚」字略斷，句法曲折，寫孔雀姿態如生。譚獻評《詞辨》：「頓挫語似直下，驚字倒裝。」

△蕭繼宗：孔雀於他處爲珍禽，在南中則習見，故見人不驚。作者用意在此。

△李誼：謂孔雀見人雖驚，卻並不起。譚獻評《詞辨》云：「此

---

⑫李冰若：《花間集評注》，見注⑩。
⑬俞平伯：《唐宋詞選釋》（臺北：木鐸出版社，一九八一再版）。

句「頓挫語似直下，驚字倒裝。」

△《新注》：孔雀喜愛自己的金光閃耀的翠尾，臨水照影，見行
人來，彷彿早已相識，毫不驚恐。

　　以仁謹案：《詞辨》周濟所作，此實譚獻評《詞辨》也。
李冰若引脫「譚評」二字，蕭書因仍其誤，不備錄。俞平伯、
李誼並引作「譚評《詞辨》」，是矣。此條又見於譚獻《復堂詞
話》。

　　又諸家之說，可分爲二：一從「驚」字略頓，俞平伯、李
誼之說是也。俞說更細膩傳神；一以「驚」字倒裝，「驚不起」
解爲「不驚起」。蕭氏、《新注》是也。復堂則二說兼之。所謂
「未起意先改」者，謂孔雀見人來，未驚起而意已改，是「驚不
起」即「不驚起」，故云「直下語」。或揣摹其意，謂其不驚起
之先，實有意向改變之過程在，故云「似頓挫」也；復堂又以
爲「驚」與「不起」爲不同之表態，二者之間，實有轉折，故
云「頓挫語」。若以爲「驚」字倒裝，解「驚不起」爲「不驚起」，
則「頓挫語似直下」矣。「未起意先改」，「驚字倒裝」，皆復堂
假設之詞，俞平伯、李誼二氏用復堂之說而未究其「似直下」
之意，似於其說，不甚了了。

六、和凝〈山花子〉之二

　　銀字笙寒調正長，水紋簟冷畫屏涼。玉腕重金扼臂，淡
梳妝。　　　幾度試香纖手暖，一回嘗酒絳唇光。伴弄紅
絲蠅拂子，打檀郎。

六之一　玉腕重金扼臂

△李一氓《花間集校》：⑭「玉腕重金扼臂」句應七字，當在
　「重」下脫一字，如「圍」「纏」「搖」等。《雪本》於「臂」
　下空一格，《詞譜》校作「玉腕重因金扼臂。」

△華連圃：按「玉腕」句，各本皆脫一字。竊疑當爲二「重」
　字，故抄本易脫一字也。

△蕭繼宗：第三句「重」字下缺一字，或爲「纏」「垂」之類，
　無可校補。

　　以仁謹案：和凝〈山花子〉之一第三句作「鸂鶒顚金紅掌
墜」，亦七字。《花間》別無他作。敦煌詞仄韻〈山花子〉此句
作「落花流水東西路」，⑮平仄雖不同，然作七字則一，是當
爲七字句明矣。惟《雪艷亭本》空格在「臂」字下，連三仄聲，
似不妥。諸家各以己意增補。夫一字之脫，能補之字無數，往
往隻字之微，趣味千變，優劣懸殊。詩詞之所以重視煉字，非
無故也。上述諸字，仍以《詞譜》校作「因」字爲佳。竊意如
爲「憐」字，似亦諧全詞兩情相愜悅之意態也。

六之二　幾度試香纖手暖

---

⑭ 李一氓，《花間集校》（香港：商務印書館，一九六〇再版，一九七八年重
　　印）。
⑮ 此詞全文作：「去年春日長相對，今年春日千山外，落花流水東西路，難
　　期會。　　西江水竭南山碎，憶你終日心無退。當時只合同攜手，悔□□。」
　　叶仄韻，末脫兩字。敦煌詞亦別無他作。此例引自世界書局出版之《全唐
　　五代詞》下冊。

△《新注》：試香，以手試探香爐。

　　以仁謹案：毛文錫〈虞美人〉：「玉爐香暖頻添炷」，顧敻〈臨江仙〉：「博山爐暖澹煙輕」，蓋《新注》所本也。然焚香似無取於嘗試之義，而亦難有暖手之效，且「以手試探香爐」，復與焚香之道無關。此似指「薰籠」（又作「燻籠」）言，而非「香爐」也。當時閨中有薰被之習，取其香且暖。薛昭蘊〈醉公子〉云：「床上小燻籠，韶州新退紅」，《新注》謂「熏香取暖的小烘籠」是也。薰籠鬈以韶州之「退紅」，「退紅」，注者咸以為「粉紅色」。⑯溫庭筠〈更漏子〉之四云：「待郎燻繡衾」，又〈清平樂〉之一云：「鳳帳鴛被徒燻」；韋莊〈天仙子〉云：「繡衾香冷嬾重薰」；孫光憲〈浣溪沙〉之三云：「殘香猶暖舊薰籠」，皆謂此。末二例更與「香」「暖」攸關。

七、和凝〈柳枝〉之二

　　瑟瑟羅裙金縷腰，黛眉偎破未重描。醉來咬損新花子，

---

⑯蕭繼宗及《新注》皆謂「退紅」為粉紅色。蕭氏並引《唐音癸籤‧詁箋四》云：「唐有一種色，謂之『退紅』，王建〈牡丹〉詩云：『粉光深紫膩，肉色退紅嬌。』王貞白〈倡樓行〉云：『龍腦香調水，教人染退紅。』《花間集》：『床上小熏籠，韶州新退紅。』蓋『退紅』若今之粉紅，髹器亦有作此色者，今無之矣。紹興末，縑帛有一等似皂而淡者，謂之『不肯紅』，亦『退紅』之類也。」以仁案：《唐音癸籤》，明胡震亨撰，其說蓋錄自陸放翁《老學庵續筆記》，惟《續筆記》於「花間集」下有「樂府」二字，「髹器」上有「而」字，「亦退紅之類也」作「亦退紅類耶？」是為少異，當以陸說為準。

　　　　拽住仙郎儘放嬌。

七之一　黛眉偎破未重描

△華連圃：偎，欺近也。

△李誼：偎，昵近。

△《新注》：由於緊貼、擁抱而將所畫黛眉擦損。

　　又云：「偎破」二字，描寫相親相愛之情。

　　　　以仁謹案：偎訓昵近，李誼是也。《西廂記》所謂「臉兒相偎」，故擦損黛眉也。《新注》亦能會其昵近之狀。華氏訓欺近，未愜情事。「破」猶損也，下文有「損」字，此乃易作「破」。

七之二　醉來咬損新花子

△湯顯祖《評花間》：「醉來咬損新花子」，但覺其妙。詩詞中此類極多，如李白「兩鬢入秋浦」等，若一一索解，幾同說夢。

△華連圃：「咬損新花子」，嬌態也。李後主〈一斛珠〉：「爛嚼紅絨，笑向檀郎唾。」意味同此。

△蕭繼宗：此句用「咬損」字，壞其面飾，謂吻頰也。若士不解，「但覺其妙」，既不解矣，何妙之有？「說夢」云云，直是夫子自道。

△《新注》：三句寫她醉後的嬌態，與李煜〈一斛珠〉「爛嚼紅絨，笑向檀郎唾」意境相似。……湯顯祖評：「『醉來咬損新花子』，但覺其妙。詩詞中此類極多，如李白『兩鬢入秋浦』等，若一一索解，幾同說夢。」這是說，像這類的句子不必

字字實解，而要著重對意境的體會。

以仁謹案：如蕭氏之說，則「醉來」句指男主角言，上句偎臉，此句吻頰，故末句寫女子不依，拽衣牽袖而撒嬌。親昵之態盡出，蕭解是矣。《新注》用華氏之說，則表女方情態，然自行咬損面飾，其事甚難想像；若剝落頰上「花子」納口中咬損之，則其狀殊嫌惡劣，遠遜後主「爛嚼紅絨，笑向檀郎唾」之綺妮風光矣。即後主詞，「爛」字亦不妥當，世有以爲當易之以「戲」字者。和相小詞清艷，安得有此等陋筆？解者點金成鐵，非作者之過也。即若士之意，《新注》亦有誤會：「咬損花子」若如「爛嚼紅絨」，則索解何難之有？正因若士之意或同蕭氏，而主角一時錯置，逐字譯之，無法達「吻頰」親昵之情態，猶太白詩「兩鬢入秋浦」，以秋浦之蕭索狀兩鬢之衰疏，亦難直譯然，是與「爛嚼紅絨」殊不相干也。即蕭繼宗氏，亦膚觀若士，且漫施譏誚，無乃過乎？夫〈柳枝〉（或作〈楊柳枝〉〈楊枝〉）詞，類多以柳擬人：舞腰輕盈、風神旖旎、情致纏綿、張緒風流、青娥靜婉，柳而似人也。此詞則不然，「羅裙」、「金縷」、「黛眉」，乃至「拽住」，雖暗關楊柳，然實寫佳人，人而似柳也。湯氏若從楊柳設想，乃有難以索解之說，亦不無可能，則是另一引人深思之問題矣。

八、顧夐〈河傳〉之三

棹舉，舟去，波光渺渺，不知何處。岸花汀草共依依，雨微，鷓鴣相逐飛。　　天涯離恨江聲咽，啼猿切，此

　　意向誰説。倚蘭橈，獨無憀，魂銷，小爐香欲焦。

八之一　棹舉，舟去

△陳廷焯《白雨齋詞平》：好起筆。

△蕭繼宗：「棹舉舟去」，並不甚佳，陳亦峰誇爲「好起筆」，
　殊不可解。

　　以仁謹案：蕭說不然。夫賦別之作多矣，折柳舉觴，燈前
淚眼，臨歧叮嚀，幾千篇一律，能別開生面，獨創新意者少。
今顧詞起筆，寫舟去時霎那情景，掌握水行要點：方殷殷話別
之際，人舟忽已遠去。夫車奔馬馳，猶可控繮緩彎，伴行依依，
過長亭而短亭。水行則不然，舉槳便隔，跬步難追，此車馬舟
楫水陸離別之異趣也。作者把握此一特色，以四字出之，情景
戞然而判。別語猶縈，環境倏變而煙波在目，非但旁襯長江水
急也。《白雨齋》所謂「好起筆」者，意在此乎？四字當併下文
「波光渺渺，不知何處」二句以體會之，自足顯其簡勁突特。蕭
氏雅思偶有未到耳。

八之二　天涯離恨江聲咽，啼猿切。

△陳廷焯《白雨齋詞平》：「天涯」十字，筆力精健。

△蕭繼宗：「天涯」十字，亦常人能辦，譽爲「精健」，恐亦未
　必。僕意此首惟「岸花」三句差勝，上接「波光」，下襯「離
　恨」，寓情於景，運化自然，讀者初不易覺也。

　　以仁謹案：「天涯離恨江聲咽，啼猿切」十字，與上片起

首四句，似暗用太白〈早發白帝城〉「兩岸猿聲啼不住，輕舟已過萬重山」句意。太白詩明狀江水之急疾，暗寫心境之悽愴也。⑰此詞上片寫別時光景，以景涵情：凡岸汀花草，雲水鷗鷓，皆景也，然著「依依」「逐飛」字樣，則情意見焉，實又暗寓送者行者之情也。以一「共」字「相」字出之，特顯點睛之妙哉！蕭氏謂「寓情於景」，是已，而描寫重點在景也；下片寫行客心情，以情寓事：凡「恨」「咽」「啼切」「無憀」「魂銷」，無非情也，而「離別」一事，固爲主題；「孤獨」亦爲事之實況；而聽猿、倚舷、香盡，諸瑣屑細節，實具見其傷感、思念、寂寥等等情懷之變化，妙在隨情而宛轉，體貼入微，得自然之理，有層次之序。「天涯」十字，上則承別時景，下則啓別後情。上下片景與情不同，描寫重點各異，乃化用太白詩以牽縮之，上承下啓，合爲一體，具見運思之巧，託古之精。《白雨齋》所謂「筆力精健」者，意在此乎？「岸花」句誠佳句也。「天涯」句則全詞精神之所鍾焉。時人賞析古典詩詞，每重字句之美，而略篇章之善，不特此例也。湯若士稱許此詞爲「絕唱」，而《栩莊漫記》不以爲然，云：「顧敻〈河傳〉三首，末闋上半首，不愧簡勁二字。若士概譽之爲絕唱，何也？」然若士豈非才人

---

⑰陳鈞、宜嘯東合撰〈以虛擬實，喜中有悲──讀《早發白帝城》〉一文云：「我們認爲，這首詩虛寫了舟行江上，穿過三峽，返回江陵的情景，反映了詩人流放夜郎，中途遇赦的複雜感情：喜悅的基調中隱藏著感慨，輕快的筆調裡包含著悲哀。」文見《唐代文學論叢》第五輯（陝西人民出版社，一九八四）。誇張手法，如「白髮三千丈」之類，詩人筆下固非罕見。太白此詩，以誇張筆法，寫其流放途中遇赦心情，從此一角度論之，則非虛寫矣。此與杜甫〈聞官軍收河南河北〉之「即從巴峽穿巫峽，便下襄陽向洛陽」正相似也。

哉！別具慧心，識得前賢文心微妙處。有不可及者矣！

九、孫光憲〈浣溪沙〉之一

　　蓼岸風多橘柚香，江邊一望楚天長，片帆煙際閃孤光。
　　　　目送征鴻飛杳杳，思隨流水去茫茫，蘭紅波碧憶瀟
湘。

九之一　片帆煙際閃孤光。

△陳廷焯《白雨齋詞平》：「片帆」七字，壓遍古今詞人。
　又云：「閃孤光」三字警絕，無一字不秀鍊，絕唱也。
△王國維《人間詞話》：昔黃玉林賞其「一庭花雨濕春愁」為古
　今佳句，余以為不若「片帆煙際閃孤光」尤有境界也。
△蕭繼宗：「片帆」句，與畫理暗合，遂為世傳頌如是。

　　以仁謹案：七字，「片帆煙際」是其形，其神固在「閃孤光」
三字也。三字承上四字，一則狀遠，二則狀動，三則表主角心
情，四則呈當時畫面，其豐富如此。《白雨齋》是以譽為「警絕」
也。七字合而形神俱足。蕭氏只看出一種好處，於《白雨齋》
之評，不甚了了也。

　　「境界」一語，原出佛典，後移植文藝理論中來。唐王昌
齡《詩格》已有「物境」「情境」「意境」之說，近代梁啓超、
陳廷焯、況周頤諸人亦廣泛運用之。注意古典詩歌中之情、景
關係，實為我國美學思想之特色。范晞文《對床夜話》所謂「景
無情不發，情無景不生」，謝榛《四溟詩話》所謂「景乃詩之媒，

情乃詩之胚」，沈雄《古今詩話》引宋徵璧云：「情以景出，單情則露；景以情妍，單景則滯」，皆重視抒情與寫景之互依互存互感關係。王國維推許此七字較作者另首〈浣溪沙〉之「一庭花雨濕春愁」爲「尤有境界」，不獨稱其景物，亦兼美其感情也。《人間詞話》云：「『境』非獨謂景物也，喜、怒、哀、樂亦人心中之一境界，故能寫眞景物眞感情者，謂之有境界，否則謂之無境界。」靜安是眞能領會我文學之精義且眞具慧目者。今案此詞首句寫近景，次句寫遠景，三句益遠，而繫事焉：船動則人去，帆遠則情牽，人之一生，此景豈罕見罕歷哉？見此景歷其境能無感觸乎？此時此景也，彼時亦此景也，時過而景物無殊，境遷而情懷依舊。夫孤帆遠引者爲故舊乎？膩友乎？抑迷津之陶令、化蝶之莊生乎？以此啓下片目送征鴻之杳杳，不免往夢之無盡纏綿，而其心神豈非已隨流水之悠悠迴環激盪於瀟湘之蘭紅波碧間乎？「目送征鴻」，是舉目而視，是憐遠；「思隨流水」，則低首以懷，是惜舊。俯仰之間，時空遞變，情境隨景物紛陳展佈於讀者之前矣。而四句以下，實承三句望遠之勢來。帆既遠矣，雲水之際，但見征鴻也。是則第三句實全篇之靈魂通詞之關鍵哉！

　　又三百餘年後，南宋名詞人王沂孫作〈靑房並蒂蓮〉，其中「醉凝眸，是楚天秋曉，湘岸雲收。草綠蘭紅，淺淺小汀洲⋯⋯望去帆，一片孤光，棹聲依軋櫓聲柔。」描眉畫目，雖另有精魂，然脂芬粉馥，孫詞之餘香豈非尙在耶？

國家圖書館出版品預行編目資料

花間詞論集／張以仁撰. --初版. --臺北市：
中研院文哲所，民 85
　　面；　公分. --(中央研究院中國文哲研究
所中國文哲專刊；13)
　ISBN 957-671-451-6(精裝). --ISBN 957
-671-452-4(平裝)

　1. 花間集 - 評論　2. 詞 - 評論

833.4　　　　　　　　　　　　　　85006968

花間詞論集

作　　者　張以仁
發 行 者　中央研究院中國文哲研究所籌備處
　　　　　臺北市南港區研究院路 2 段 128 號
　　　　　電話：(02) 7899814；7883620
排版印刷　天翼電腦排版印刷股份有限公司
　　　　　臺北市敦化南路 1 段 294 號 11 樓之 5
　　　　　電話：(02) 7054251　(代表號)
定　　價　平裝本　新臺幣400元
　　　　　精裝本　新臺幣500元
初　　版　中華民國85年12月

ISBN 957-671-451-6(精裝)
ISBN 957-671-452-4(平裝)